KB252940

가면의 기사

김형신 퓨전 판타지 소설
FUSION FANTASTIC STORY

The Knight of

Mask

가면의 기사 5

김형신 퓨전 판타지 소설

초판 1쇄 찍은 날 § 2007년 11월 22일
초판 1쇄 펴낸 날 § 2007년 12월 2일

지은이 § 김형신
펴낸이 § 서경석

편집장 § 문혜영
편집책임 § 최하나
편집 § 장상수

펴낸곳 § 도서출판 청어람
등록번호 § 제1081-1-89호
등록일자 § 1999. 5. 31
어람번호 § 제1-0915호

주소 § 경기도 부천시 원미구 심곡1동 350-1 남성B/D 3F (우) 420-011
전화 § 032-656-4452 팩스 § 032-656-4453
http://www.chungeoram.com
E-mail § eoram99@chollian.net

ISBN 978-89-251-1033-2 04810
ISBN 978-89-251-0826-1 (세트)

5

[라이벌]

FUSION FANTASTIC STORY

The Knight of Mask

가면의 기사

김형신
전 판타지 소설

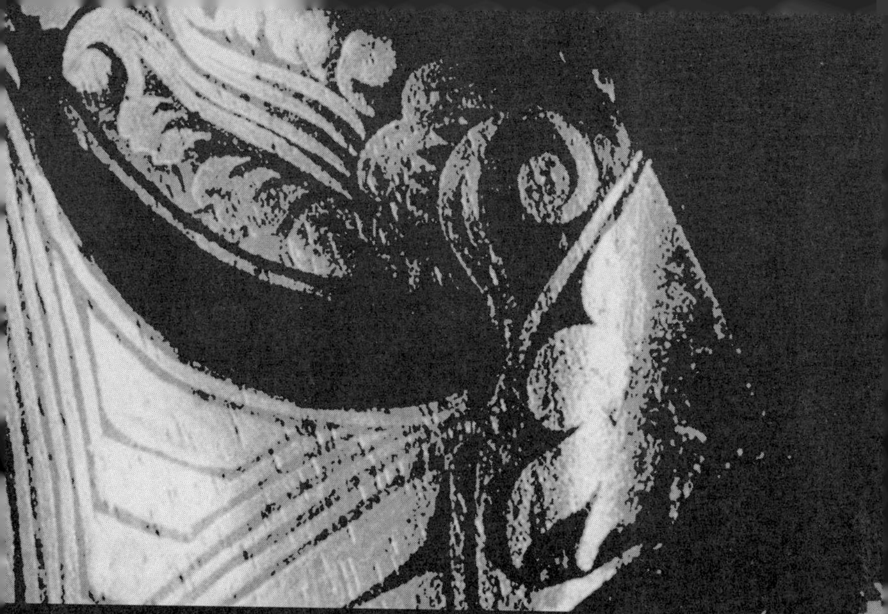

Contents

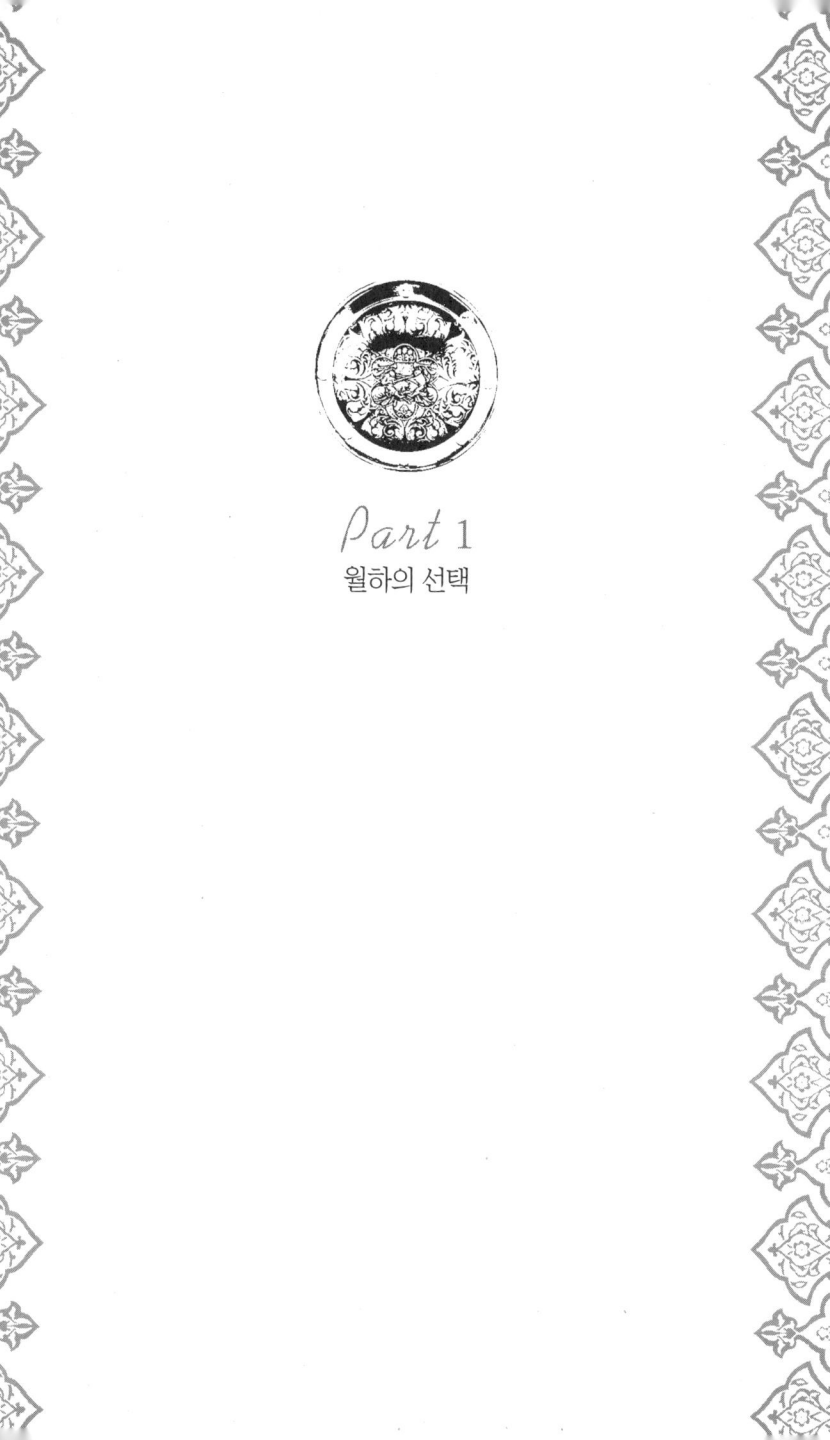

Part 1
월하의 선택

The knight of mask

콰아앙!! 파파팍!!

눈류는 쉬지 않고 달리면서 눈에 보이는 바위들을 모두 쳤다.

그러자 자연적으로 검폭이 발휘되었고, 바위의 파편들은 자신을 노리고 달려드는 은빛 토끼들의 속도를 저하시켰다.

'일나 남지 않았다.'

자신의 마나를 확인하며 미소를 짓는 눈류.

재차 고개를 돌려 은빛 토끼들의 수를 센 후, 빠르게 발을 움직였다.

처음에 나타나 시치미를 떼던 토끼를 비롯한 무리들은 그렇게 강하지 않았다.

펫 퀘스트는 레벨을 고려한 몬스터들이 나오기에 수는 많았지만 최상의 레전드인 눈류에게는 위협이 되지 않았다. 그래서 눈류는 새롭게 익힌 스킬들을 이용해, 얼굴은 해맑으나 속은 요물 같은 시치미 토끼들을 어렵지 않게 해치울 수 있었다.

그런데 문제는 그 후였다.

토끼들을 없애자 새로운 몬스터들이 나타났다.

그들 역시 토끼의 외형을 하고 있었는데 다른 점은 크기가 눈류만큼이나 크다는 것이었고, 온몸이 자갈돌을 박아 넣은 듯한 근육으로 이루어져 있었다. 그것도 모자라 온몸이 햇빛에 반짝반짝 빛이 나는 은이었다. 그러면서도 꼬리만큼은 앙증맞게 작았다!

뭔가가 언밸런스한 모습!

하지만 그 위력만큼은 무시하지 못할 수준이었다.

물론 눈류가 죽을 수도 있다는 생각을 할 정도로 강하지는 않았지만, 문제는 바로 그들의 체력이었다. 방어력이 얼마나 높은지 쉽게 잡을 수 없었다. 그리고 온몸이 은으로 되어 있기에 검으로 벨 수도 없었다.

그 말인즉, 치명상을 입혀 한 번에 죽일 수도 없다는 뜻.

그나마 스킬은 견디지 못했기에 스킬을 사용하면 쉽게 해치웠지만, 눈류의 스킬은 자칭 마나 잡아먹는 귀신! 그래서 눈류는 마나가 풀로 차면 포기하지 않고 뒤쫓아오는 토끼들을 해치웠고, 마나가 다 떨어지면 달리면서 마나를 채우고 있었다.

스킬을 사용하지 않고도 잡으려면 잡을 수도 있지만 놈들의 방어력을 생각하면 무모한 일이었으며, 잔매도 아픈 법이기에 편한 길을 택한 것이다.

"음, 이제야 오는군."

자리에 앉아서 조금이나마 마나 회복을 빨리하고 있었던 눈류는 은빛 토끼들이 시야에 들어오자 바로 몸을 일으켰다. 다행스럽게도 은빛 토끼들의 속도는 자신이 그냥 달려도 따라오지 못할 정도로 느린 편이었다.

그것은 좋은 소식 중에 하나였고, 눈류는 은빛 토끼들을 좀 따돌렸다 싶으면 자리에 앉아 마나 회복도 빨리 시키면서 음식을 꺼내 피로도를 회복하고는 했다.

차라리 도망쳐 버리면 더 쉽게 은빛 토끼들을 따돌릴 수 있을 것이다.

하지만 눈류는 그럴 수 없었다. 그 이유는 바로 경험치 때문이었다.

언제나 굶주려 있는 퀘스트 경험치!!

그것도 상당히 많은 양을 줬다!

그런데 스스로 달려드는 경험치를 포기할 수는 없는 일!

그리고 더욱 중요한 이유는 퀘스트의 진행 때문이다.

현재 눈류는 어떻게 해야 퀘스트를 완료할 수 있는지 모르는 상태였다. 하지만 그동안의 경험으로 인해 자신을 노리는 몬스터들을 다 해치워야 진행 알림이 뜰 것이라 추측했다. 그래서 눈류는 도망치는 가장 쉬운 방법을 놔두고, 조금은 귀찮지만 은빛 토끼들을 잡고 있었다.

"와라!"

눈류의 얼굴에 여유로운 미소가 가득 서렸다. 마나가 모두 찼기 때문이었다.

만약 포션을 사용할 수 있다면 이 고생도 하지 않고 쉽게 해치울 수 있을 것이다. 하지만 펫 퀘스트의 경우, 피로도와 배고픔을 위한 음식을 제외하고는 생명과 마나를 채워주는 포션은 섭취할 수 없었다.

크르르르르!

키에에에에!!

눈류가 자신들을 더 이상 피하지 않고 기다리자 처음보다 많이 줄어 이제 일곱밖에 남지 않은 은빛 토끼들은 토끼답지 않는 괴성을 내며 눈류를 위협했다. 그러자 눈류는 검을 쥔 손에 힘을 주었다. 그런데……

토닥, 토닥. 쿨럭, 쿨럭.

"……."

눈류는 뒤통수에서 식은땀이 맺히는 것을 느끼며 실소를 흘렸다.

처음 라스트 월드를 할 때 샤인이 그런 말을 하지 않았던가. 이 게임에는 재미있는 요소들이 많다고. 그 말처럼 플레이를 해오면서 황당한 몬스터와 NPC들을 여러 번 겪었는데, 지금 눈앞에 재차 그런 광경이 펼쳐지고 있었다.

달리면서 쉬었던 눈류와는 달리 쉬지 않고 뛰어야 했고, 눈류의 마나가 다 차면 싸웠으며, 또 달려야 했던 은빛 토끼들은 심적으로 심히 지친 상태였다.

그리고 이제는 한계에 부딪친 상황!

결국 그들은 눈류를 위협하다 말고 고개를 숙인 채 구토를 하면서 서로의 등을 두드려주고 있었다. 마치 오래 달린 사람과도 같은 모습!

그런데 그런 은빛 토끼들의 수는 총 일곱.

눈류는 흠칫하며 한 토끼를 쳐다봤다.

소외된 은빛 토끼 한 마리가 간절한 눈빛으로 자신을 바라봤기 때문이었다.

지금 이 순간 외톨이가 된 은빛 토끼에게 눈류는 더 이상 적이 아니었다.

자신의 등을 두드려 줄 구원자!!

샤방, 샤방!!

'윽…….'

눈류는 토끼의 구걸 눈빛에 마음이 약해지는 것을 느꼈다.

잘 다져지고 각진 몸매와는 차원이 다른 눈동자! 마치 보디빌더의 몸에 첫사랑에 빠진 사춘기 소녀의 눈빛이라고나 할까! 그것도 모자라 이슬 같은 눈물마저 글썽거린다!

'별수 없지.'

토끼가 왕따를 당하든 말든 자신과는 별개의 문제였지만, 가끔씩 착해지는 눈류는 스스로를 대인배라 생각하며 토끼에게 다가갔다. 물론 주변을 경계하는 것 역시 잊지 않았다. 이들은 앞발로 공격을 하는데 그 위력이 약하다 할지라도 맞으면 아프기 때문이었다.

쿨럭, 쿨럭.

다른 은빛 토끼들은 여전히 짝을 이루어 서로의 등을 두드리고 있었고, 눈류는 오른손에서 검을 놓지 않은 채 외톨이 토끼의 등을 토닥거려 줬다.

우욱, 우욱.

그러자 고개를 푸욱 숙이고 짧은 앞발을 들어 올린 뒤, 입을 막으며 구토를 하기 시작한 토끼. 그런 토끼를 쳐다보는 눈류의 눈빛은 진정 안타까움으로 가득 물들었다. 그렇다고 외로운 처지의 은빛 토끼가 가여워서는 절대 아니었다.

'이런 것을 홈페이지에 올려야 하는데!!'

눈류의 아쉬움은 바로 자신의 선행을 다른 유저들에게 보여줄 수 없다는 것이었다!

가면의 기사가 되면서 정체를 숨기기에만 바빴지 좀처럼 드러낼 수 없었다.

눈류는 그것이 정말 원통했다. 이때까지 게임을 하면서 얼마나 많은 착한 일을 했는가! 그런 사실들이 모두 알려지지 않다니!!

눈류를 아는 이가 이런 생각을 듣기라도 한다면 기겁할 정도의 착각이었고, 본인이 당장 떠올리려고 해봐도 잘 생각이 나지 않을 만큼 착한 일을 거의 하지 않았지만, 자신의 기억력이 나빠서 그런 것이라며 스스로를 위안하는 눈류였다.

'끝났나?'

외톨이 토끼의 등을 두드려 주던 눈류는 옆에서 느껴지는 살기에 고개를 돌렸다. 그러자 은빛 토끼들이 고개를 갸웃거리며 자신을 쳐다보다 곧 살기를 내뿜어냈고, 눈류는 두드리고 있던 왼손을 내리며 외톨이 토끼를 쳐다봤다.

글썽, 글썽.

외톨이 토끼의 두 눈동자에는 고마움이 가득 담겨 있었다. 적임에도 불구하고 감싸주는 눈류의 모습에 마음이 찡한 것이었다.

"힘내서 살아라."

눈류의 위로에 외톨이 토끼는 알아듣기라도 하는 듯 고개를 끄덕거렸다. 그와 동시에 눈류의 오른손이 빠르게 움직였다.

"파멸의 검!"

스파아앗!

순식간에 눈류의 검에 붉은색 마나가 형성되었다.

현재 눈류의 갑옷, 눈동자 색과 너무나 잘 들어맞는 짙고 짙은 붉은색! 어둠의 마나와 빛의 마나가 어우러지면서 생성된 조화의 마나였고, 그 위력은 무시무시했다.

찌어어어억!!

단 한 번에 은빛의 몸을 빛내던 외톨이 토끼의 몸이 반으로 갈라졌다.

콰콰콰쾅!!

그것도 모자라 잠시 후 육체가 산산조각이 나며 폭발해 버렸다. 파멸의 검을 시전할 경우, 상대를 베는 것으로 모자라 베인 부분이 3초의 시간이 지난 뒤 폭발과 함께 파멸되기 때문이었다.

"적은, 적이지."

눈류의 무감각한 눈동자가 방금 박살난 외톨이 토끼의 파편을 쳐다봤다.

자신이 등을 두드려 줬고, 외톨이 토끼가 고마움을 느꼈다 할지라도 서로를 죽여야 한다는 사실은 바뀌지 않는다. 그리고 방심하는 적을 단 한 번에 죽이는 것, 그것이 전투의 기본이었다.

키에에에에!!

그때 그 광경을 지켜보던 여섯의 은빛 토끼 중 두 마리가 눈류를 향해 짧은 다리로 뒤뚱거리며 달려들었다. 비록 달리는 속도는 느렸지만 순간적으로 단거리를 이동할 때는 다른 능력이 있는 것인지 대단히 재빨랐다.

그러나 상대는 눈류였다.

스파아앗.

은빛 토끼 두 마리의 주먹이 눈류의 이마를 공격한 순간, 눈류의 신형이 유리 파편처럼 깨지며 흩어졌다.

두리번, 두리번.

은빛 토끼들은 당황하며 황급히 고개를 돌렸다.

"느려."

눈류는 어느새 네 마리의 은빛 토끼들 사이로 파고든 상태였다.

새롭게 익힌 스킬, 그림자 조각!

그 속도는 잔상을 남기지 않을 만큼 빨랐으며, 은빛 토끼들은 도저히 볼 수 없을 정도였다.

"하아아압!!"

뒤늦게 알아차린 은빛 토끼 네 마리가 황급히 주먹을 들어 올리자 눈류의 커다란 고함이 한적한 숲 속을 뒤흔들었다. 스킬 카리스마가 발휘된 것이다.

'세 마리.'

눈류는 만족과 함께 마나를 움직였다.

카리스마에는 포인트를 많이 투자하지 않아 불안했는데, 바로 곁에 있는 네 마리 중 세 마리나 스턴 상태에 빠져 들었다. 은빛 토끼들의 마법 방어력이 약한 것일 수도 있으며, 스턴의 지속 시간은 극히 짧지만 이 정도만 해도 충분히 만족스러웠다.

어차피 스턴은 있든 없든 크게 상관하지 않기 때문이었다. 그리고 카리스마에는 스턴 효과 외에도 공성이나, 전쟁 혹은 파티를 할 경우 아군의 전체 스텟을 잠시 동안 5 상승시켜 주는 효과가 있기에.

"더블 소울!!"

파파아아악!!

붉은 검기에 감싸인 검으로 빠르게 허공을 두 번 베는 눈류. 그러자 십자 형태의 붉은 검기가 스턴에 걸리지 않은 은빛 토끼를 베며 지나갔다.

이전 마나 소울에서 발전된 형태의 스킬!

위력은 마나 소울과 비교하면 두 배가 아닌 120~130%였지만, 소모되는 마나와 생명이 3,000씩밖에 되지 않기에 상당히 만족스러웠다.

"바람의 비명!"

그와 동시에 눈류는 자신을 공격하기 위해 움직였다가 재차 돌아온 두 마리의 은빛 토끼를 향해 검을 휘둘렀다.

쉐에에엑!!

붉은 바람의 돌풍이 형성되며 두 마리의 은빛 토끼를 집어삼켰다. 이전 눈류가 서 있던 자리 근처에서 형성되던 돌풍에서 변형된 스킬이었다. 반경은 줄어들었지만 위력은 더 세졌기에 사냥, 그리고 다수의 PK에서도 큰 도움이 될 것이다.

차아악!!

카리스마를 시작으로 찰나에 바람의 비명까지 사용한 그 시각, 스턴에서 깨어난 세 마리의 토끼가 공격을 하자 눈류는 서둘러 그 자리를 피했다.

'끝낼 수 있군.'

눈류는 남은 마나를 확인하며 확신했다. 방금 전의 스킬들로 인해 10,000의 마나를 사용했지만, 마나가 20,000이 넘는 눈류에게 있어서는 큰 소모가 아니었다. 더군다나 스텟 마나가 존재했다. 그로 인해 마나가 빠르게 차고 있었다.

지금까지 몇 번 도망을 쳤던 이유는 처음 나타난 은빛 토끼들의 수가 너무 많아서였기 때문이었으며, 세 마리라면 현재 남은 마나로도 어렵지 않게 승부를 볼 수 있었다.

'간다!!'

눈류의 신형이 은빛 토끼들을 향해 빠르게 움직였다.

"선예야, 선예야!"

새벽 늦게까지 라스트 월드를 하다가 깊은 잠에 빠져 있던 선예는 남자의 목소리를 들으며 눈을 꿈틀거렸다. 이것이 꿈인지, 생시인지 분간이 가지 않을 만큼 비몽사몽 상태였지만 잠시 뒤 눈을 뜨지 않아도 현실이라는 것을 알 수 있을 만큼 정신을 차렸다.

'남자……?'

만족할 만큼 잠을 자지 못하고 타의로 인해 깨어나는 것이기에 두 눈썹이 천근처럼 무거웠다. 하지만 선예는 힘겹게 눈을 떴고 흐릿한 형체를 볼 수 있었다.

은정의 아버님은 아닐 것이라 생각했다. 지금까지 단 한 번도 자신을 깨운 적이 없었기 때문이다. 그렇다고 진하도 아니라고 확신했다. 진희가 이 시간에 아무런 말도 없이 찾아올 이유도 없었으며, 목소리도 달랐기 때문이다.

'우웅…….'

선예는 두 눈을 비비며 상대를 쳐다봤다. 아직도 잠이 덜 깼는지 흐릿하게 보이던 상대가 점점 또렷해졌고…….

"헉!!"

선예는 자신도 모르게 놀란 소리를 냈다가 곧 실수를 깨달고 애써 웃는 얼굴로 고개를 갸웃거리는 남자를 쳐다봤다.

그는 바로 기적이었다.

"기집애, 와 그리 놀라노?"

기적은 정말 궁금하다는 듯 물었다.

그러나 선예는 혀를 살짝 내밀며 민망한 웃음만 흘릴 뿐 대답하지 않았다.

아니, 솔직히 말할 수가 없었다.

게임에서의 기적은 그렇지 않지만, 현실에서의 기적은 잘생기기보다는 무섭게 생긴 편이었다. 거기다가 덩치도 우람하기에 기적을 모르는 이가 본다면 조폭이라고 착각할 정도였고, 실제로도 기적이 길거리를 다니면 슬금슬금 피하는 사람들도 있다.

그런데 안 그래도 심성이 여린 선예가 잠결에 전혀 예상하지 못한 기적의 얼굴을 가까이에서 봤으니 놀랄 수밖에.

사실 순간적으로 나쁜 사람이 납치를 하러 왔다고 착각을 했던 선예였다.

"그런데 무슨 일이에요?"

선예는 혹여나 기적이 이유를 캐물을까 봐 황급히 화제를 돌렸다. 그러자 단순한 기적은 손뼉을 치며 자신이 온 이유를 말한다.

"아, 은정이가 밥 묵자고 깨우라 카드라. 니 좋아하는 거 맨들고 있다고."

"아……."

선예는 고개를 끄덕거리며 시계를 쳐다봤다.

자신이 잠든 지 7시간이 지난 후였다. 평소 8시간을 자는 편이었지만 잠결에 기적의 얼굴을 바로 눈앞에서 본 효과가 상당해 더 이상 졸립지 않았다.

"알겠어요. 곧 나갈게요."

선예가 환하게 웃으며 대답하자 기적은 곧 방문을 빠져 나갔고, 선예 역시 하품과 기지개를 길게 한 번씩 한 뒤 방문을 열고 나갔다.

차아아아.

욕실에 들어와 먼저 세수를 한 선예는 칫솔에 치약을 묻혔다. 부엌으로 나가보니 은정이 아직 음식이 덜 완성됐다고 했기에 욕실로 들어온 것이다.

평소 선예가 일어나면 간단하게 샤워를 한다는 사실을 잘 아는 은정이 일부러 조금 일찍 깨운 것이었다.

'진하 오빠는 아직 펫 퀘스트를 하고 있을까?'

양치를 하던 선예는 문득 진하가 떠오르자 거울을 쳐다봤다. 거울 속에는 한 예쁘장한 소녀가 입술에 치약 거품을 묻힌 채 열심히 칫솔질을 하고 있었다.

차아아아아.

선예는 물을 틀어 입을 헹군 뒤 다시 자신의 모습을 주시했다.

머리카락, 눈동자, 얼굴 선, 피부, 코, 입술…….

그렇게 자신의 모습을 하나하나 쳐다보던 선예는 잠잘 때

주로 입는 분홍색 원피스 형식의 옷과 속옷을 벗으며 샤워기의 물을 틀었다.

따스한 물이 전신을 감싸 안았고, 선예는 물을 맞으며 자신의 얼굴을 떠올렸다. 그리고 진하의 얼굴 역시 머릿속 도화지에 그렸다.

웃기게도 진하의 얼굴은 자주 보지 못해도 항상 바로 생각났다.

그리고 마지막으로 한 명의 모습을 더 그려보려 했다.

하지만 마음뿐이었다. 실제로 단 한 번도 본 적이 없는 사람… 그 사람만큼은 도저히 떠올리려고 해도 떠올릴 수 없었다. 어떤 사람일까, 어떤 사람이기에 진하 오빠의 마음을 그렇게 모두 가져간 것일까… 어떤 성격이고, 어떤 외모일까…….

선예는 진하와 자신의 얼굴을 떠올리며 은진의 모습을 그리기 위해 노력했다.

하지만 은진의 모습은 샤워를 마치고 나오는 순간까지… 짙은 어둠에 가려 볼 수도, 그릴 수도 없었다.

"이야, 선예는 언제 봐도 이쁘데이. 우리 은정이 한티는 안 되지만!"

선예가 샤워를 마치고 밖으로 나오자 식탁에 앉아 있던 기적이 은정을 사랑스러운 표정으로 쳐다보며 말했고, 선예는 웃음을 흘리며 그 곁에 앉았다.

문득 기적에게 그 사람에 대해서 묻고 싶다는 생각이 들었지만 진하를 믿기에… 자신에게, 꼭 자신에게 올 것이라고 믿을 수밖에 없기에 애써 참으며 식탁을 바라봤다.

"우와……."

그리고 자신도 모르게 탄성을 표현했다.

식탁에는 김이 모락모락 나는 새하얀 쌀밥부터 자신이 좋아하는 샐러드와 튀김 요리들이 있었고, 김치찌개와 여러 밑반찬들도 자리를 지키고 있었다.

보기만 해도 입에서 군침이 돌 정도의 먹음직스러운 식탁.

"요즘 네가 밥을 잘 안 챙겨 먹는 것 같아서 솜씨 좀 발휘해봤지!"

은정의 말에 선예는 두 눈이 촉촉해지는 것을 느꼈지만 애써 참으며 얼굴에 고마움을 가득 담아 고개를 끄덕였다.

친구… 그 이름 하나로 자신을 걱정하고, 무엇이든지 해주려는 은정. 하지만 자신은 그 어떤 것도 보답해 주지 못해서인지 표정에는 미안함도 가득했다.

"아참, TV 보면서 먹자."

그런 선예의 마음을 알아차렸는지, 은정은 무안한 표정을 지으며 커다란 TV의 전원을 켰다. 그리고 채널을 돌려 현재 라스트 월드를 방송하는 프로그램 중, 가장 시청률이 높은 프로에서 채널을 멈췄다.

그곳에서는 남녀 MC들이 라스트 월드에 관한 정보를 알려주며 수다를 떨고 있었는데, 모두의 시선을 사로잡을 만한 얘기가 들렸다.

"라스트 월드 유저 분들! 희소식입니다. 새로운 대륙이 발견

됐다고 하네요!"

"오오, 새로운 대륙이요? 도대체 어떤 곳인가요?"

여자 MC의 말에 남자 MC가 너무나 궁금하다는 얼굴로 되물었다. 그것은 숟가락을 움직이지도 않으며 TV를 쳐다보는 셋도 마찬가지였다.

새로운 대륙의 발견! 놀라운 소식이라 할 수 있었다.

현재 대륙에도 발견되지 않은 사냥터와 땅들이 존재했고, 던전들도 마찬가지였지만, 대륙의 경우는 조금 달랐다. 지금까지 단 한 차례도 발견된 적이 없었다. 아니, 그 누가 배를 타고 망망대해를 이 잡듯이 뒤지고 다니겠는가?

던전이나, 사냥터 혹은 새로운 마을 등은 일명 헌터라 불리는 전문 유저들이 말을 타고 다니며 찾았고, 그로 인해 공개되지 않았던 많은 곳들이 알려지며 이동 마법진이 생겼지만… 세상에, 대륙이라니!

"설마 무작정 배를 타고 다니지는 않았을 테고, 퀘스트로 찾은 것인가?"

은정이 부러움을 얼굴에 가득 담은 채 중얼거리자 기적과 선예는 고개를 끄덕였다. 사실 그것 외에는 다른 대륙을 찾는다는 것은 불가능했다.

"정보를 제공해 주신 유저님에 의하면 비밀 퀘스트로 인해 찾게 되었다고 하더군요. 그럼에도 불구하고 바닷길이 시시각각 험해져서 몇 번이나 죽었다고 합니다."

은정의 예상은 정확했고, 여자 MC는 쉬지 않고 말을 이어나갔다.

"더불어, 이번에 발견된 대륙의 주인은 놀랍게도 엘프라고 합니다!"

"엘프요?"

"네. 지금까지 엘프들은 NPC로도 나타나지 않았고, 볼 수도 없었습니다. 하지만 엘프의 대륙이 발견된 앞으로는 달라질 것입니다."

"이야, 엘프라. 꼭 한번 보고 싶었는데 말이죠."

"엘프들이 예뻐서겠죠?"

"하하. 예리하시기는."

MC들은 잠시 즐겁게 말장난을 주고받았다.

"엘프의 대륙이라… 그 사람, 보상 많이 받았겠다."

"그러게 말이다."

은정과 기적이 호기심을 가득 담아 말을 주고받았다.

이것은 비단 이들뿐 아니라 라스트 월드 유저들 대부분을 흥분하게 하는 소식이었고, 라스트 월드 게시판 역시 뜨겁게 달아오르고 있었다.

엘프의 대륙! 미지의 종족이 나타났다!

스토리에는 나와 있지만 흔히 온라인 게임의 필수 종족이었던 엘프와 오크 종족은 어디서도 볼 수 없었다. 물론 오크가 몬스터로 있다고는 해도 몬스터와 NPC로 있는 것은 달랐다. 그런데 드디어 엘프 종족이 모습을 드러냈다. 대륙이 발견된 이상, 그곳에는 이동 마법진이 생길 것이고, 원한다면 얼마든지 찾아갈 수 있을 것이다.

새로운 수많은 사냥터와 퀘스트들… 그리고 가상현실이지만, 현실에서 엘프를 직접 만날 수 있다는 점 등등이 많은 유저들을 들끓게 하였으며, 라스트 월드 게시판은 물론 현재 독점적으로 엘프의 대륙에 관한 방송을 하고 있는 LBN 방송사의 홈페이지는 마비 지경에 이르렀다.

"우리도 빨리 묵고 드가 보자."

"그래."

"네!"

기적이 밥 한 공기를 숟가락으로 단 한 번에 푸면서 말하자 은정, 선예는 웃음을 터뜨리며 대답했다.

"좋아!!"

LBN방송국에서 한 중년인이 주먹을 불끈 쥐며 큰 목소리로 외쳤다.

그는 바로 현재 LBN방송국에서 내보내고 있는 라스트 월드 관련 프로 중 가장 인기가 있는 GOGO 라스트 월드의 PD인 박진우였다.

지금 박진우의 얼굴에는 기쁨의 홍조가 가득 깔려 있었고, 소식을 들은 선, 후배 동료들이 축하의 말을 하며 지나갔다.

박진우가 이렇게 기뻐하는 이유는 바로 엘프의 대륙으로 인해 GOGO 라스트 월드의 시청률이 이전보다 급증했기 때문이었다.

현재 라스트 월드에 손을 댄 방송국은 많았고, 그만큼 프로그램은 더욱 많았다. 그 정도로 라스트 월드의 인기는 한국뿐 아니라 전 세계를 열광시키고 있었다. 그리고 그 속에서 살아남기란 정말 무기만 안 들었지, 치열한 전쟁과도 다름없었다.

그렇기에 유명한 유저나 새로운 퀘스트 혹은 지역의 정보를 먼저 알아내기 위해 모두가 노력했다. 먼저 계약을 해내는 것! 그것이 시청률을 좌우하는 것이고, 프로그램이 죽느냐, 사느냐가 달린 일이었다.

그런데 이런 대박을 터뜨리다니!

사실 박진우는 얼마 전까지만 해도 초조한 상태였다.

경쟁을 펼치고 있는 다른 방송사에게 밀리고 있었기 때문이다.

그래서 그는 유명한 유저는 물론 길드 혹은 독특한 퀘스트를 받았거나 희귀한 동영상을 소지한 유지 등등을 찾기 위해 노력했다. 그런 와중에 그에게 희소식이 전해졌다. 그 주인공은 바로 자신의 딸 초아였다. 안 하던 공부까지 하며 부탁을 해서 게임을 하게 허락했는데, 그런 딸이 자신을 살린 것이다.

그녀가 물고 온 정보는 바로 엘프의 대륙에 관한 비밀 퀘스트였고, 박진우는 얘기를 듣자마자 대박이라는 것을 알 수 있었다.

그리고 최대한 비싼 가격에 계약을 마쳤다.

상대가 딸이기에 싸게 한다면 얼마든지 싸게 할 수 있지만, 돈은 자기가 아닌 방송국에서 주는 것이고, 딸에게 들어오는 돈은 곧 자신의 돈이라는 생각 때문이었다.

그렇게 계약을 마치고 독점적으로 영상을 내보내는 지금, 박진우는 입에서 침이 흐르는 것도 모른 채 미친 사람처럼 하염없이 웃고 있었다.

오늘은 예고편과 다름없음에도 불구하고 높은 시청률이 나왔고, 너무 많은 사람들이 몰려 이미 홈페이지는 다운이 된 상황이었다.

지금도 이런데 본격적인 엘프의 대륙에 관한 정보를 내보내게 되는 다음 방송에서는 시청률이 얼마나 오를까?

박진우는 곧 침을 닦고 옷매무새를 정리한 뒤, 당당하게 발걸음을 옮겼다.

국장에게서 호출이 왔기 때문이다. 분명 좋은 소식이 있을 것이라 믿어 의심치 않았고, 들뜬 마음으로 문에 노크를 했다.

스파아아앗!

라일라의 눈앞에 있는 남자의 온몸에서 푸르고, 흰 빛이 여러 번 나타났다가 사라졌다.

라일라가 버프를 주고 있기 때문이었다.

'에휴……'

라일라는 남은 마나를 확인하다가 버프를 받기 위해 줄을 선 몇 명의 유저를 쳐다보며 속으로 한숨을 내쉬었다.

거절을 쉽게 하지 못하는 성격! 더군다나 직업은 힐러!

솔로 플레이를 하는 많은 유저에게는 공짜 버프를 받기 위한 최고의 표적이었다.

"신의 축복이 그대에게 내려지니……."

처음 한 명에게만 주려던 마음과는 달리 생각보다 많은 유저들에게 버프를 주고 있었지만, 겉으로는 전혀 내색하지 않은 채 웃으며 버프를 반복하는 라일라.

밥을 다 먹자마자 기적, 은정과 함께 접속을 했다. 그러나 엘프의 대륙에 가기 위해서는 일주일이라는 기간이 지나야 했다. 그것은 엘프의 대륙을 찾은 유저에게 내려진 특혜 중 하나였고, 미처 그 사실을 파악하지 못했던 기적과 은정은 아쉬움의 입맛을 다시며 조금 있다가 접속한다며 로그아웃을 해버렸다.

말은 조금 있다지만, 현실과 시간이 다른 라스트 월드에서는 꽤 오랜 시간이 걸릴 것이었고, 결국 라일라는 솔로 플레이를 하기로 결심했다.

접속한 길드원들에게 물어보니 그들은 현재 다른 유저들과 파티를 하고 있다거나, 아니면 사냥을 하고 있지 않았기 때문이다.

그나마 루크와 새로운 길드원인 리야가 모르는 유저들과 파티를 하지 않은 상황이었는데, 절대 그 둘과는 함께할 수 없었다. 분명 서로가 오빠, 동생이라고 말하지만 그들의 행동은 염장의 백두산이라는 페르탄과 일리아, 기적, 레몬과 다를 바가 없었기 때문!

그래서 어쩔 수 없이 솔로 플레이를 하러 언데드 몬스터들이 주로 출몰하는 던전을 찾게 되었는데, 계속 사냥은 하지도 못한 채 버프만 주고 있다니…….

"저기, 죄송해요."

천사가 강림한 듯한 환한 겉모습과는 달리 속으로 울상을 짓고 있던 라일라가 버프를 하나만 받은 채 의아한 표정으로 쳐다보는 한 여성 유저에게 말했다.

"마나가 다 떨어졌어요."

"아… 그래요."

"정말 죄송해요."

"아니에요. 버프 주신다고 사냥도 못하셨는데, 저희가 죄송하죠. 저는 괜찮으니 염려 마세요!"

웃으며 이해해 주는 여성 유저에게 라일라 역시 미소로 화답했고, 마나 탐을 위해 라일라가 자리에 앉자 버프를 받기 위해 힐끔, 힐끔 눈치를 보던 솔로 플레이 유저들은 아쉬운 표정을 지으며 사냥에 열중했다.

이전 온라인 게임처럼 라스트 월드 역시 버프의 힘이 강한 편 중 하나였다.

물론 버프가 있다고 무적이 되는 것은 아니지만, 없을 때보다는 사냥이 훨씬 수월해지기 때문이었다. 더군다나 이곳은 언데드 몬스터들이 출몰하는 곳! 라일라의 신성력으로 똘똘 뭉친 버프들은 더욱 큰 힘이 되었다.

그렇기에 로브를 입은 라일라를 보자마자 한 유저가 혹시나 하는 마음에 부탁했고, 라일라가 흔쾌히 수락하자 주변에서 사냥을 하던 유저들도 하나같이 버프를 받기 위해 몰려든 것이었다.

마나가 생명인 마법사에게 모두가 버프를 달라고 하는 것이 민폐라는 사실을 잘 알지만, 조금이라도 편하게, 그리고 빠른 속도로 사냥을 하고 싶은 욕망 때문에 어쩔 수 없었다.

'마실까…….'

라일라는 인벤토리를 열어 마나 포션을 확인한 다음 잠깐 고민했다.

법사에게 마나는 목숨줄과 같기에 생명 포션은 챙기지 않아도 마나 포션은 조금이나마 항상 들고 다녔다.

하지만 문제는 그 수가 많지 않다는 것.

잠시 생각에 잠겼던 라일라는 결국 조금 기다려야 하지만 안전한 곳에서 다른 유저들의 사냥을 구경도 할 겸 마나를 채우기로 결심했고, 잠시 후 모든 마나가 다 차자 던전 안쪽을 향해 움직였다.

카아앙!!

데구르르르!

너무나 위급했기에 미처 마법을 쓰지도 못한 채 바닥을 뒹군 라일라는 검은 뼈로 이루어지고, 날카로운 검과 방패를 든 해골 기사를 향해 축복을 선사하였다. 그러자 해골 기사는 괴로움의 비명을 내질렀고, 그 틈을 놓치지 않으며 신의 칼날이라는 스킬을 이용해 몬스터를 해치운 라일라.

"휴우……."

이마에서 흐르는 식은땀을 한 번 닦은 뒤, 근방에서 사냥을 하고 있는 유저에게 양해를 구하며 자리에 앉아 잠시 마나 탐을 재차 했다.

포션이 워낙 비싼 라스트 월드였기에 많은 유저들이 사냥을 하다 위험할 것 같으면, 포션을 흡수하는 대신 사냥을 하고 있는 다른 유저의 곁에서 안전하게 생명 혹은 마나 탐을 하였다. 그렇게 마나 탐을 해 1/3정도 남았던 마나가 반을 넘어서자 라일라는 조금 더 깊은 곳을 향해 움직였다.

사실 더 이상 전진한다면 위험할 수도 있지만, 호기심이 그녀를 움직이게 한 것이다.

물론 인벤토리에 존재하는 마나 포션도 한몫했다.

만약 위험하다면 포션을 흡수한 뒤 마법을 이용해서 도망치면 그만이기에.

그렇게 얼마의 시간이 흘렀을까?

몇 마리를 잡아 본 뒤, 너무 힘들다고 판단한 라일라가 이제 돌아가야지라고 생각하던 순간이었다.

콰콰콰쾅!!

크르르르르!!

근처에서 누군가 싸우고 있는지 거대한 폭음이 들렸다.

그리고 몬스터의 비명 역시 들렸으며, 그 소리는 점점 가까워졌다.

이곳은 리젠이 조금 늦은 편이었기에 소리가 들리는 곳을 잠시 쳐다보고 있던 라일라는 한 여성의 모습을 볼 수 있었고,

곧 하얗고 앙증맞은 자신의 두 손으로 입을 가렸다.

자신도 모르게 신음이 새어 나왔기 때문이다.

'카오!'

그녀가 놀란 것은 던전 안쪽에서 나타난 여성의 이마에서 붉은빛이 뿜어져 나오고 있었기 때문이다.

'도망치자.'

라일라는 사색이 되어 황급히 결심했다.

길드 인마를 통해서 안 그래도 무서운 카오가 더욱 두렵게 느껴진 것이 이유였으며, 깊은 곳에서 나오는 것을 보니 자신보다 당연히 더 강할 것이었다.

물론 자기보다 약하다고 100% 확신한다 할지라도 라일라는 카오를 잡을 마음이 없었고, 카오와 마주쳤을 때는 도망가는 것이 상책이었다.

'어……?'

그런데 막 포션을 흡수하던 라일라가 고개를 갸웃거렸다. 낯익은 얼굴이었다.

'위, 월하……?'

이마에서 흐르는 진한 붉은빛과 등에 달린 날개를 봤을 때 알아차려야 했지만, 던전 특성상 살짝 어두웠기에 뒤늦게 상대가 월하라는 것을 확인한 라일라.

그때 월하와 두 눈이 마주쳤다.

씨익!

월하의 입꼬리가 살짝 올라갔다.

그 모습에 더욱 겁을 먹은 라일라는 황급히 마법을 시전했다.

눈류를 위해서라면 그 누구도 무섭지 않으며, 세상에서 가장 용감한 사람이 되지만 혼자 있을 때는 겁 많은 소녀에 불과했다. 그리고 이미 마나 포션을 흡수해 마나가 가득 찬 상황이었기에 이제 도망칠 수 있다고 생각하자 그나마 속으로는 안심이 되었다.

하지만 그것은 라일라의 착각이었다.

파지지직!!

빛에 휘감기며 사라지려던 라일라의 신형 주변으로 푸른 전류가 일어났다.

그와 함께 라일라는 당황스러웠다.

'캐, 캔슬!!'

라일라의 얼굴에 어두운 그림자가 나타났다.

두렵다는 생각만 할 뿐, 월하의 막강한 능력을 잠시 잊고 있었다.

월하라면 자신의 마법을 어렵지 않게 캔슬시킬 수 있을 것이다.

덜덜덜.

머릿속에서 도망칠 수 없다고 확신하는 순간, 라일라의 온몸이 수전증에 걸린 환자처럼 떨렸다. 무성한 소문을 듣고, 길드 인마를 직접 겪어봤기에, 절로 자신을 죽일 것이라 생각한 것이다.

"이봐."

그때 바로 눈앞에 다가온 월하의 목소리가 들리자 라일라는 자기도 모르게 눈류를 떠올렸다.

'오빠……'

Part 2
저주받은 퀘스트

The knight of mask

바스락, 바스락.

눈류는 살짝 인상을 찌푸린 채 한숨을 내쉬며 숲 속을 걷고 있었다.

그가 이렇게 걷게 된 이유는 퀘스트 알림 때문이었다.

은빛 토끼들을 다 해치우자 곧이어 금빛으로 전신이 도배된 토끼들이 나타났고, 눈류는 이전과 마찬가지로 토끼들을 모두 해치웠다. 그러자 다른 퀘스트 알림이 떴는데, 빛나는 알을 찾으라는 내용이었다. 그래서 눈류는 결국 이 숲 속 어디에 있는 지도 모른 채 알을 찾기 위해 걷고 있는 것이었다.

"도금 녀석들……."

아쉬운 표정으로 말을 내뱉은 눈류.

은빛 토끼들을 모두 해치운 뒤 토끼들의 시체가 사라지기 전 황급히 인벤토리에 집어넣었고, 다행스럽게도 보존된 상태로 들어와 눈류는 환호했다.

토끼들의 온몸을 감싸고 있던 것은 은! 일명 실버! 분명 꽤 값이 나갈 것이라 확신했다.

그러나 정보를 확인하는 순간 눈류의 인상은 처참하게 구겨져 버렸으니……

은빛 토끼들의 정체는 도금이었던 것이다!

하지만 좌절도 잠시, 곧이어 나타난 금빛 토끼들로 인해 눈류는 다시 기대를 안았다.

은빛과는 비교도 안 될 만큼 왠지 고급스러워 보였다.

토끼들 세계에 된장 남녀가 있다면 바로 저 모습일 것이다!

그만큼 금빛 토끼들은 눈빛, 손짓 하나, 하나가 '나 럭셔리 하거든?'이라고 말하는 듯했고, 눈류는 이전과 마찬가지로 금빛 토끼들을 해치운 후 부서진 시체를 인벤토리에 넣었다.

가슴이 두근거렸다. 은이 아닌 금이었기에 기대치는 더욱 높았다.

눈류는 조심스럽게 정보를 확인했다.

이전에는 도금이었으니 이번에는 제발 진품이기를 바라며!

잠시 후… 눈류는 금빛 토끼들의 시체를 모두 내다버렸다.

"이놈의 게임도 짝퉁이 판치다니."

눈류는 진정 안타까움을 목소리에 담아 말했고, 곧 아름다운 숲 속의 광경을 둘러보던 그의 발걸음이 멈췄다. 눈앞에 장관이 펼쳐졌기 때문이다.

"아름답군."

진심이 가득 담긴 그의 말.

그 정도로 호수는 진정 아름다웠다.

푸른색 물결로 이루어진 호수는 잔잔한 빛이 안개처럼 깔려 있었고, 그 위로 날아다니는 반투명한 나비를 닮은 정령들…

동화 속의 한 장면과도 같은 광경을 보며 감탄한 눈류는 호수 바로 앞까지 다가갔다.

그러자 정령들이 조금 멀리 몸을 피한다.

그 모습에 온화한 미소를 짓는 눈류. 갑옷을 몸에서 해제한 뒤, 호수에 손을 담갔다.

손을 타고 시원함이 밀려오자 도금에 속아 짜증나 있던 기분이 눈 녹듯 사라져 버렸고, 손에 물을 떠서 세수를 했다.

"응?"

그러다 문득 이상한 점을 발견한 눈류는 재차 손으로 물을 떠서 쳐다봤다.

'투명하다?'

보통 바다가 푸르지만 물을 떠보면 투명하기에 특별난 점은 없었다.

하지만 눈류가 의아하게 생각하는 점은 바로 빛이었다. 현재 이 호수에는 전체적으로 빛이 깔린 상황이었다. 그런데 손으로 뜬 물에서는 그 어떤 빛도 찾을 수 없다.

'빛… 빛…….'

이곳이 라스트 월드인 점을 감안한다면 그러려니 하고 그냥 넘길 수 있지만, 지금은 아니었다. 현재 자신이 찾고 있는 것이 무엇인가? 바로 빛의 알이었다!

"확인해 볼 필요는 있겠군."

자신의 추측이 100% 맞지는 않을 것이다.

그러나 직감이 호수 안으로 들어가 보라 외쳤기에, 눈류는 검 역시 인벤토리에 넣은 다음 길게 심호흡을 한 뒤 푸르고, 푸른 호수 안으로 몸을 날렸다.

풍덩!!

호수 위로 물보라가 튀며 정령들이 깜짝 놀랐고, 호수 속에 들어간 눈류는 두 눈에 힘을 주어 아래를 내려다보다 미소를 지었다.

밖에서 보기에는 파랗기만 했지 안이 제대로 보이지 않았다.

그러나 직접 들어와 보니 확실히 알 수 있었다.

빛은 아래에서 더욱 강렬히 자신을 뽐내고 있다는 것을!

'이 밑에 알이 있다!'

눈류는 숨 게이지를 한 번 쳐다봤다.

물속에 들어가면 숨 게이지가 나타나는데, 시간이 지나 게이지가 모두 사라지면 호흡이 막히게 되고 생명이 조금씩 줄어든다.

'힘들지도 모르겠어.'

게이지가 떨어지는 속도를 확인하며 내려가던 눈류의 인상이 살짝 찌푸려졌다. 자신의 예측보다 더욱 깊었기 때문이다. 하지만 이대로 물러설 수도 없는 노릇. 눈류는 결국 도 아니면 모라는 결심을 하며 더욱더 손과 발을 빨리 움직였고, 잠시 후 속으로 환호를 질렀다.

'역시!!'

자신의 예상은 정확했다.

내려갈수록 빛은 더욱 강렬해졌는데, 그 빛은 모래 바닥에 박혀 있는 알에서 뿜어져 나오는 것이었다.

─호흡 곤란으로 인해 생명이 3 줄어듭니다.

─호흡 곤란으로 인해 생명이 3 줄어듭니다.

'크윽……'

알림말이 아니더라도 괴로움을 느끼고 있던 눈류는 황급히 모래 바닥에 손을 내뻗어 알을 집었다. 알은 눈도 뜨기 힘들 만큼의 성스러운 빛을 분출하고 있었는데, 한 손으로 집을 수 있을 정도였다.

'빨리 가자!'

알을 집자마자 서둘러 위를 향하는 눈류.

아무리 자신의 생명이 많다고 할지라도 생명이 줄어드는 간격이 엄청나게 빠르기에 안심할 수는 없었다. 그리고 아직까지는 아무런 일도 생기지 않았지만, 혹시나 몬스터라도 나타난다면 최악의 상황!

눈류의 얼굴이 붉게 물들었다. 호흡이 되지 않음과 동시에 밀려오는 고통 때문이었다.

촤아아아아아악!!

고요하게 잠들어 있던 호수에서 물결이 솟구쳤다. 뒤늦게 떠오른 스킬 그림자 조각을 발휘한 눈류가 물 위로 빠져나온 것이다.

"하아, 하아. 바보 같으니."

금빛 토끼를 해치운 후, 더 이상 숲에서 자신을 공격하는 몬스터들이 나타나지 않았기에 마나가 가득 차 있던 상황이었다.

그래서 그림자 조각을 사용했더라면 호흡 게이지가 다 사라지기도 전에 일을 마칠 수 있었는데 미처 그 사실을 깨닫지 못한 자신에게 말한 눈류는 호흡을 진정시킨 뒤, 바닥에 주저앉아 알을 재차 쳐다봤다.

계란보다 조금 더 크고 흰색인 알은 무슨 이유인지는 모르겠지만 호수 밖으로 나오자 빛이 약해져 은은하게 흐르는 정도였다.

[펫 퀘스트.]

신비한 빛을 머금고 있는 펫은 12시간이 지난 후 깨어나게 된다.

가디언에게 펫을 빼앗기게 되면 퀘스트는 실패가 되니 꼭 지켜내자.

펫이 깨어났을 때 처음으로 본 생명체를 부모라 믿으니, 가장 먼저 얼굴을 보여주자.

"가디언?"

퀘스트 알림을 들은 눈류는 의아한 표정이 되었다.

아직까지 어떤 존재가 나타나지도 않았는데 가디언에게 펫을 빼앗기지 말라니?

"설마 저 정령들인가?"

눈류는 한 손으로 알을 집어든 채 호수 위를 날아다니는 나비 형상의 정령들을 쳐다봤다. 그러나 정령들은 자신들은 아니라는 듯, 팔랑팔랑 날갯짓을 하며 놀기에 바쁜 듯 보였다. 그런데 그 순간… 눈류의 미간이 꿈틀거렸다.

출렁, 출렁!!

잠잠한 호수가 순식간에 흔들리기 시작했다.

차아아아!!

출렁거리던 물결이 곧 소용돌이치며 허공을 향해 높이 솟구쳤고, 물의 소용돌이가 사라지자 눈류의 눈에 한 존재가 나타났다.

반투명한 여자의 나체! 10대 후반으로 보이는 아름다운 소녀의 모습이었으며, 두 눈을 지그시 감고 있었다.

'12시간이라… 기다릴 필요도 없지.'

눈류는 옆에 알을 내려놓으며 검을 소환했다.

자신이 알기로는 펫 퀘스트의 경우, 그렇게 어려운 것이 아니었다.

더군다나 자신은 레전드!

가디언이든 몬스터든 두렵지 않았으며 피할 이유도 존재하지 않았다.

번쩍!!

그때, 눈을 감고 있던 가디언의 두 눈이 뜨였다.

'허……!'

눈류는 속으로 신음을 토했다.

감고 있을 때는 몰랐는데, 눈을 뜨게 되자 온몸이 감전이라도 된 듯 찌릿찌릿했기 때문이다. 라스트 월드 안에서 자신의 감각은 상상을 초월한다. 그 감각이 다급히 신호를 보냈다.

위험하다! 위험하다! 위험하다!

"젠장. 뭐야, 이거?"

눈류는 당혹감을 느끼며 가디언을 쳐다봤다.

가디언의 두 눈동자에서는 흰색의 광채가 뿜어져 나오고 있었는데, 무엇을 찾는지 고개를 두리번거렸다. 그러다 눈류의 옆에 있는 알을 보게 되었고, 오른 손바닥을 호수를 향해 내렸다.

지이이이잉.

그러자 호수의 물이 가디언의 손으로 집합하더니 활의 모습으로 변했고, 변함과 동시에 푸른색의 빛으로 만들어진 화살이 생성되었다. 그 화살은 눈류를 집어삼킬 듯이 덮쳤다.

스파앗!!

"그, 그림자 조각!"

쩌저저저적!!

"하아."

눈류는 식은땀이 흐르는 것을 느끼며 가디언을 쳐다봤다.

순간적으로 그림자 조각을 사용하지 않았더라면 피하지 못했을 것이다.

그 정도로 가디언의 활은 대단한 속도였고, 위력 역시 놀라울 정도였다.

폭발 같은 것은 일어나지 않았지만 화살이 닿은 지면은 금이 가며 산산조각이 나버렸고, 그것도 모자라 얼어붙어 버렸다.

'일단 붙어보자.'

방금 전의 공격과 전신에서 알리는 떨림으로 인해 가디언의 능력을 대략 짐작할 수 있었지만, 눈류는 기사의 스킬과 자신의 힘을 믿으며 검에 마나를 끌어올렸다.

"더블 소울!!"

눈류의 커다란 외침!

그와 동시에 십자 형태의 붉은 마나가 가디언을 향해 접근했고, 눈류는 곧바로 그림자 조각을 사용하며 가디언에게 달려들었다!

"……."

샤인과 카르마는 서로를 멍하니 쳐다보다가 두 눈을 비빈

후 다시 라일라와 함께 자신들을 찾아온 한 명의 여자를 쳐다
봤다. 그녀는 바로 월하였다.

"진짜로 찾아왔네."

"그러게……."

카르마의 음성 채팅에 고개를 끄덕이며 음성 채팅으로 대답
한 샤인.

샤인은 요즘 길드원들 모집에 열을 올리고 있었다.

에시가 레벨 200 후반이었기에 그가 300을 찍으면 길드 레
벨을 위해 길드 마스터 자리를 넘겨줄 계획이었고, 길드원들
역시 아무나 뽑을 수 없는 문제이다 보니 지금부터 움직이는
것이었다. 그래서 라일라와 사냥도 같이 가지 못한 채 길드에
가입을 원하는 유저들과 일명 면담이라는 것을 하고 있었는
데, 라일라한테서 길드 채팅이 왔다.

사실 그때만 해도 샤인은 믿기 힘들었다.

월하가 도대체 무슨 이유로 이곳에 온다는 말인가?

라일라의 평소 성품상 절대 거짓말을 안 하고, 장난도 잘 치
지 않는다는 사실을 알면서도… 납득하기 어려운 사실이었다.
그런데 정말 이렇게 눈앞에 나타나다니.

"일단 따라와."

샤인은 그 말과 함께 움직였다.

월하의 등장으로 많은 유저들이 쳐다보며 수군거리고 있기
에 사람이 최대한 없는 장소로 움직여야 했다. 이것도 유저를
공격할 수 없는 마을 안이라 이 정도이지, 만약 마을 밖이었다

면 피가 난무했으리라.

쪼르르륵.

박하다로 인해 친밀도가 높아진 술집, 바람이 머무는 곳에서 작은 방을 잡은 샤인이 술잔에 술을 따르며 맞은편 월하를 주시했다. 그 옆에는 라일라가 앉아 있었고, 카르마는 면접으로 인해 자리를 비우지 못한 상태였다.

"무슨 일이지?"

샤인이 진정 궁금하다는 표정으로 물었다.

그러자 연신 여유 가득한 미소를 짓고 있던 월하의 말문이 열렸다.

"네가 길드 마스터지? 내가 온 목적은 하나. 너의 길드에 가입하기 위해서다."

"……."

막 술을 입으로 넘긴 샤인은 술잔을 입술에서 떼지도 못하며 동작이 멈춰 버렸고, 라일라 역시 멍한 표정으로 월하를 쳐다봤다.

"뭐, 뭐라고?"

"마, 말도 안 돼!"

"왜 그러지?"

둘이 믿을 수 없다는 듯 귀까지 후비며 되묻자 오히려 실소를 흘리며 되묻는 월하.

"네가 왜 우리 길드에… 아니, 받아줄 것 같아?"

샤인이 황당하다는 듯 따지며 소리쳤다.

세상에! 뻔뻔한 것도 어느 정도껏이었다.

월하가 누구인가? 자신의 오빠인 눈류를 죽이려고 하는 카오였으며, 악명이 자자한 길드 인마의 길드 마스터였다. 더군다나 길드 인마로 인해 레전드 길드원들이 죽고, 싸운 경험도 있지 않은가? 그런데 레전드 길드에 들어오겠다니?

"받아주지 않아도 돼. 단, 그럴 경우 난 레전드 길드원들 모두를 죽이겠어. 한 번이 아닌 만날 때마다. 만나지 못한다면 찾아서라도."

"……."

엄연한 협박이었다.

하지만 절대 허튼 소리나 불가능한 말도 아니었다.

월하가 마음만 먹는다면 눈류를 제외한 레전드 길드원들을 죽이기는 쉬울 것이다.

물론 일 대 다수로 싸우게 된다면 눈류가 없어도 월하를 충분히 이길 수 있다. 그러나 그럴 수 있는 확률은 극히 미비했다.

월하의 능력이라면 한 명을 순식간에 죽인 다음 얼마든지 도망칠 수 있을 테니.

"도대체 뭘 바라는 것이지?"

샤인이 진지해진 표정으로 월하를 향해 물었다.

그러자 월하 역시 얼굴에서 웃음이 사라졌다.

"내가 원하는 것은 단 하나, 눈류."

"눈류?"

"그래, 그와 매일 싸우고 싶다."

"하지만 넌 길드가……."

"탈했으니 이제는 상관없어."

샤인은 입술을 잘근 깨물었다.

월하라는 존재… 악명이 자자하지만, 그날 눈류와의 대결에서 본 그녀의 모습은 단지 싸움을 즐길 뿐, 다른 인마의 길드원들처럼 살인자라는 느낌은 들지 않았다.

그리고 샤인은 공성전도 생각하고 있었다.

그런데 최상의 레전드라는 월하가 자신의 길드에 온다면 큰 힘을 얻게 되는 것이다. 물론 월하가 사고를 치지 않고, 자신들의 말을 잘 따를 경우이지만.

하지만 반대의 경우 역시 생각해야 했다.

역시 가장 큰 문제는 워낙 악명으로 유명한 월하의 이름값이었다.

라스트 월드에서 유저들의 입소문은 절대적이다.

그런데 월하를 길드원으로 받아들인다면? 길드에게 절대 좋은 영향은 주지 않을 것이다.

'어떻게 하지? 아, 하필 이럴 때 펫 퀘스트를 하고 있어!'

월하가 중요하게 생각하는 것은 눈류였고, 샤인은 이번 일만큼은 자신이 아닌 눈류가 결정을 해야 된다고 생각했다.

'일단 시간을 끌자.'

로그아웃을 해서 눈류를 호출하면 되겠지만, 펫 퀘스트가 오래 걸리는 일이 아니기에 잠시 기다리기로 결정한 샤인. 어차피 생각할 시간도 필요했다.

"현재 오빠는 펫 퀘스트 중이야. 일단 오빠가 오면 다시 얘기하도록 하지."

샤인의 말에 윌하는 고개를 끄덕이며 자리에서 일어섰다.

이로써 자신의 목적은 완수되었기에 더 이상 볼일이 없는 것이었다.

윌하는 눈류에게 패배한 이후, 많은 고민에 잠겨 있었다. 사실 결과는 무승부였지만 그녀의 입장에서는 수치심마저 느껴질 정도의 패배였다.

대회의 모습이 찍힌 동영상에서 본 것과 같은 스킬들. 그 말은 아직 3차 전직도 못했다는 뜻이었으며, 레벨도 낮다는 것인데… 아무리 방심했고, 눈류가 자신의 목숨을 건 도박을 했다 하지만 무승부라니?

유독 승부욕이 강한 윌하는 그날의 승부를 곱씹으며 결국 결심을 하게 되었다.

눈류와 함께하기로!

사실 굳이 길드에 가입하지 않아도 눈류에게 음성 채팅을 시도해서 접속할 때마다 만날 수 있었다. 그러면 싸움을 피하지 않을 것이라는 확신이 있었기 때문이다.

그러나 정말 만약의 경우를 배제할 수 없었고, 때마침 라일라를 만나게 되었기에 길드 마스터를 찾아온 것이었다.

이렇게 길드 자체에 협박을 한다면 눈류는 자신을 길드원으로 받아주든, 아니면 일 대 일로 결투를 하든 피하지 않을 것이었다.

만약 피하게 된다면 길드원들에게 피해가 갈 테니 말이다.

'재미있어……'

월하는 술집을 빠져나오며 웃음을 흘렸다.

자신이 누군가에게 이리 흥미를 가진다는 것이 참으로 오랜만이라는 생각이 들었다.

현실에서는 바쁜 연예인으로, 라스트 월드에서는 대결에 미친 유저로 언제나 마음의 문을 꽉 닫고 살던 그녀였기에, 오랜만에 만난 맞수… 레벨을 고려하면 오히려 자신보다 더 강한 존재인 눈류에게 재미를 느끼고 있었다.

'일단 애들한테 가야겠군.'

월하는 자신을 피하는 유저들을 무시하며 이동 마법진을 향해 걸음을 옮겼다.

크로우와 제일라를 만나기 위해서였다.

사실 그녀는 아직 길드 마스터에서 물러나지 않은 상황이었다.

하지만 결심을 했기에 그런 말을 먼저 한 것뿐이었으며, 월하는 잘 알고 있었다. 레전드 길드원들을 살려준 그때부터 둘이 불만을 품었다는 사실을.

아니, 어쩌면 무관심한 자신에게 이전부터 그런 마음을 가지고 있었을지도 모른다.

그래서 그들 역시 크게 반대하지 않을 것이라 믿었고, 반대를 한다 해도 상관없었다.

'앞으로가 기대돼……'

마법진 위에 올라선 월하의 입가에 미소가 서렸다.

쩌저저저적!!

빛의 화살이 지나가자 나무가 얼어붙으며 박살났다.

초목이 살아 숨 쉬던 아름다운 숲 속은 더 이상 존재하지 않았다.

온통 부서지고 파괴된 상태였으며, 빙산을 보는 듯 얼어 있기까지 했다.

바로 가디언의 능력 때문이었다.

'젠장.'

멈출 줄 모르는 가디언의 능력에 눈류는 입술을 잘근 깨물며 뒤를 힐끔 쳐다봤다.

그러자 5m 정도 떨어진 거리에서 자신을 바짝 추격하고 있는 가디언의 모습이 보였다.

가디언은 중력의 저항을 받지 않는 것인지, 아니면 타고난 능력인지 허공을 날아서 접근하고 있었는데, 쉬지 않고 활에서 기운을 발출하였다.

'무슨 놈의 펫 퀘스트가 이리도 힘들단 말인가!'

마나가 일정량 차자 그림자 조각을 사용하여 조금 더 거리를 벌린 눈류는 황급히 인벤토리에서 빵을 꺼낸 뒤 한 입에 억지로 가득 밀어넣었다. 그리고 재차 달리기 시작하면서 물병을 꺼냈다. 한 손에 들린 알로 인해 검은 당연히 집어넣은 상태였기에 가능한 일.

'이놈이 대단한 것인가?'

예상을 깨고 너무나 힘든 퀘스트에 고민하던 눈류는 알을 쳐다봤다. 자신이 이렇게 힘들 정도라면… 레전드 직업처럼 펫이 뛰어난 능력을 소유한 것인지도 모른다.

하지만 눈류는 곧 고개를 저었다.

이때까지 그 어디에서도 특별히 뛰어난 펫이 있다는 말은 들어보지 못했다.

일명 각성이라는 것을 하면 또 어떻게 될지 모르지만, 라스트 월드 관계자가 발표한 정보에 의하면 펫들의 능력은 밸런스상 문제가 없다고 했기에 그마저도 기대하기 어려웠다.

그렇다면 왜 이렇게 어려울까?

'켁!!'

그때 한참을 달리던 눈류의 머릿속으로 떠오르는 정보!

라스트 월드는 현실을 최대한 반영하려고 노력했다.

현실에서도 운이 좋은 사람, 나쁜 사람이 있듯 가상현실 속에서도 마찬가지였다. 흔하게 누구는 던전을 운으로도 발견하는 것과 반대로, 던전만을 찾아다니는 유저가 하나도 발견하지 못하는 경우도 있었고, 직업으로 파고들면 레전드가 존재했다.

눈류처럼 단 한 번에 레전드가 된 사람도 있지만, 어떤 이는 1차 전직 레벨까지 열심히 키우고 삭제를 수십 번 반복해도 레전드가 되지 못하니 말이다.

다만, 이곳은 게임상 현실인 라스트 월드이기에 직업인 레전드에게는 단순히 운으로만 볼 수 없도록, 그 이상의 고통과 인내를 요구했다.

그리고 펫에게도 이런 시스템이 존재한다고 발표되었는데, 고생은 다른 유저들보다 몇 배를 더 한다. 난이도가 높아 퀘스트를 성공하지 못할 확률이 높다. 그럼에도 얻게 될 펫의 능력은 평범하다!!

일명 저주 중에서도 저주 캐릭터만 걸린다고 알려졌을 만큼, 자신의 레벨에 비해 난이도가 너무 높았고, 이 저주 퀘스트에 걸리게 된 유저는 몇 없었다.

'이런 망할!'

생각이 거기까지 미치자 눈류의 얼굴이 일그러졌다.

이전 온라인 게임을 할 때 자신의 캐릭터는 정말 운이 없다고 확신했었다.

그 이유는 바로 일명 인첸 때문이었다.

온라인 게임 시절에 스스로 축, 저주 캐릭터를 구분하는 것은 흔하게 둘로 나눌 수 있었는데, 하나는 레벨에 비해 얼마나 많은 득템을 했는가, 그리고 다른 하나가 바로 인첸이었다. 아직 라스트 월드에는 없지만, 무기나 방어구에 일명 데이와 젤이라는 강화 주문서를 바르는 행위인 인첸! 고레벨이었던 눈류가 하지 않았을 리가 없었다.

그리고 그 결과… 일명 거지가 됐다!

해도 해도 너무할 만큼 많은 장비가 깨졌으며, 혹시 자신의 캐릭터에 문제가 있는지 건의를 할 정도였다.

하지만 라스트 월드에서는 달랐다.

던전도 발견하고, 레전드 직업도 얻었다. 물론 고생이라는 고생은 다 하게 되었고, 고생 끝에 아무것도 못 얻은 경우도 있었지만 나름 좋은 캐릭터라고 생각했다.

그런데… 걸리면 로또를 사야 한다는 저주받은 펫 퀘스트를 하게 되다니…….

자신이 레벨에 비해 대단히 강하다는 것을 상기한다면, 정말 저주 중에서도 초저주 캐릭터였다.

'강하다.'

가디언의 위력에 치를 떠는 눈류.

처음에는 조금 자만하며 스킬을 남발했다.

그러나 자신의 공격은 그 어떤 것도 먹히지 않았다.

마치 유령과 싸우는 느낌이라고나 할까? 스킬은 물론 물리 공격도 가디언의 몸을 통과했다. 그러면서 가디언의 공격은 모두 극심한 데미지를 안겼다.

그래서 결국, 현재 도망치고 있는 것이었다.

'망할, 망할, 망할!!'

가디언의 공격을 피하면서 계속 달리던 눈류는 쉬지 않고 속으로 욕설을 내뱉었다.

왜 이렇게 힘든지 이유를 알게 되자 퀘스트를 포기하고 새로 하자는 생각도 들었다.

하지만 지금까지 달린 것이 아까웠고, 이제 시간도 얼마 남지 않았기에 눈류는 손에서 알을 절대 놓지 않았다.

어차피 퀘스트 과정이 힘든 것이지 펫의 능력은 새로 한다 해도 별 차이가 없기 때문이다.

파지지지직!!

"크흑!!"

눈류의 입에서 신음이 터져 나옴과 함께 얼굴에 당혹함이 서렸다.

이제껏 공격을 잘 피해오다 딴생각을 한 덕분인지 화살에 맞았다.

'크, 큰일이다.'

눈류는 황급히 생명과 마나를 확인한 뒤 이를 악물었다. 왼손에 붙은 얼음 조각이 기생하듯 천천히 팔을 향해 움직이기 시작했고 생명은 조금씩 조금씩 계속 줄어들었다.

"그림자 조각!!"

싸아아악!!

"그림자 조각!!"

이마에 식은땀까지 맺힌 눈류는 마나가 허락하는 한, 쉬지 않고 그림자 조각을 발휘했다. 가디언의 속도도 빠른 편이었지만 그림자 조각을 사용한다면 일정 거리를 벌릴 수 있었으며, 연속으로 세 번이나 그림자 조각을 발휘한 눈류는 알을 바닥에 내려놓은 뒤 갑옷을 벗고 검을 소환했다.

스파앗!! 털썩.

"흐읍!!"

통증으로 인해 터져 나오려는 신음을 눈류는 억지로 참았다.

정말 하고 싶지 않은 행동이었지만 어쩔 수 없었다.

만약 조금만 더 시간을 끌었더라면 팔은 물론이고 몸까지 다 얼어버렸을 테니.

"하아… 한 시간 남았다. 상처는 붕대로 지혈을 하면 되고, 여기까지 왔는데 무너질 수 없지."

눈류의 얼굴에 차가운 웃음이 서렸다. 힘들면 힘들수록 오기가 치솟는 성격!

다시 검을 인벤토리에 넣고 오른손으로 알을 집은 뒤, 곧 가디언의 기척을 느끼며 또다시 뛰기 시작했다.

그리고 눈류와 가디언이 지나간 그곳에는…

눈류의 잘린 왼팔만이 자리를 지키고 있었다.

"이야, 눈류님은 과연 어떤 펫을 얻으셨을까?"

바람이 머무는 곳의 한 테이블, 그곳에 앉아 있던 루크가 기름에 살짝 튀긴 작은 생선을 한입에 넣으며 말하자 라일라가 어색한 표정으로 웃으며 대답했다.

그녀는 이미 알고 있었던 것이다.

"펫의 능력은 잘 모르겠지만… 일명 저주래요."

"컥!! 저, 저주?"

"설마 그 몇 명만이 걸렸다는 암울한 케이스는 아니겠지?"

라일라의 발언과 함께 모두는 깜짝 놀라며 그녀를 쳐다봤다.

현재 주점에는 라일라를 비롯해 루크, 페르탄과 일리아, 기적과 레몬, 샤인과 카르마가 참석해 있었다. 그들은 눈류의 퀘스트가 끝났다는 사실을 라일라를 통해 듣게 되었고, 오랜만에 다 같이 밥이나 먹자는 생각에 모인 것이었다.

그런데 아직 도착하지 않은 눈류의 펫 퀘스트가 하필이면…….

끼이이익.

"오, 오빠!"

그때 라일라가 소리침과 동시에 모두의 시선이 한곳을 향했다.

눈류가 도착했기 때문이었다.

'헐…….'

'눈빛만 봐도…….'

'나까지 암울해지는 것 같다!!'

분명 눈류의 상태는 이전과 다를 바 없었다.

퀘스트가 끝나면서 잘린 팔도 다 회복된 상태였고, 게임 세상인 라스트 월드이기에 아무리 피곤해도 외형에서는 그 흔적을 쉽게 찾을 수 없었다.

하지만 문제는 일행들 모두가 우울해질 듯한 포스를 풍기는 눈빛!!

그 눈빛에는 체념과 슬픔이 가득했으며, 눈류의 퀘스트가 어떤 것이었는지를 알아서인지 의자에 앉는 모습조차 눈물이 나올 것 같았다!

"오빠……."

그들을 대표해 라일라가 눈치를 보며 눈류를 재차 불렀다.

그러자 눈류는 애써 얼굴 가득 환한 미소를 지었다. 비록 고생이란 고생은 다 하고 얻게 된 펫의 능력치가 다른 펫들과 차이가 없어 마음이 심히 불편하고 허무했지만, 동료들에게마저 그 감정을 전해주고 싶지 않았다.

하지만 일행들에게는 그 미소조차 가슴이 아파왔으니…….

"펴, 펫은 어떻게 생겼어요?"

무겁게 가라앉은 분위기에 일리아가 전환도 할 겸 말을 꺼냈다.

그러자 아무런 대답 없이 펫을 소환하는 눈류.

스파아앗!!

흰색의 빛 무리가 일렁거렸고, 잠시 후 모두는 눈류의 펫을 볼 수 있었다.

펫은 애완용 강아지만한 크기였는데, 전체적으로는 말의 형상을 띠고 있었다.

등에는 네 쌍의 아주 짧은 날개가, 그리고 꼬리는 땅에 질질 끌 만큼 길었다. 더불어 이마에는 동글동글한 뿔이 하나 솟아 있었다. 얼마나 동글한지, 저것만 떼서 본다면 공으로 착각할 정도였다.

마지막으로… 초절정 대두!!

눈류의 펫을 본 일행들은 잠시 침묵에 젖었다.

어떻게 보면 귀엽고 사랑스러운 모습이다. 그런데 한 가지 문제점이 있었다.

너무나 어정쩡했다! 간단하게 말하면 조화가 잘 되지 않은 모습이었다.

아무리 예쁜 연예인들이라 할지라도 그들의 한 부분씩을 섞어놓으면 오히려 이상해지는 것과 같은 형상이었다. 그러나 우울한 눈류에게 힘을 주고 싶은 동료들, 한 마디씩 칭찬을 잊지 않았다.

"뿌, 뿔이 부드럽고 참 좋네요."

"행님, 그래도 파리보단 날개가 기, 깁니더!"

"긴 꼬리로 인해 청소는 안 해도 될 듯하군요. 하하……."

"비록 다리가 짧지만… 머리가 크니… 젠장."

하지만 칭찬에도 한계가 존재했고 페르탄은 도저히 말을 잇지 못한 채 고개를 돌렸다.

그런데 그때 재차 우울해진 분위기 속에서 레몬이 아무런 말없이 자신의 펫을 소환했다.

스파아아앗!!

"……."

"……."

일행들은 레몬의 펫을 바라봤다.

그리고 시선을 눈류의 펫으로 이동시켰다.

그러자 놀라운 일이 발생했다.

조금 전만 해도 머리가 너무 크고 전체적으로 어정쩡했던 눈류의 펫이 천상에서 내려온 듯한 아름다운 신의 동물로 보였고, 눈류는 그동안의 고생이 모두 사라지는 것을 느낄 수 있었다.

존재만으로도 주변을 아름답게 만드는 레몬의 펫이었다.

Part 3
거래

The knight of mask

타타탁!

펫 퀘스트를 끝내고 일행들과 밥을 먹은 뒤 로그아웃을 한 진하는 잠에서 깨어나자마자 부스스한 모습으로 타자를 치며 정보를 찾고 있었다. 바로 요리에 관한 것이었다.

언제나 선예에게 받기만 한 것 같다는 생각 때문에 오늘 자신이 직접 요리를 해서 보답을 할 계획이었다. 잠시 각종 화려한 요리들을 찾아보며 어떤 것을 할까 생각에 잠겼던 진하는 결심과 함께 자리에서 일어서며 외쳤다.

"역시 김치찌개가 최고야!"

만인의 사랑을 받는 김치찌개!

진하는 자신의 선택이 만족스러운 듯 빙그레 미소까지 지었다.

　사실은 다른 요리들이 어려워 보여서 그나마 자신 있는 놈으로 결정한 것이었지만, 맛만 좋으면 된다는 생각으로 곧 욕실로 들어가 대충 세수를 한 뒤 간단한 차림에 모자를 쓰고는 장을 보기 위해 나갔다.

　"많이 주세요."

　한 손 가득 야채와 재료들이 들린 봉투를 손에서 내려놓은 진하는 정육점 주인을 향해 웃는 얼굴로 말했다. 그러자 평소 단골손님인 진하였기에 주인 역시 삼겹살을 두툼하게 싸주었고, 세 근을 주문했지만 그보다 많은 양에 진하는 기뻐하며 집으로 향했다.

　"으랏차!"

　집으로 들어오자마자 주방으로 향해 장을 본 것들을 내려놓은 진하는 먼저 야채들을 씻기 시작했다. 그리고 냉장고에서 푹 익은 김치를 꺼내 냄비에 올렸고, 참기름 약간과 김치 국물을 듬뿍 부어준 뒤 한 번 볶았다.

　지글지글.

　맛있는 냄새가 코를 자극하자, 진하는 입 안에 고인 군침을 삼킨 뒤 바로 물을 받아 끓이기 시작했다. 그와 함께 진하의 손놀림은 더욱 바빠졌다.

　김치찌개는 김치와 물로만 이루어지는 것이 아니었다.

　파와 양파를 비롯한 야채들과 버섯, 두부! 마늘도 다져야 했으며, 당면도 물에 불려야 했다. 더불어 김치찌개만 먹을 것이 아닌, 일부러 많이 산 삼겹살도 구울 것이기에 팬도 닦아야 했고, 상추도 씻어야 했다.

주르르륵.

날씨가 덥지 않음에도 불구하고 열심히 음식을 준비하는 진하의 이마에서 땀이 한 방울 흘렀다. 하지만 진하의 표정은 그 어느 때보다도 밝았다.

자신의 음식을 먹으며 좋아할 선예의 모습이 떠올랐기 때문이다.

보글보글.

삼겹살을 비롯해 각종 재료들이 어울리고 있는 찌개가 끓자 진하는 맛을 한 번 본 뒤 엄지손가락을 치켜세우며 자랑스러워 했다. 자신이 만들었지만 너무 맛있기 때문이었다.

'이제 선예한테 연락을 하자.'

두부와 당면을 넣지 않은 채 불을 끈 진하는 방으로 들어가 휴대폰을 들어 선예에게 연락을 했다. 두부와 당면은 선예가 도착하면 재차 끓이며 넣을 생각이있기 때문이고, 선예가 올 시간을 대충 생각하며 라스트 월드 홈페이지에 접속했다.

그 시각, 막 잠에서 깬 선예는 자신의 볼을 꼬집었다. 그러자 아팠다.

'꿈이 아니구나.'

선예는 두 눈을 비비며 활짝 웃었다.

조금 전 자신의 단잠을 방해한 사람이 진하라는 것을 알게 되자 잠을 깨기 위해 몰래 머리까지 쥐어박았던 선예였다.

그런데 같이 밥 먹자는 말에 이것이 꿈인가, 아닌가 착각이 들었다.

평소 진하와 만날 때는 대부분 자신이 먼저 말을 꺼냈기에 믿기 힘들 정도로 기뻤던 것이다.

"이럴 때가 아니지."

선예는 황급히 자리에서 일어나 화장실로 달려가서 샤워를 시작했다.

진하의 입장에서는 당연히 선예가 세수만 간단히 하고 올 것이라 생각했지만, 여자인 선예는 또 달랐다. 조금이라도 더 예쁜 모습으로 가고 싶은 것이었다.

"선……."

"화장, 화장!"

후우우우웅!!

막 화장실에서 선예가 나오는 모습을 보며 말문을 열던 은 정이 순식간에 지나가는 바람을 느끼며 멍한 표정이 되었지 만, 선예는 오로지 '빨리 가자!' 라는 말만 머릿속에서 되새기 고 있었고, 그런 그녀의 움직임은 바빴다.

토닥, 토닥!!

화면을 빠른 속도로 돌리는 듯한 손놀림!

옅은 화장을 하는 그녀의 손은 거침이 없었고, 화장을 끝내 자 옷장을 뒤지며 최대한 예쁜 옷을 골랐다. 그것도 모자라 동시에 머리카락을 말리는 신기에 가까운 기술을 선보였다!

"나, 갔다 올게!"

그렇게 모든 준비를 마친 선예는 지갑을 챙김과 동시에 빠르게 뛰어 방문을 빠져나갔다. 그 모습을 지켜보며 입이 딱 벌어진 은정을 남겨둔 채……

"엘프의 대륙이라……"

라스트 월드 홈페이지에 들어온 진하는 요즘 가장 화제가 되고 있는 엘프의 대륙에 관한 자료들을 찾아보며 궁금증을 얼굴에 나타냈다. 아직 엘프의 대륙으로 이동하는 마법진이 개설되지 않은 상황이었기에 진하처럼 많은 유저들이 궁금해하고 있었고, 모두가 LBN의 방송만을 기다리고 있었다.

엘프의 대륙에 관한 정보를 알려주기로 약속한 방송 시간이 마법진이 형성되기 몇 시간 전이기 때문이었다.

'한번 가봐야겠어.'

진하는 기대에 부풀어 있었다.

새롭게 찾아진 대륙! 그곳에는 분명 수많은 던전과 비밀 퀘스트들이 존재할 것이다. 그 말은, 기회라는 놈이 더욱 높은 확률로 찾아온다는 뜻! 물론 다른 유저들도 그런 점들을 생각할 것이었으며, 엘프를 보기 위해서도 많이들 찾아가겠지만 진하는 상관없었다.

어차피 기회라는 것은 운이었다.

노력으로 기회를 얻을 수도 있지만, 운이 밑바탕에 깔려야 노력이 더욱 큰 결과를 물어온다. 그리고 그 운이라는 놈은 사람이 열 명이든 수백만 명이든, 어차피 가고 싶은 놈에게 가기 때문이다.

"올 때가 됐다."

엘프의 대륙과 그 외 여러 정보들을 확인하던 진하는 시간을 확인한 뒤, 벌써 연락을 한 지 20분이나 지났다는 사실을 깨닫고는 자리에서 일어섰다.

선예가 대충 씻고 출발을 했다면 이제 거의 도착했을 것이라 확신했고, 선예에게 전화를 하며 방문을 연 진하의 얼굴이 맛있는 냄새와 소리에 굳어버렸다.

부들, 부들.

선예가 받기도 전에 전화를 끊으며 설마 하는 눈빛으로 주방을 쳐다보는 진하.

설마는 현실이 되었고, 진하는 자신도 모르게 다리의 힘이 풀리며 비틀거렸다.

치이이익!

삼겹살이 노릇노릇 굽히는 소리!

후! 후! 후르륵!!

뜨거운 김치찌개를 입김으로 식히며 한 입에 삼키는 소리!!

"저놈은 왜 저러냐?"

"그러게. 오빠, 음식 잘했는데?"

아무렇지도 않은 얼굴로 열심히 준비한 김치찌개와 삼겹살을 먹으며 대화를 주고받는 소리!!

"크윽……."

비틀거리며 식탁에 가까이 간 진하는 뒤통수를 부여잡았다.

어느덧 고기는 물론이고 김치찌개마저 거의 다 없어졌기 때문!

자신이 홈페이지를 보는 사이에 이런 대참사가 벌어졌을 줄이야…….

원통함에 눈물이 나올 지경이었지만, 막 운동을 마치고 내려온 박하와 은하는 영문을 모르겠다는 표정으로 하나도 남기지 않은 채 모든 음식을 해치워 버렸다!

털썩!!

결국 진하는 무릎을 꿇으며 빈 냄비와 후라이팬을 쳐다봤다.

삼겹살과 김치찌개는 흔적을 찾기 힘들었고, 처참하게 살해된 그들의 넋을 위로하다 한숨을 길게 내쉬고는 다시 재료를 사기 위해 밖으로 향했다.

억울하지만 따질 수도 없었다.

아버지인 박하가 주범 중 한 명이기 때문!

아직 빌린 라르크를 갚지도 못한 마당에 만약 이 일로 소심한 그의 심기를 불편하게 한다면, 장비라도 빼앗아갈지 모르기 때문이다.

'에휴, 내 팔자야.'

밖으로 나오자마자 진하는 선예에게 연락을 해 위치를 물은 다음, 아직 시간이 남았다는 것을 확인하며 빠르게 움직였다.

보글, 보글.

시장을 다녀온 뒤 입구에서 선예와 만나 들어온 진하는 선예에게 TV를 보며 기다리란 말을 하고 재차 찌개를 끓였다.

그런 그의 눈빛에는 경계의 독이 바짝 오른 상태였다.

비록 배부른 상태에서 박하는 잠이 들었고, 은하는 게임을 하고 있다지만 혹시나 모르는 일이었다. 그렇게 무사히 찌개를 모두 만든 다음에서야 진하는 긴장의 끈을 놓으며 선예에게 방긋! 미소를 보여줬다.

그러자 함께 행복한 표정으로 웃는 선예.

사랑하는 사람이 요리를 만드는 모습을 보고, 그 사람의 요리를 먹는다는 것은 여자에게 있어서 그 어떤 선물보다 값진 것이었기 때문이다.

"맛은 장담 못해."

잘 구운 비엔나소시지와 파가 촘촘히 박힌 계란말이를 식탁에 놓으며 진하가 말하자 선예는 고개를 휘릭휘릭 저었다. 맛이 없어도 상관없었다. 진하가 해주었다는 것! 그 사실 하나만으로도 선예는 얼마든지 잘 먹을 수 있다고 생각했다.

"맛있어요!"

그런 생각이 플러스 효과를 발휘한 것일까?

김치찌개 국물을 떠서 한입에 넣은 선예가 감탄하며 말했다. 그러자 진하의 표정이 부드럽게 풀어졌다. 사실 겉으로 태연한 척했지만 마음에는 걱정의 안개가 자욱하게 깔린 상태였다. 혹시나 맛이 없으면 어떻게 하나.

그런데 선예의 표정을 보니 그런 걱정을 안 해도 될 듯했고, 진하는 옅은 안도의 한숨을 내쉬며 밥그릇을 손에 집었다.

"밥도 안 폈네. 기다려, 밥이랑 같이 먹어."

"네!"

선예는 숟가락을 입에 문 채 대답했다.

덜커덩!

그때 전기밥솥의 뚜껑이 열렸고, 진하는 막 주걱으로 밥을 푸려다 석상처럼 굳어버렸다.

"……."

곧 뚜껑을 닫는 진하.

그런 자신을 의아하게 바라보는 선예에게 애써, 정말 힘겹게 한번 웃어준 다음 진하는 쌀을 씻었다. 한 톨도 남기지 않은 채 밥을 다 먹은 아버지와 여동생을 원망하며……

"아, 배부르다."

너무나 힘겨운 준비 과정이 있었지만 밥마저 새로 해서 배를 채운 진하는 만족감에 말했고, 곁에서 진하가 타준 차를 마시던 선예 역시 고개를 끄덕였다.

밥 한 공기에 김치찌개, 그리고 삼겹살! 평소에 비하면 대단히 과식한 선예는 잠시 동안 숨 쉬는 것도 불편할 정도였다. 하지만 진하가 만들어줬기에 하나도 남기지 않으려고 노력했다.

"아참, 은하 언니한테 얘기 들었어요?"

차를 마시며 가요 프로그램을 보던 중 월하와의 일을 떠올리며 말문을 연 선예.

"무슨 얘기?"

진하는 고개를 갸웃거리며 되물었다.

게임에서 나오자마자 잠에 빠졌고, 일어나고서는 아까 밥 먹을 때 잠깐 본 것뿐이었다.

"아… 그게…….."

은하가 깜빡 잊어먹었다고 생각한 선예는 손에 들린 찻잔을 내려놓고 진지한 표정으로 월하와 있었던 일을 말해줬다. 그러자 진하의 표정이 잠시 일그러졌다가 곧 묘하게 변했다. 그러더니 생각에 잠겼다.

'월하라…….'

진하로서도 예상하지 못했던 일이었으며, 분명 불안한 점도 존재했다. 지금까지의 월하도 문제이지만, 그 성격이라면 길드가 변한다 해도 자신에게 도전을 하는 유저들을 죽여 버릴 것이니. 하지만 꼭 나쁘게만 볼 수도 없었다.

현재 진하에게 중요한 것은 월하의 능력이었다.

지금은 숨을 죽이고 있지만 4차 전직을 하는 순간 자신은 언제든지 찬성과 부딪칠 것이다. 일 대 일 대결은 물론 공성전으로도 말이다. 그렇기에 진하는 강력한 능력자를 필요로 했다. 싸움은 언제, 어떻게 벌어질지 모르는 일이었으며, 공성전이 아니더라도 길드전 혹은 2:2, 3:3이 될 수도 있었다.

이런 와중에 월하의 결심은 앞날에 큰 도움이 될 수도 있는 기회!

사실 길드의 이름은 별 상관없는 진하였다.

현재의 그는 오로지 찬성만 바라보고 있으니.

"일단은 내가 만나서 얘기를 해볼게."

"네. 그런데 오빠, 설마 받아들이지는 않을 것이죠?"

"어?"

선예가 조심스럽게 묻자 진하는 웃음으로 대답을 대신했다.

그러자 선예는 왠지 불안한 생각이 들었지만 애써 티내지 않았다.

자신은 월하가 무섭고 싫지만, 진하의 결정이라면 그 어떤 것이라도 이해할 수 있기에.

"어? 저 사람도 라스트 월드를 한다던데."

그때 TV로 시선을 돌린 선예의 말에 진하의 눈은 자연적으로 TV를 향했다.

그곳에는 성공적인 재기를 한 가요계의 요정 정혜란이 노래를 부르고 있었는데, 진하는 왠지 그 모습이 낯익다고 느꼈다. 하지만 연예인이기에 그러려니 생각하며 열기가 식어버린 찻잔을 집어들었다.

"꽤 강해졌군."

입가에서 피를 흘리며 말하는 월하.

그런 그녀는 무엇이 즐거운지 연신 미소를 짓고 있었고, 반대편에 서서 비틀거리고 있는 눈류 역시 다를 바 없었다.

'역시 강하다.'

눈류는 검을 치켜들며 속으로 확신할 수 있었다.

이전 대결에서의 월하는 자신의 모든 능력을 발휘하지 않았다. 그렇지 않고서야 3차 전직으로 인해 더욱 강해지고, 새로운 스킬까지 익힌 자신이 이렇게 궁지에 몰릴 리가 없었다.

"재미있군."

"뭐가 말인가?"

지팡이에 마나를 주입시키던 월하가 웃음 띤 얼굴로 말하자 눈류 역시 마나를 끌어올리며 반문했다.

"내가 최대의 능력을 발휘하고 있는데 막상막하라니……."

말을 끝냄과 동시에 월하의 신형이 사라졌다.

그러자 눈류 역시 그림자 조각을 발휘하며 황급히 자리를 피했다.

언제 어디서 올지 모르는 공격! 가만히 있다가는 죽음밖에 기다리지 않기 때문이다.

콰지지지직!!

눈류가 서 있던 곳의 대지가 갈라졌다. 그와 함께 뒤로 몸을 피한 눈류의 곁으로 월하의 신형이 나타났다.

채애애앵!!

검과 지팡이의 부딪침!!

월하와 눈류는 서로를 노려보고 있었지만 그 속에 미움 따위는 존재하지 않았다.

동등한 적과의 대결에서 얻을 수 있는 희열이 눈동자를 채우고 있었고, 한쪽이 방심하는 것이 아닌 진정한 모든 힘을 끌어내고 있는 전투에서 월하와 눈류는 서로를 인정하고 있었다.

털썩!!

"아, 져버렸어."

게임에 접속해서 월하를 만나자마자 말보다 몸으로 먼저 하게 된 대화.

결국 패배해 버린 눈류는 월하의 부활로 인해 살아나자마자 바닥에 누우며 웃음을 흘렸다. 그러나 처음 월하에게 어이없는 죽임을 당했을 때와는 달리 즐거웠다.

그때는 상황도 상황이었지만 아무것도 못해보고 죽었다는 사실에 화가 났다. 하지만 지금은 자신도 월하도 최선을 다했다. 그리고 한 끝 차이로 진 것과 다름없었다.

'다음에는 내가 이긴다.'

눈류는 주먹을 불끈 쥐며 하늘을 쳐다봤다.

새하얀 구름들이 둥실둥실 떠다니는 하늘이 참 넓다는 생각이 들었다.

그리고 그처럼 이 라스트 월드도 넓다는 사실을 상기시켰다.

강자는 얼마든지 존재한다. 알려진 고레벨 유저들도 많으며, 알려지지 않은 유저들도 많을 것이다. 더불어 NPC들도 있었다.

그들의 능력은 상상을 초월하는 경우가 간혹 있었다.

가장 가까운 곳에서는 가면의 기사나 카르엔 공작을 예로 들 수 있었고, 울트도 그러했다.

온라인 게임이면 모르겠지만, 이곳은 NPC도 살아서 움직이며 유저와 하나가 된 세상.

그들 역시 라이벌이라면 라이벌이었다.

눈류는 오랜만에 끓어오르는 투지를 느끼며 두 눈을 감았다. 그러다 마찬가지로 자리에 앉아 눈을 감고 있는 월하를 향해 말했다.

"조건이 있다."

"뭐지?"

갑작스러운 말이었지만 월하는 그 의미를 파악했다.

"첫째, 카오 수치를 모두 풀어라. 길드 이름값 따위는 나에게 중요하지 않지만 그들은 나에게 소중한 이들이다. 그래서 조금의 피해도 주고 싶지 않다. 비록 시간이 걸리겠지만 카오 수치를 모두 풀어야 한다. 우리를 위해, 그리고 너를 위해."

월하는 고개를 끄덕였다. 사실 그녀도 슬슬 아이템과 명예를 노리며 달려드는 날파리들이 지겨워진 상황이었고, 어느 정도 예상한 일이었다.

카오를 길드원으로 받아주지는 않을 것이니.

월하가 수긍하자 눈류는 속으로 안도의 한숨을 내쉬며 말을 이었다.

"두 번째는 분명 너의 힘이 필요한 때가 있을 것이다. 너의 목적은 오로지 나 하나이겠지만, 나의 목적은 너의 힘이다. 그러니 상황이 허락된다면 넌 도움이 필요할 때 나서야 한다. 내가 아닌 길드가 원할지라도."

"좋다."

눈류의 얼굴에 웃음이 서렸다.

"마지막 조건은 더 이상 사람을 죽이면 안 된다. 그건 카오를 다 풀지 못해 길드원이 되지 않은 상황에서도 마찬가지다."

지금까지와는 달리 마지막 조건에서 월하의 인상이 살짝 찌푸려졌다.

어려운 부탁인 탓이다. 이유 없이 죽인 적은 없지만, 자신을 방해하거나 공격한다면 망설이지도 않았다. 아니, 참고 싶지 않았다는 것이 정확했다.

그런데 눈류의 마지막 조건은 무조건 참고 피하라는 것이 아닌가?

"이 조건 중 하나라도 받아들이지 않는다면 난 너와의 대결을 하지 않을 것이다. 그렇다고 나에게도 위협할 생각은 하지 마라."

막 말문을 열려던 월하는 이를 악물며 눈류를 쳐다봤다.

파지지직!!

마치 스파크가 일어나는 것 같다는 착각이 들 정도로 둘의 눈빛은 강렬했다.

결국 먼저 말을 꺼낸 것은 월하였다.

언제나 협상이라는 것은 아쉬운 쪽이 지게 되어 있었고, 자신과의 대결을 갈망하는 월하의 심리를 이용한 눈류의 승리인 것이다.

"단, 나 역시 조건이 있다."

"뭐지?"

눈류의 제안에 고개를 끄덕인 월하가 자리에서 일어서며 말했다.

"현재의 나는 게임을 할 시간이 많지 않다. 하지만 하루에 한 번은 접속할 것이다. 그러면 넌 나와 대결을 해야 한다."

"그러지."

눈류는 깊이 생각할 필요도 없다는 듯 간결하게 대답했다.

귀찮은 부분도 있겠지만 월하와의 대결은 스스로에게도 큰 도움이 되었다. 강자와의 끊임없는 경험! 훗날 진은과의 전투를 위해서라도 원하는 바였다.

그리고 퀘스트라는 미션이 있기에 매일 만나지는 못할 것이라 생각했다.

"연락처."

"어?"

월하의 갑작스런 말에 눈류는 영문을 모르겠다는 듯 물었다.

친구 신청은 이미 한 상태. 그런데 연락처라니?

"내가 접속할 때 네가 없다면 연락을 하겠다. 그러면 넌 무슨 일이 있어도 접속해야 한다. 이것이 나의 마지막 조건이다."

"……"

독한!! 눈류는 한숨을 내쉬며 고개를 저었다.

설마 이 정도로 자신과의 싸움을 원할 것이라고는 생각하지 못했다.

하지만 어려운 부탁은 아니었기에 눈류는 자신의 연락처를 월하에게 알려줬다.

그러자 월하는 마법을 이용해서 사라졌고, 홀로 남은 눈류는 딴생각에 빠져들었다.

'혹시 나에게 반한 것 아냐?!'

이제는 병원도 포기한 자뻑의 눈류였다.

"퀘스트 정보."

[봉인의 검 퀘스트.]

대륙의 전쟁과 함께 사라진 엘프들.

기억 속에서 잊혀진 그들이 나타났다.

카르엔 공작을 찾아가 봉인된 검을 받아라.

제한:가면의 기사.

혜택:B급 무기, A급 방어구, ? 중 랜덤.

월하가 떠난 뒤, 자리에서 일어난 눈류는 펫 퀘스트가 끝나자마자 받게 되었던 비밀 퀘스트의 정보를 확인했다. 그때는 일행들과 만난 후 피곤함을 이기지 못해 바로 로그아웃을 했었지만, 이제는 퀘스트를 할 생각인 것이다.

공작의 비밀 퀘스트!

엘프의 대륙으로 인해 나타난 퀘스트라 생각했고, 비록 이전에 한 번 완전 헛고생을 하기는 했지만 이번에는 확실한 보상이 있음을 알 수 있었다.

B급의 무기와 A급의 방어구! 질에 따라 다르겠지만 급으로 인해 퀘스트 치고는 상당한 고가의 보상이었다. 물론 '?' 보상이 불안하지만 좋은 것을 얻을 확률이 66.6퍼센트. 해볼 만한 도박이었다. 더불어 어차피 엘프의 대륙에 갈 생각이었기에 눈류의 입장에서는 손해 볼 일이 전혀 없었다.

"일단 공작을 만나러 가야겠군."

생각을 정리한 눈류는 귀환 주문서를 사용해 마을로 돌아간 뒤, 마법진이 없는 공작의 거처를 향해 투덜거리며 열심히 뛰었다.

"으음, 자네와 함께 식사를 하면 더욱 맛이 좋은 듯하군."

간단한 메뉴의 식사를 즐기고 있는 카르엔 공작의 말에 눈류는 웃음으로 대답을 대신하며 푸른색의 야채를 입에 넣었다. 속에서는 '남자 사절!'이라고 외쳤지만, 겉으로 드러난 눈류의 눈동자에는 자신 역시 함께여서 더욱 맛있다는 듯 촉촉이 젖어 있었다.

"내가 자네를 부른 용건은 말이지."

오자마자 밥을 시켰던 카르엔 공작이 드디어 본론을 말하자 눈류는 손수건으로 입을 한 번 닦은 뒤 시선을 고정시켰다.

"얼마 전 또 다른 대륙이 발견되었네. 크기는 본토의 1/4 정도인데 중요한 것은 그곳에 사는 종족일세."

"종족이요?'

이미 다 알고 있지만 모른 척하며 한 번 물어주는 센스!

"그렇다네. 바로 엘프들이네."

"엘프라면……."

"자연의 종족이라고도 불리지. 남녀를 막론하고 천상의 미를 갖췄으며, 자연을 끔찍하게 생각하지. 그리고 활과 마법, 정령술에 능한 존재들이네."

엘프들에 대해 말하는 카르엔 공작의 얼굴은 향수에 젖어 있었다.

"오랜 시간 동안 사라진 그들이 나타나다니… 나로서는 반가울 따름이야."

"그렇군요."

"아참, 내 정신 좀 봐. 이걸 받게나."

─봉인된 검을 습득하셨습니다.

눈류는 카르엔 공작에게서 받은 검을 바라봤다.

아무런 무늬가 없는 흰색의 검집.

채애애앵!

검을 뽑아보자 오랜 시간이 흘렀을 것이란 추측이 무색할 만큼 날카로운 검날이 드러났다.

'봉인된 검이라…….'

눈류는 검을 자세히 들여다본 후 다시 검집에 넣으며 카르엔 공작을 쳐다봤다.

만약 다른 공작의 앞에서 검을 뽑았다면 소동이 일어날 수 있는 행동이었겠지만, 카르엔 공작은 상관없다는 듯 은은한 미소만 짓고 있었다.

"자네의 할 일이 궁금하겠지?"

"그렇습니다."

"사실 그 검에는 신비로운 힘이 숨겨져 있네. 겉으로 보기에는 날이 잘 선 검으로밖에 보이지 않겠지만, 정령들을 부릴 수 있는 능력이 있지. 그런데 오랜 시간 봉인이 되어 있었다네. 하지만 우리의 힘으로는 풀 수 없었지. 제아무리 강력한 무력을 소유했다 할지라도 말이네."

눈류는 고개를 끄덕였다.

퀘스트의 진행 방향을 예상할 수 있었다.

엘프들의 대륙이 나타났고, 봉인된 검의 퀘스트가 이어졌다.

그렇다면 봉인을 풀 수 있는 존재는 바로 엘프!

"그렇다면……."

"그렇네. 검의 봉인을 풀 수 있는 것은 오로지 엘프들뿐이네. 그러나 엘프들은 대륙의 전쟁과 함께 모습을 감췄었지. 그런데 드디어 그 엘프들이 발견되었네."

카르엔 공작의 눈빛이 희열에 젖었다.

오랜 시간 잠들었던 막강한 능력의 검!

드디어 그 힘을 개방할 수 있다는 사실에 눈동자로 기쁨이

표출된 것이다.

"어떤가? 할 수 있겠는가?"

카르엔 공작이 자리에서 일어나 차를 따르며 묻자 눈류는 생각도 하지 않은 채 고개를 끄덕였다. 분명 쉽지는 않을 것이라고 예상했다. 그러나 보상으로 인해 포기하기 힘들었다.

무기 혹은 방어구!! 갚아줘야 할 라르크가 있는 눈류의 입장에선 최고의 보상 물품이었다.

물론 '?' 의 보상은 머릿속에서 이미 배제한 상태였다.

"하하. 자네라면 흔쾌히 수락할 줄 알았지. 그런데 자꾸 고생을 시키는 듯해서 미안하군."

"아닙니다. 공작님의 명이라면 그 어떤 것도 할 수 있습니다."

"그렇게 생각해 주니 고맙네!"

보상이 마음에 들지 않는다면 언제든지 외면할 수 있다!

남을 위해 죽을 바에는 살기 위해 남을 죽인다!

하지만 속마음과는 달리 정말 진심이라는 듯 아부를 떠는 눈류!

그러자 기분이 좋아진 공작은 한참이나 더 웃다가 정색하며 말한다.

"조심하게. 봉인을 푸는 일은 쉽지 않을 것이네. 그리고 엘프들은 은근히 계산도 빨라서 쉽게 봉인을 풀어주지 않을 것이야."

"알겠습니다."

눈류는 카르엔 공작의 걱정에 고개를 끄덕이며 자리에서 일어났고, 공작의 거처를 빠져나와 사냥을 하기 위해 움직였다. 당장 엘프의 대륙에 가서 퀘스트를 플레이하고 싶지만, 아직 이동 마법진이 개설되지 않았기 때문에 레벨 업을 하려는 목적이었다.

그리고 그 시각, 라스트 월드 홈페이지에는 믿을 수 없는 스샷과 글들이 난무하기 시작했다.

—카오 월하가 악성을 풀고 있다!!
—그것도 모자라 다른 유저가 공격을 하면 도망을 친다!!

처음에는 그 누구도 믿지 않았다. 단지 장난을 치는 것이라고 대부분의 유저들은 생각했다.

그러나 목격자가 한 명, 두 명, 열 명, 백 명… 나중에는 스샷까지 올라오자 유저들은 인정하고 싶지 않지만 믿을 수밖에 없었다.

그러자 유저들은 이제 토론을 하기 시작했다. 그 정도로 지금 모든 장비를 벗은 채 쉬지 않고 죽기를 반복하는 월하의 행동은 모두를 경악하게 만들었기 때문이다.

라파엘 : 도대체 저년이 왜 저러는 거야?
샤스라 : 글쎄요. 이제 와서 자신의 잘못을 알게 된 것인지도 모르죠. 하지만 그런다고 이전의 죄가 사라지지 않을 텐데.

버드:그러게 말입니다. 하늘을 손바닥으로 가릴 수는 없죠.

나이지:거참, 지들은 매너만 지키고 사나? 과거가 무슨 상관? 이제라도 좋게 마음먹었으면 그리 봐주면 되는 것이지.

홀:흐음, 궁금하기는 하군요. 그 악명 높으며 얼음 같던 여자가 왜 이제 와 카오 수치를 풀려고 하는 것인지. 그녀의 능력이라면 다른 유저들이 무서워서는 아닐 것인데 말입니다. 혹시 중요한 퀘스트가 있는데 카오 수치 때문에 못해서가 아닐까요?

무한도둑:음, 퀘스트도 충분히 가능한 예상이군요. 후후. 다만 이렇게 얘기를 해봐야 확실한 답은 알 수 없겠죠. 저희가 그녀의 생각 속으로 들어가지 않는 이상. 뭐, 어쨌든 카오 하나가 사라진다는 것은 좋은 일입니다.

훼인:그나저나 저 유명한 계집애가 카오 다 풀려면 엄청 죽어야겠구만. 레벨 다운도 다운이지만 고통도 적지 않을 텐데… 뭔가 심경의 변화 혹은 일이 있기는 있나 보군.

코멘은 끝도 없이 이어졌다.

그들은 각자의 생각으로 비난 혹은 격려를 했고, 이유를 추측하며 자기들끼리 싸우는 유저도 있었다. 그리고 시간이 흐를수록 관심은 더욱 높아졌지만 정작 당사자인 월하는 아무것도 모른 채 눈류와의 약속을 지키기 위해 노력했다.

수없는 죽음의 고통을 참아가면서.

Part 4
안개 숲의 엘프

The knight of mask

스파아아앗!!

화려한 빛 무리가 사라지자 눈류가 모습을 드러냈다.

그곳에는 눈류를 제외하고도 수많은 이들이 막 마법진을 타고 이동한 듯 곁에 있었는데, 잠시 주변을 두리번거리던 눈류… 자신도 모르게 바닥에 주저앉았다.

"크흐흑!!"

속상함에 눈물이 쏟아질 것 같았지만 다행스럽게도 직접적으로는 흘리지 않았고, 신음을 흘리며 고통을 표현했다. 그런데 일부 유저들이 비슷한 증상을 보였다. 바로 경악할 수준의 텔레포트 비용 때문이었다.

50만 라르크!!

말이 50만 라르크지, 절대 쉽게 모을 수 있는 액수가 아니었다.

그런데 그 50만 라르크를 단 한 번 이동하는데 써버린 것!

그로 인해 눈류를 비롯해 일부는 슬픔을 몸으로 표현하는 것이었다.

'차라리 배를 타고 오는 것인데. 아니다. 그 시간이면…….'

잠시 손으로 바닥을 두드리며 한탄하던 눈류는 고개를 설레설레 저었다.

엘프의 대륙으로 향하는 이동 마법진이 생기기 전, 눈류는 로그아웃을 해 TV를 먼저 시청했다. 엘프의 대륙에 관한 정보를 알려주는 프로그램을 보기 위함이었다.

조금이라도 정보를 얻을 수 있다면 큰 도움이 되는 법!

생각보다 유용한 팁들은 없었지만 일부 자잘한 퀘스트들과 상점에서 파는 물품들의 가격 등등은 알 수 있었고, 혹시나 하는 마음에 라스트 월드 홈페이지까지 들러서 공지를 읽었다.

역시 예상대로 엘프의 대륙으로 향하는 이동 마법진에 대한 공지가 올라와 있는 상태였다.

한 번 이동하는 데 소모되는 텔레포트 비용은 50만 라르크!

그리고 배를 탈 경우는 10만 라르크! 단, 기간은 일주일!!

눈류는 거기서 경악을 금치 못했다.

비용이 50만이라 이미 배를 타기로 결심을 했거늘, 기간이 일주일이라니!

그것은 눈류뿐 아니라 많은 유저들도 마찬가지였고, 게시물에 달린 코멘의 숫자가 그것을 입증했다. 하지만 유저들이 그런다고 해서 달라지는 것은 없었다.

그로 인해 눈류는 결국 이를 악물며 텔을 타기로 결심했다.

50만 라르크가 사라졌다는 알림이 들리는 순간 슬픔이 해일처럼 밀려왔지만, 일주일이나 허비하는 것보다는 나았다.

'그래, 잘한 거다! 잘한 거야!!'

눈류는 애써 아픔을 털어내며 자리에서 일어섰다.

그리고 인벤토리를 열어 남은 라르크를 확인하자 현기증에 머리가 어지러웠지만 힘겹게 참으며 발걸음을 움직였다. 자신에게는 퀘스트가 있었다. 그리고 퀘스트를 하다 보면 또 다른 비밀 퀘스트나 던전 등을 발견할 수도 있는 법이다.

그럴 경우 50만 라르크 이상의 수확!

'공작의 퀘스트 자체가 희귀한 것이다. 그렇다면 분명 또 다른 것과 연계가 될 것!'

눈류는 스스로를 위안하며 주변을 쳐다봤다.

엘프의 대륙을 향한 이동 마법진은 바로 마을로 데려다주지 않고 그 근방의 숲으로 이동되었다. 그래서 마을로 가기 위해서는 숲에 난 길을 따라 10분 정도를 걸어야 했다.

'아름답구나.'

이곳 라스트 월드 자체가 상상의 세계인 판타지를 배경으로 한 곳이기에 어디를 가도 아름답고 신비로웠지만, 엘프들이 사는 곳이라 그런지 그 수준을 뛰어넘었다.

초목들에서는 은은한 빛이 뿜어지는 듯했고, 처음 보는 동물과 조류들이 고개를 갸웃거리며 바위나 나무 뒤에 숨어 유저들을 훔쳐봤다. 그리고 바닥에는 일곱 빛깔 무지개보다 더욱 화려한 여러 색의 꽃들이 자신들의 미를 자랑하고 있었다.

더불어 숨을 쉴 때마다 느끼는 청량함은 이루 말할 수 없을 정도였다.

공기가 몸속으로 들어올 때마다 더럽혀진 자신이 깨끗해지는 느낌이라고나 할까?

'이곳이 현실이라면……'

눈류는 씁쓸한 미소를 지었다.

과학이 발달할수록 현대의 세계는 점점 파괴되기 시작했다.

이런 가상현실까지 나온 지금… 현 시대는 온갖 오염 물질들이 공기에 맴돌고 있었고, 인공적으로 만든 공간에서만 쾌적한 공기를 느낄 수 있었다.

'쓸데없는 생각.'

눈류는 자신의 생각이 이상한 곳으로 빠진다는 것을 느끼며 머리를 살짝 쥐어박았다.

살아오면서 자신이 언제 생태계 한 번 걱정한 적이 있었던가? 편해진 과학을 즐기고 있으면서 말이다. 웃긴 모순이었다.

'퀘스트나 생각하자.'

눈류는 길게 심호흡을 한 뒤, 걸음을 재촉하여 잠시 후 엘프들이 사는 마을에 도착할 수 있었다.

띵똥!

[봉인의 검 퀘스트 1차.]

검의 봉인을 풀기 위해서는 엘프들의 장로를 만나야 한다.

잡화 상점의 아스리아를 만나 위치를 물어보자.

'장로라……'

엘프들의 마을에 들어서는 순간 뜬 퀘스트 알림.

눈류는 알림창을 끄며 주변을 둘러봤다.

자신과 같은 수많은 유저들과 함께 엘프들의 모습이 눈에 들어왔다.

새하얀 백옥 같은 피부에 크고 늘씬한 몸매, 신조차 질투할 정도의 미모, 뾰족한 귀! 책이나 만화에서 보던 그 모습이었고, 바로 눈앞에서 엘프들을 보게 되자 눈류는 자신도 모르게 입을 살짝 벌리며 감탄했다.

주르르르륵!

그때 바로 옆에 있던 한 유저는 침의 홍수를 일으키며 엘프들을 쳐다보고 있었는데, 그의 시선은 모두 여엘프들의 몸매로 향하고 있었다.

'컥!! 저런 변태 같은!'

그 모습에 눈류는 실소를 흘리며 다른 유저들을 쳐다봤다.

여엘프의 미모에 반한 남성 유저들은 자신의 곁에만 있는 것이 아니었고, 드문드문 대놓고 침을 흘리는 이들도 몇 보였다. 그리고 그런 남성 유저들을 바라보며 혀를 차거나 웃음을 터뜨리는 여성 유저들도 있었다.

'그래 봐야 캐릭터이거늘.'

눈류는 안타까운 눈빛으로 주변 남자들을 바라보다 여엘프들의 몸매에 시선을 던졌다. 자신이 누구인가? 그 아름답다는 NPC 메이의 유혹도 거절한 몸이었다! 자신은 절대 저렇게 추잡스러운 모습을 보이지 않을 자신이 있었다!

주르르륵.

어느덧 눈류는 그들과 함께 침을 흘리기 시작했다.

"여기 바람의 풀 30개 주세요!"

"저는 물의 구슬 20개!!"

잡화 상점 안에서는 많은 유저들이 치료약 혹은 포션, 사냥에 도움이 되는 아이템들을 사기 위해 만원이었다. 오늘 이동 마법진이 형성되었기에 비싼 텔레포트 비용에도 불구하고 많은 유저들이 찾았기 때문이다.

'이래서 정보가 중요하다.'

그런 유저들을 쳐다보며 순서를 기다리던 눈류의 입가에 미소가 자리 잡았다.

TV를 통해 입수한 정보 중 하나가 바로 물가였다.

바람의 풀, 물의 구슬 등등… 이것들은 이름만 다를 뿐이지 이전 대륙에서 파는 포션, 아이템들과 능력치가 똑같았다. 그런데 가격은 월등히 비쌌다!!

그래서 눈류는 엘프의 대륙에 오기 전 라일라에게 라르크까지 빌려 포션들과 치료 템, 빵 등으로 인벤토리를 가득 채운 상태였고 창고에도 저장을 해뒀다. 엘프들이 사는 이곳 대륙에서도 창고 기능은 사용할 수 있기 때문이다.

하지만 모든 유저들이 TV를 본 것은 아니었기에 잡화 상점을 비롯해 마을 안에 자리한 각 상점들은 유저들로 붐비고 있었다.

'아스리아라…….'

눈류는 자신의 차례가 돌아오자 환하게 미소 짓고 있는 여엘프 아스리아에게 다가갔다.

그녀는 20대 초반으로 보였지만, 워낙 오래 살고 늙지 않는 종족이기에 몇백 살은 되었을 것이라 추측한 눈류는 웃음과 함께 말문을 열었다.

명성과 레전드 직업으로 인해 NPC들에게 아부를 떨던 시절은 지났지만, 비밀 퀘스트는 뜻하지 않은 곳에서 발견될 수 있었다. 그리고 현재 퀘스트를 진행하고 있기에 최대한 잘 보여야 하기 때문이다.

"가게에 좋은 물건들이 참 많군요. 물론 워낙 아름다운 그대로 인해 그 빛이 바래지만……."

"어머!"

눈류의 화려한 거짓 멘트!

그로 인해 주변 유저 일부가 헛구역질을 했지만 눈류는 상관하지 않았고, 뺨이 붉게 물든 아스리아에게 조금 더 가까이 다가가 끈적거리는 목소리로 말했다.

"그 아름다운 입술로 듣고 싶은 말이 있어요. 장로님이 어디

에 계시는지 알 수 있을까요?'

그런 눈류의 눈빛이 불에 탄 듯 이글거렸다!

그러자 구역질을 하던 유저들은 눈류의 뜻을 알아차렸다.

NPC에게 잘 보여 좋은 정보를 얻기 위한 것이구나!

"장로님은……."

눈류는 이글거리는 눈빛을 유지하면서 주먹을 불끈 쥐었다.

주변에서 주시하고 있는 다른 유저들도 정보를 듣는다는 것이 내심 아쉬웠지만, 생각보다 쉽게 일차적인 퀘스트가 해결됐기에 기분이 좋았다.

그리고 장로의 위치만 안다고 해서 만날 수 있는 것이 아님을 확신했다. 자신은 봉인의 검과 공작의 퀘스트가 있기 때문에 만날 수 있다는 판단!

"콜록, 콜록!"

'에……?'

막 대답을 할 것 같던 아스리아가 갑자기 기침을 하자 눈류는 내심 당황스러웠다.

"요즘 장사가 잘 안 되네요. 집에서 굶고 있는 가족들이…콜록, 콜록!!"

"……."

어색한 기침 작렬!!

그러면서 눈류의 눈치를 슬슬 살핀다!

정보를 알고 싶다면 대가를 치르라는 뜻!!

'이런…….'

눈류는 속으로 한숨을 내쉬었다.

이렇게 유저들이 많은데 장사가 잘 안 된다니!

너무나 속이 보이는 속셈이었지만 아쉬운 것은 자신. 결국 눈류는 인벤토리의 남은 라르크를 확인한 뒤, 부들부들 떨리는 음성으로 힘겹게 말을 내뱉었다.

"바, 바람의 풀 30개만."

"사는 게 너무 힘이 들… 쿨럭."

"50개……."

"아아… 내일이면 내 여동생은 굶어 죽어 시체로 발견되겠죠!!"

"100개!!"

"손님, 정말 감사합니다!"

100개와 동시에 태양보다 환하게 웃는 아스리아.

그 가증스러움에 눈류는 스스로도 모르게 검을 뽑을 뻔했지만 애써 화를 누르며 웃는 얼굴로 아스리아를 쳐다봤다.

그러자 바람의 풀 100개를 건네고 돈을 받은 아스리아가 잠시 두 눈을 감았다.

"장로님은 안개의 숲 북쪽에 계십니다."

'허얼.'

눈류는 깜짝 놀랐다.

아스리아가 두 눈을 감는 순간 머릿속에서 목소리가 들렸기 때문이다.

분명 자신이 보고 있었는데 입술은 아예 움직이지도 않았다. 더불어 곁에서 귀를 기울이던 다른 유저들이 자신과 아스리아를 영문을 모르겠다는 표정으로 보고 있었다.

그것인즉, 자신에게만 들렸다는 것!

"저희 엘프들은 정신으로 말할 수 있는 능력이 있답니다."

그런 눈류의 마음을 알아차렸는지 아스리아가 말했고, 눈류는 회심의 미소를 지으며 고개를 끄덕였다. 자신이 비싼 바람의 풀을 100개나 사면서 얻게 된 정보를 다른 유저들도 공유하게 되는 것이 내심 불편했는데 이렇게 일이 풀리다니.

"워, 우리도 정보 좀 나눕시다!"

"그래요! 혼자서 장로의 위치만 알면 어쩝니까!"

"분명 들은 것 같은데, 같이 공유해요. 바람의 풀 가격도 드릴게요!"

그러자 유저들은 눈류의 주변으로 몰리며 부탁과 협박을 섞어서 말했다.

그러나 눈류에게 관대한 마음이 있을 리가 없었고, 거절을 하려던 그 순간이었다.

"엘프의 장로는 안개 숲 북쪽에 있는데요?"

"……."

눈류는 자신의 귀를 의심하며 소리가 난 곳을 황급히 쳐다봤다.

도대체 어떻게 그 정보를 얻은 것이란 말인가!!

"여기 지도에 나와 있는데……."

모두의 시선이 집중되자 지도를 펼쳐서 보고 있던 한 여성 유저가 쑥스러운 표정으로 말했고, 눈류는 기가 찬 표정으로 가까이 다가가 지도를 확인했다.

"컥!!"

정말 지도에는 안개의 숲이 표시되어 있었고, 북쪽 방향에 엘프의 장로라고 새겨져 있었다.

"지, 지도가 얼마입니까?"

차갑게 가라앉은 눈류의 목소리.

"1,000라르크요."

"……."

눈류의 신형이 비틀거렸다.

바람의 풀 하나의 가격과 똑같았다!!

황급히 아스리아가 있는 곳을 노려보는 눈류.

하지만 아스리아는 방긋 웃음을 유지한 채 고개만 갸웃거릴 뿐이었다. NPC! 그것도 여자를 차마 두들겨 팰 수 없는 눈류는 좀비보다 심한 비틀거리는 걸음을 선보이며 힘겹게 밖으로 빠져나갔다.

그리고 상점 안에 있던 모든 유저들은 들을 수 있었다.

한 남자의 울분에 가득 찬 처절한 비명을!

"스레이, 시작하지."

스파아앗!!

말이 끝나자마자 짧고 검은 머리카락에 눈빛이 매섭고 약간 마른 차가운 인상의 스레이가 단검을 움직임과 동시에 세라는 거리를 벌렸다.

콰지지직!!

그러자 상대를 놓친 그의 단검은 애꿎은 바위 하나를 산산조각 내버렸으나, 평소의 민첩함을 되살려 황급히 세라에게 근접했다.

지이이이잉!!

하지만 세라 역시 놀고 있지는 않았다.

스레이가 접근하자 자신의 주특기를 살려 레이저 빔과 같은 스킬을 발휘하기 시작한 것이다. 그러자 스레이는 이를 악물며 피하기 급급했고, 주도권은 세라에게 넘어갔다.

어쩌면 당연한 결과였다. 세라 역시 레전드였으며, 그와 레벨 차이가 존재하기 때문에.

'큰 힘이 될 거야.'

세라는 포기하지 않고 달려드는 그를 보며 만족스러운 미소를 지었다.

테아르 협곡에서의 만남! 그때의 결투에서 세라가 승리를 거두었다.

그리고 서로가 레전드라는 사실을 알게 된 둘. 스레이는 같은 레전드라는 호기심과 함께 세라의 권유로 길드까지 가입하게 되었고, 시간이 나면 이렇게 대결을 펼치거나 때로는 함께 사냥을 했다.

콰지지직!!

'이크!'

순간적인 방심과 함께 위협적인 공격을 당한 세라는 다급히 거리를 벌린다.

단검의 무서운 점은 바로 이것이었다. 간혹 레벨을 넘어서는 위력을 발휘했다.

물론 평타는 그렇게 무서울 것이 없었다. 단검 특성상 공속이 빠르고 크리티컬 확률이 높지만 데미지가 그만큼 약하기 때문이다. 하지만 스킬은 달랐다.

한 번 터졌다 하면 법사 정도는 한 번에 보낼 수 있는 파괴력!

특히 크리티컬이 동시에 터져 버린다면, 전사라 할지라도 위험한 것이 단검의 한 방 스킬이었다. 그러나 단검 스킬의 경우는 일명 뻑사리라 불리는 헛방이 존재해 그 무시무시함을 일정 부분 감소시켰다.

"이만 끝내지."

제대로 스킬을 맞은 세라가 줄어드는 생명을 바라보며 양손 가득 마나를 끌어올렸다. 그러자 한 손에는 붉고, 다른 한 손에는 푸른 기운이 이글거렸고 스레이는 다급히 사정거리에서 벗어나려고 움직였다.

하지만 한 발 늦은 대처. 어느새 스레이의 신형은 두 개의 기운이 뭉친 화려한 빛 무리에 휩싸이며 사라졌다.

"후우……."

죽어서 다시 세라에게 온 스레이는 한숨을 내쉬며 머리를 긁적였다. 아직 2차 전직 상태인 자신이 세라의 상대가 될 수

안개 숲의 엘프 105

없다는 것이 분명했지만, 그래도 매번 패배를 하게 되자 자존심이 상하는 것이다.

"그런데 세라."

"어?"

옆에서 몬스터를 한 방에 사냥하는 세라를 보며 앉아 있던 스레이가 말문을 열었다.

"눈류는 언제 만나?"

"눈류?"

스레이는 고개를 끄덕였다.

길드에 가입하고 같이 움직이면서 여러 가지 사실을 알게 되었다.

일단 세라와 자신이 동갑이라는 사실과 그녀가 레전드 가면의 기사인 눈류와도 잘 안다는 사실이었다. 물론 좋은 관계는 아닌 듯했지만.

"안 그래도 곧 볼 생각이야. 다시 붙기로 약속했거든."

세라의 얼굴에 웃음이 번지자 스레이는 실소를 흘렸다.

정말 싸움이라는 것을 좋아하는 여자였다.

특히 그녀는 강자와 대결을 할 때 더욱 흥분하는 것 같았다.

아니, 어쩌면 이 게임이 사람들을 전투에 미치도록 만드는 것인지도 몰랐다.

힘만이 세상을 지배하는 세계이니까.

"그때 너도 가자. 그럼 난 이만 간다."

"어디를 가려고?"

"일이 있거든."

세라는 그 말과 함께 혼자 남은 스레이를 두고 로그아웃을 했다.

오늘은 약속이 있기에 이만 씻고 나갈 준비를 해야 했다.

지이이잉.

막 샤워를 마치고 나온 그녀는 머리를 말리며 무심결에 TV를 켰다.

그리고 음료수를 꺼내러 냉장고로 향하다가 TV에서 들리는 소리에 발걸음을 멈추며 고개를 돌렸다. 그곳에서는 자신도 익히 명성을 들은 한 유저가 나오고 있었다.

"워, 월하님은 도대체 왜 이런 행동을 하는 것입니까?"

TV에서 나오고 있는 내용은 라스트 월드의 기자 한 명이 요즘 화제가 되고 있는 월하를 취재하는 동영상인데, 기자의 질문에 월하는 얼굴로 짜증을 팍팍! 표시하면서 대답했다.

마치 원하는 대답을 듣고 빨리 사라지라는 듯.

"눈류와 약속을 했기 때문에."

"눈류……?"

화면 속 기자의 고개가 갸웃거리더니 곧 경악한 표정으로 변했다.

"호, 혹시 가면의 기사! 그 눈류님이 맞습니까?"

기자의 물음에 월하는 고개만 끄덕일 뿐, 더 이상 아무런 말을 하지 않았다.

그리고 동영상 역시 거기에서 끊기며 남녀 MC들의 모습이 화면에 잡혔다.

"들으셨습니까? 그 유명한 카오 월하 씨가 변한 이유는 바로 가면의 기사 눈류 씨랍니다!!"

남자 MC는 흥분한 듯 외쳤고, 그것은 여자 MC 역시 다를 바 없었다.

그 모습에 더 이상 흥미를 잃은 그녀는 TV를 끄며 냉장고로 가 캔 음료수를 집어들었다.

차아아악!!

탄산이 빠지는 소리와 함께 몇 모금 꿀꺽꿀꺽 삼킨 그녀의 얼굴이 묘하게 변했다.

눈류와 월하가 약속까지 하는 사이였다니!

상황이 아주 재미있어진다고 느끼는 사쿠라였다.

"으아아악!!"

눈류는 미친 듯이 고함을 지르며 숲 속을 달렸다.

잡화 상점에서 빠져나온 그에게 파티를 구하려고 다가오던 유저들이 도망을 치고, 엘프들이 미친 놈 보듯 바라봤지만 눈류는 상관하지 않았다. 그러면서 텔을 타고 안개의 숲 근처에 모습을 드러낸 뒤, 지금도 소리를 치며 달리는 것이었다.

"내, 내가 당하다니!! 크흑!!"

뛰는 것이 힘들어서일까? 바닥에 주저앉아 눈류는 슬픔을 참지 못했다.

장비를 맞추고 엘프의 대륙에 온다고 두 명에게 돈을 빌려 라르크가 하염없이 모자란 지금… 다른 이를 뜯어먹기는커녕, 오히려 자신이 뜯어먹히다니!!

재차 생각해도 억울하고 가슴이 답답해 오는 것이 한숨도 나오지 않는 지경!

"엘프들은 다 사악한 무리들이야!"

아스리아로 인해 모든 엘프들은 영악하다고 판단한 눈류는 애써 자리에서 일어나 걸음을 옮겼다.

사아아아아.

'짙다.'

뛰는 내내 퀘스트 보상이 좋지 않으면 엘프들을 평생 미워할 것이라 다짐했던 눈류는 안개의 숲에 들어옴과 동시에 시야를 가리는 짙은 안개에 눈을 살짝 비볐다.

자신의 시력으로도 길이 잘 보이지 않을 정도였고, 잡화 상점에서 뛰쳐나올 때 돌려주지 않고 가지고 온 지도 역시 안개의 숲에 들어오자 방향이 표시되지 않았다.

"젠장. 이래서 어떻게 찾으라는 것이지?"

눈류는 인상을 찌푸렸다.

앞도 잘 보이지 않는 마당에 어디가 북쪽인지 구분을 하기도 힘들었다.

이곳은 온통 안개가 낀, 말 그대로 안개의 숲!

하지만 그렇다고 가만히 있을 수도 없는 노릇이었기에, 눈류는 어쩔 수 없이 무작정 걷기 시작했다. 단지 자신의 직감만을 따르면서.

그렇게 얼마나 걸었을까? 눈류는 누군가의 목소리를 들을
수 있었다.

"아구구구!"

고통에 찬 목소리.

'이 숲에 누구지?

눈류는 두 눈을 감으며 소리가 나는 곳의 위치를 찾기 시작
했다.

이곳에서는 차라리 눈을 감는 것이 더 나았기 때문이다.

그리고 감을 잡자마자 빠르게 걸어간 눈류, 곧 한 엘프를 볼
수 있었다.

푸른색 머리카락에 20대 후반으로 보이는 남자 엘프는 발목
을 다친 듯 그곳을 부여잡고 있었고, 눈류가 다가가자 더욱 큰
소리를 질렀다.

"이보시오! 아흐윽!!"

"……."

눈류는 고민에 빠졌다.

이 안개 낀 곳을 얼마나 헤매야 할지 모르는 일이다.

그런데 다친 남자까지 동행한다면 그 여정은 더욱 힘들어질
것이다.

"혹시 길을 아십니까?"

그냥 버리고 가려던 눈류는 혹시나 하는 마음에 엘프를 향
해 물었다.

만약 길을 안다면 당연히 구해줄 생각!

"아구구, 이 안개 낀 곳에서 제가 어찌 길을 알겠습니까?"

"그렇군요. 수고요."

"……."

눈류가 매몰차게 걸어가자 남자 엘프는 당황하며 소리를 지른다.

"사, 사실은 길을 압니다!!"

그러자 건전지가 다 된 로봇처럼 제자리에 멈춰 서는 눈류!

돌아보는 그의 시선에는 의심이 가득 깔려 있었다.

이곳에서 혼자 다리를 다쳐 있는 것은 그런 역할의 NPC라 생각하면 됐지만, 길을 모른다고 했다가 안다고 번복하는 것이 영 믿음직스럽지 못했기 때문이다.

'혹시 다리 다친 것도 꾀병 아냐? 유저를 골탕 먹이려고!'

한 가지에 의문이 들자 모든 것을 의심하기 시작했고, 엘프에게 가까이 다가가다가 급하게 놀란 표정을 지으며 소리를 쳤다.

"헉! 왜 여자가 옷을 벗고 있지!"

"아니, 어디에!!"

벌떡!!

"……."

"……."

눈류는 가자미 눈동자가 되어 엘프를 쳐다봤다.

그러자 눈류의 손가락이 향한 곳을 보기 위해 자신도 모르게 일어섰던 엘프는 애써 시선을 회피했다.

"발목이 참 아파 보이는군요."

"아하하……."

이마에서 식은땀까지 흘리기 시작한 엘프!

눈류는 잠시 그를 바라보며 기다렸다.

혹시나 모르는 퀘스트를 받지 않을까 하는 기대 때문에.

그러나 엘프는 재차 어색한 연기를 하며 발목이 아프다고만 할 뿐, 어떤 퀘스트도 주어지지 않았다. 혹시 몰라 업어달라는 엘프를 업기까지 했지만 결과는 마찬가지였다.

"수고요."

결국 눈류는 냉정히 돌아섰다.

만약 퀘스트 NPC였다면 이미 퀘스트를 주었을 것이다. 아니면 관련된 말을 꺼냈다든가.

그런데 이 엘프는 아프다고 가여운 표정만 짓고 있다! 그렇게 원하는 어부바를 해줘도 아무런 변화가 없었다! 그렇다면 유저를 골탕 먹이기 위한 NPC!

'그랬군. 그놈이 이놈이었어.'

눈류는 뒤늦게 엘프의 대륙에 관한 방송을 떠올렸다.

안개의 숲에 관한 정보가 있었는데, 대륙을 발견한 유저의 말에 의하면 안개의 숲에는 아무런 의미도 없이 사람을 힘들게 하는 NPC가 있다고 했다. 그런데 숲에 오기 바로 전에 너무나 충격적인 일을 겪은 탓에 눈류가 깜빡한 것이었다.

'망할 놈의 유저. 장로에 관한 얘기도 했어야지!'

뒤에서 엘프가 달려오면서 아프다는 말도 안 되는 소리를 했지만 눈류는 스킬까지 발휘하며 거리를 벌린 후, 대륙을 처음 발견한 유저에게 불만을 토하기 시작했다.

만약 안개의 숲에 장로의 거처가 있다는 것을 방송에서 알려줬더라면 자신이 그 아까운 라르크를 날리지도 않았을 텐데!!

유저가 몰랐던 것일 수도 있으며, 알면서도 안 알려준 것일 수도 있지만… 눈류는 사악한 엘프들과 동급이라 생각하며 뒤를 쳐다봤다가 표정이 굳어버렸다.

"어, 어떻게?"

"어이쿠! 발목아!!"

눈류의 얼굴이 당혹으로 물들었다.

스킬 그림자 조각까지 사용하며 달렸다.

이곳은 언제든지 방향을 잃어버릴 수도 있기에 오로지 직선으로 말이다! 그런데 엘프가 아파하며 뒤따라왔다. 자신의 시야에 보인다는 것은 바로 곁이라는 뜻.

'내가 다시 돌아왔다는 말인가? 그럴 리가 없다.'

눈류는 입술을 잘근 깨물었다.

어차피 꾀병을 부리고 있다 생각하기에 다리를 다친 것은 문제가 되지 않았다.

오로지 그림자 조각의 속도를 따라왔다는 것! 그 사실이 눈류를 긴장하게 만든 것이다.

'다시 한 번……'

눈류는 뒤를 한 번 쳐다본 뒤, 재빠르게 그림자 조각을 발휘했다. 하지만… 결과는 같았다. 몇 번이고 사용해도 엘프는 어느새 바로 뒤에 나타났다.

"아이구, 발목아!!"

그리고 계속 귓가로 파고드는 저 고통의 소리!

눈류는 짜증이 머리끝까지 치밀어 올랐지만 애써 참으며 생각에 잠겼다.

'귀환을 써서 마을로 가버릴까?'

고개를 젓는 눈류. 그럴 경우 어차피 다시 와야 할 테고, 또 저 엘프를 만날 것이다.

'후우. 하필 퀘스트 장소가 여기라니.'

눈류는 속으로 한숨을 길게 내쉰 다음 엘프를 바라보며 입술을 열었다. 어차피 모 아니면 도! 결심을 한 것이다.

"정말 장로에게 가는 길을 아십니까?"

"아구구, 그렇습니다!"

"그럼 저에게 원하시는 것이 뭡니까?"

"저를 업어주십시오. 발목이 아파서 걷지를 못하겠군요."

'이이익!!'

속으로 울분이 치솟아올랐다.

여자의 알몸이라는 소리에 벌떡 일어난 주제에! 그림자 조각을 발휘해도 따라온 주제에! 발목이 아파서 못 걷겠다니!!

하지만 눈류에게는 선택권이 존재하지 않았다.

짜증난다고 도망칠 수 없었다. 퀘스트 때문이라도 장로에게 가야 했다.

그렇기에 눈앞의 엘프에게 당해 골탕 먹을 수도 있지만 장로에게 가는 방법이 알려지지 않은 지금 유일한 희망이라면 희망이었다. 또한 자신이 거절하고 도망을 친다면 계속 듣기 싫은 신음을 내면서 따라올 것이다.

'제발 네놈만 믿는다.'

눈류는 어쩔 수 없이 엘프를 등에 업었다.

만약 골탕만 먹인다면 악성이고 뭐고 죽여 버릴 생각까지 하면서.

"하악, 하악……."

눈류는 입에서 단내가 나는 것을 느꼈다. 그 정도로 지쳤으며, 다리가 후들거렸고 이마에 맺힌 땀이 볼을 타고 흘렀다.

털썩!

눈류는 이를 악물고 힘을 내다 결국 자리에 주저앉았다. 그리고 잠시의 휴식과 함께 엘프와 빵을 나눠 먹으며 피로를 회복했고 재차 엘프를 업었다.

'또 무거워졌다.'

자신이 지쳐서 그렇게 느끼는 것은 절대 아니었다. 라스트 월드, 이곳에서는 피로도가 문제되지 않는다. 그런데 피로도를 한 번씩 회복할 때마다 엘프의 몸무게가 무거워졌다. 그리고 지금은 업자마자 다리가 휘청거렸다.

"무슨 짓을 하시는 겁니까?"

"제가요?"

'으윽… 이 망할 엘프!!'

뻔뻔스럽게 반문하는 엘프. 눈류는 재차 따지려다가 입을 굳게 다문 채 걸음을 서둘렀다. 어차피 얘기를 더 해봐야 달라질 것은 없어 보였기 때문이다. 단지 '얄밉다!' 라는 말만 속으로 수없이 반복하는 눈류였다.

"하아⋯⋯."

그렇게 얼마쯤 걸었을까? 이제는 한 걸음씩 내딛을 때마다 흙으로 이루어진 땅이 조금씩 내려앉았다. 만약 현실의 진하였다면 들지도 못한 채 무너졌을 것이다.

"이제 다 왔군요."

그때 눈류에게 반가운 소리가 귓속으로 파고들었다.

여기까지 오면서 몇 번이나 물으며 기대했던 말인가!!

"정말인가요?"

"네. 이만 내려주시겠습니까?"

엘프의 말에 고개를 끄덕이며 조심스럽게 내려주는 눈류.

마음속에서는 집어 던지라고 외쳤지만 아직 장로를 만나지 못한 상태였기에 얼굴에는 환한 웃음이 가득했다. 조금이라도 더 점수를 얻기 위한 필살의 노력!

"웃음에 가식이 가득하십니다. 하하."

"⋯⋯."

속셈을 간파당해 볼 살이 경련으로 떨리기 시작했지만 눈류는 애써 웃음을 유지했다. 그러자 엘프는 온화한 미소를 짓고는 주변을 둘러보며 길게 숨을 쉬었고, 지금까지와는 달리 정색하며 말문을 열었다.

"장로를 만나려는 목적이 검의 봉인 때문입니까?"

"어떻게……?"

눈류는 내심 깜짝 놀랐다. 도대체 어찌 알았다는 말인가?

"당신을 이곳까지 데리고 온 이유는 바로 그 검 때문입니다. 정령들의 기운이 가득하면서도 엘프들의 숨결이 묻어 있는. 만약 그 검이 아니었다면 당신 역시 다른 인간들과 마찬가지로 이 안개로 가득한 숲을 하염없이 돌기만 했을 것입니다."

'대단하군.'

눈류는 고개를 끄덕였다.

왜 이곳을 발견한 유저가 엘프를 골탕을 먹이는 NPC라고 생각했는지 이해가 되었다. 비밀 퀘스트가 없었기에 고생만 했을 것이다. 더불어 장로의 위치가 지도에 있는 것 역시 의문이 풀렸다. 알아도 찾을 수 없는 존재! 바로 엘프의 장로였다.

그러면서 인벤토리에 있는 검을 파악한 엘프의 능력에 내심 감탄했다.

인벤토리라는 것은 NPC들에게 있어 마법 주머니와 똑같은 것이었다. 그런데 그 내용물을 느낄 수 있다니? 새삼 눈앞에 서 있는 엘프의 존재가 거대하게 느껴졌다.

"당신이 말한 그대로입니다. 저는 검의 봉인을 풀기 위해 이곳을 찾아왔습니다."

"그렇군요."

엘프가 대답과 함께 턱을 손으로 매만지자 눈류는 그때서야 주변을 둘러봤다.

안내를 한 엘프의 말에 의하면 이제 장로가 있는 곳이 눈에 보여야 할 것인데, 아직도 안개만 자욱한 숲이었다.

'뭔가 더 남은 것인가?'

지금까지의 고된 퀘스트들을 떠올리며 불길한 생각에 사로잡히는 눈류. 그때 엘프의 목소리가 들렸다.

"알겠습니다. 그럼 검을 보여주시겠습니까?"

"네?"

눈류는 엘프의 갑작스러운 말에 자신도 모르게 반문했다.

자신이 왜 장로를 찾아왔는지 이유까지 설명한 상태였다. 아니, 그는 이미 알고 있었다. 그런데 장로의 가디언이라 생각되는 존재가 검을 보여달라니?

"저는 장로님을 뵙겠다고 말씀드렸습니다."

"알고 있습니다."

"그런데 어째서?"

"여기 있지 않습니까?"

"……."

눈류는 머릿속이 망치로 얻어맞은 듯 멍해지는 것을 느꼈다.

그런 눈류의 표정이 재미있는 듯 엘프는 싱글벙글 웃기만 했고, 뒤늦게 정신을 차린 눈류는 말까지 더듬으며 되물었다.

자신이 들은 소리를 믿을 수 없었기에.

"지, 지금 뭐라고 하셨……."

"여기 있다고 했습니다."

"그 말은?"

"네. 제가 바로 엘프들의 장로, 루운입니다."

Part 5
라이벌

The knight of mask

　"잠시만요."

　"네."

　루운이 고개를 살짝 숙이며 팔을 벌리자 눈류는 대답과 동시에 한 걸음 물러섰다.

　"결계를 풀어야 하는데 아직 갇혀 있는 인간 분들이 많군요. 보내드려야 할 듯합니다."

　"아……."

　그때서야 루운이 무엇을 하려는지 알게 된 눈류는 속으로 탄성을 질렀다. 자신의 추측이 틀리지 않는다면 이 안개의 숲은 상당히 넓었다. 그런데 이 숲 전체를 파악할 수 있다니! 감각이 뛰어나다고 자부하는 자신조차 단 한 명의 존재감도 느낄 수 없는데 말이다.

스파아아앗!

루운이 한국말로 해석이 되지 않는 주문을 외우자 그의 주변에는 성스러운 빛이 가득 서렸고, 빛이 허공으로 솟구치는 순간 루운의 감겼던 두 눈이 떠졌다.

"모든 인간 분들이 안전하게 마을로 이동되었습니다. 이제 결계를 풀도록 하죠."

짜악!!

루운은 여전히 천사 같은 웃음을 머금은 채 양 손바닥을 마주쳤다.

그러자 눈류는 놀라운 광경을 목격하며 두리번거렸다.

루운이 손뼉을 친 후 깜빡할 사이 주변 풍경이 모두 바뀌어 있었다.

그 짙고 짙던 안개는 깜쪽같이 사라졌고, 온통 자연의 숨결이 살아 있는 듯한 풀밭이 나타났다. 그 위로 토끼를 비롯한 작은 동물들이 자유롭게 놀고 있었으며, 각양각색의 꽃들이 바람의 숨결에 맞춰 움직였다.

그리고 가장 경악스러운 점은 바로 숲의 크기였다.

이때까지 눈류는 안개의 숲이 대단히 넓다고 생각했었다. 그런데 결계가 사라지자 숲의 입구가 눈류의 시야에도 보일 정도로 좁은 편이었고, 숲이라 부르기도 민망한 넓이였다.

'정말 놀라운 존재군.'

눈류는 이제 감탄을 넘어 소름을 느끼며 자연과 생물들을 사랑스러운 표정으로 지켜보고 있는 루운에게 시선을 던졌다.

이 정도의 결계를 만드는 것도 놀라운데 순식간에 없앨 수 있는 능력. 지금의 상황으로 본다면 분명 공간 자체를 변형시키는 결계였다. 그렇지 않고서야 이 좁은 곳에서 많은 유저들이 길을 잃고 헤맬 수는 없을 테니.

그런데 결계가 풀리는 순간 그 어떤 이질적인 느낌도 감지할 수 없었다. 오감을 넘어 육감을 깨달았음에도!

"후우… 후우……."

눈류의 호흡이 거칠어졌다.

루운을 바라보며 모든 정신을 집중했고, 예상도 할 수 없는 그의 능력에 호흡이 막혀오는 것이었다.

'만약 이런 자와 적이 된다면?'

이마에 식은땀이 흥건히 맺힌 눈류.

단지 집중을 하고 마주 보는 것만으로도 한바탕 전투를 치른 느낌!

"왜 그러시죠?"

환한 웃음의 루운이 고개를 갸웃거리며 묻자 눈류 역시 급하게 미소를 지으며 고개를 저었다. 자신이 말하지 않아도 그는 이미 알고 있을 것이다.

"이제 한창인 나이신 듯한데, 몸이 허하신가 보군요. 하하."

루운은 짓궂은 표정으로 눈류를 향해 농을 건넸고, 눈류는 실소를 흘리다가 곧 궁금한 점이 떠올라 루운을 향해 질문했다.

"그런데 루운님께서는 저를 보는 순간 검에 대해 느끼셨습니까?"

"네, 그렇습니다."

"그러면 왜 고생을 시킨 것이죠?"

눈류의 눈빛이 자신도 모르게 가자미 모드로 변했다.

궁금했다! 왜 알면서도 이 좁은 곳을 그 오랜 시간 동안 돌게 한 것인가!

그러자 바로 해맑은 웃음을 터뜨리며 대답하는 루운.

"하하. 재미있지 않습니까?"

"……."

새로운 괴짜 NPC를 발견한 눈류. 절로 한숨이 새어 나왔다.

"하하. 그래서 어떻게 되었냐면 말입니다."

"네……."

눈류는 지친 표정으로 루운의 뒤를 따라 힘없이 걸으며 그를 한마디 말로 정리했다.

주접!! 정말 수다를 좋아하는 것을 넘어선, 바다에 빠지면 입만 뜰 존재였다.

장로라는 사실을 알기 전에도 아프다는 소리를 하염없이 해 괴롭게 만들더니, 이제는 자신의 거처로 가자면서 쉬지 않고 말을 하고 있었다.

정말 귀가 아픔을 넘어서 정신이 몽롱해질 지경!

그러나 루운은 힘들지도 않은지 눈류가 대답을 하지 않아도 얘기하기에 바빴다. 고개를 설레설레 젓던 눈류는 무지갯빛 다리 위에서 호수를 내려다봤다.

일곱 빛깔이 반짝이는 다리도 눈의 자유를 빼앗았지만, 다리 밑에서 같은 빛을 뿜내며 흐르고 있는 연못은 더욱 화려했다.

"그래서 우리 어린 엘프가… 아, 연못을 보고 계시는군요. 아름답죠?"

"그러네요."

앞장서서 혼자 낄낄거리던 루운은 눈류가 연못에 정신이 팔려 있자 입을 한 번 크게 벌렸다. 연못에 대한 자랑을 하기 전에 준비를 하는 것!!

"이 연못으로 말하자면……."

또다시 시작되는 연설에 눈류는 주먹을 불끈 쥐었다.

그리고 루운이 아닌 자신을 밤새도록 두들겨 패고 싶었다.

왜 하필 연못을 봐서! 그냥 가기라도 했다면 이 고통의 시간이 조금 더 줄었을 텐데!!

"그렇게 해서 탄생하게 된 것입니다."

"그렇군요……."

잠깐 사이에 심적인 고통이 얼마나 컸는지 눈 밑에 다크 서클까지 생긴 눈류는 고개를 까딱거리며 황급히 길을 재촉했다.

분명 여기에 있어도, 루운의 집에 도착하더라도 수다는 계속될 것이다.

그렇다면 쉬지 않고 걸어서 조금이라도 시간을 줄이는 것이 최선!

하지만 루운은 그런 눈류의 속셈을 알아차리기라도 한 듯 손을 저으며 움직이지 않았다.

"기다려 보세요. 제가 예쁜 놈을 보여 드리겠습니다."

"예쁜 놈이요?"

"네. 애지중지 키우고 있지요."

휘이익!!

아이 같은 웃음을 날린 루운은 곧 휘파람을 불었다.

그러자 눈류의 표정이 살짝 굳어졌다.

휘파람과 함께 수면이 심하게 흔들렸기 때문이다.

촤아아아악!!

그때 거대한 물고기와 같은 존재가 허공으로 높이 치솟았다가 다시 내려갔다. 그러더니 얼굴만 빼꼼히 내밀어 루운과 눈류를 바라보며 미소를 지었다.

'컥!! 뭐 저런 놈이!!'

눈류는 이마에서 식은땀이 흐르는 것을 느꼈다.

거대한 메기처럼 생긴 놈이 웃고 있다! 정말 두터운 입술을 반원으로 그리면서 말이다! 가장 중요한 것은 예쁘기보다… 오히려 위협을 주는 미소!!

"정말 사랑스럽지 않습니까?"

'어디가!!'

그러나 루운은 메기를 진심으로 아끼는 듯 따스한 시선으로

쳐다봤고, 메기는 잠시 왔다 갔다 하다가 깊은 물속으로 사라
졌다.

"제가 예쁘다고 한 것은 외형이 아닙니다."

메기가 사라지고 나서야 앞장서서 재차 걸음을 움직이던 루
운이 돌아보지 않은 채 말을 꺼냈다.

"저놈은 생긴 것도 흉측하고 체격은 거대합니다. 그러나 다
른 생명을 절대 해치지 않습니다. 놀랍게도 흙을 먹고 살기 때
문입니다. 그래서 저놈이 예쁘다는 것입니다. 인간들이나 다
른 생물 혹은 존재들처럼 자신이 살기 위해 남을 먹지도, 죽이
지도 않기 때문에……."

루운의 마지막 말에는 왠지 여운이 가득했다.

그러나 그것도 잠시! 어느새 활발한 모드로 돌변하여 수다
를 떨기 시작했고, 그것은 거처에 도착해서 차를 마시는 순간
까지도 이어졌다.

"하하, 재미있지 않습니까? 아참, 차가 식겠군요. 어서 드세
요."

'이미 차갑다, 이놈아.'

눈류는 애써 웃음을 유지하며 초록색의 찻잔을 집었다. 김
이 모락모락 나던 따스한 차는 루운의 수다로 인해 사라진 지
오래였고, 미지근함이 느껴졌다.

후르륵.

성격 같아서는 단 한 번에 마시고 싶지만, 눈앞에서 평가를
기대하며 눈빛을 반짝이는 루운으로 인해 눈류는 맛을 음미하

며 목구멍으로 넘겼다.

"차 맛이 좋군요."

"그렇습니까? 이곳에서 나는 최상급 풀로 만든 것입니다. 특히 정력에 효과가 좋다지요."

"그, 그렇군요."

정력에서 표정이 진지해지는 루운의 모습에 눈류는 속으로 실소를 흘리며 재차 차를 맛봤다. 진심으로 맛이 괜찮았다. 현실의 녹차와 비슷했는데 거기에 단맛이 조금 추가된 듯한… 더불어 향기는 그 이상이었고, 쓴맛 역시 훨씬 줄어든 편이었다.

'싸가고 싶군.'

차 한 잔을 다 비운 눈류는 입맛을 다시며 생각하다 루운의 수다가 또 이어지려고 하자 황급히 본론을 꺼냈다.

"그런데 루운님, 검의 봉인은 어떻게 해야 풀 수 있습니까?"

"그때 라에이스가… 아, 검의 봉인이요? 일단 검을 줘보겠습니까?"

"네."

말이 끊겨서인지 약간은 아쉬운 표정의 루운에게 눈류는 봉인된 검을 꺼내주었다.

그러자 루운은 검집에서 검을 빼서 이리저리 둘러보다가 다시 검집에 검을 넣은 뒤, 오래된 나무로 만들어진 탁자 위에 올려놨다.

"이 물건은 그대의 것입니까?"

"아닙니다. 카르엔 공작께서 부탁하신 것입니다."

"오, 그랬군요. 카르엔은 잘 지내고 있나요?"

"네? 네."

카르엔 공작의 이름이 나오자 루운의 표정에 생기가 돌았다.

"그를 못 본 지도 참 오래되었습니다. 대륙의 전쟁이 발생하면서 저희 엘프들은 떠나기로 결심했지요. 만약 그곳에 있었더라면 저희는 싸움을 할 수밖에 없었으니까요."

눈류는 고개를 끄덕였다.

루운의 능력만 봐도 엘프들이 얼마나 강한 종족인지를 알 수 있었다.

특히 정령술과 활을 유독 잘 쓰는 그들이기에 전쟁과 같은 단체와 단체의 싸움에서는 더욱 무서운 힘을 발휘할 것이었다. 그러니 엘프들이 대륙에 계속 남아 있었더라면 마르크 공작을 선두로 제안이 들어왔을 것이다. 자신들을 도우라는! 그러나 평화를 사랑하는 엘프들이 전쟁에 참여할 일이 없었고, 문제는 거절을 한다면 적이 될 수도 있다는 점이다.

특히 자신의 욕망을 위해 그 누구도 죽일 수 있는 마르크 공작은 엘프들이 거절한다면 분명 협박을 했을 것이다. 만약 그들이 크로아 왕국에 붙기라도 한다면 절망인 것을 알기에 편이 될 수 없다면… 불화의 씨앗을 정리하는 것이 나을 테니.

"그래서 저희는 대륙을 떠나 이곳을 발견하게 되었는데, 카르엔 공작은 좋은 사람으로 제 기억에 자리 잡고 있습니다. 그는 진정한 기사였지요. 호탕하면서도 주군을 위한 충성… 약자에게 약하고, 강자에게 강했던 그런 사람이었습니다."

"저도 그렇게 생각합니다."

눈류의 대답을 들으며 루운은 잠시 두 눈을 감았다.

옛 추억에 젖어든 것이었고, 눈류는 침묵을 지키며 그런 그를 기다렸다.

"검의 봉인을 풀 수 있습니다."

눈류의 얼굴이 환해졌다.

비록 골탕은 먹었지만 생각보다 쉽게 퀘스트가 해결되었기 때문이다.

"하지만 부탁이 있습니다."

"네?"

일그러지는 표정을 애써 웃음으로 유지하는 눈류.

"검의 봉인은 풀 수 있지만 쉽지 않아요. 그래서 그에 상응하는 일을 해결해 주셨으면 합니다. 이런 부탁을 드린다는 것이 죄송스럽지만, 저희 엘프들은 해결할 수가 없는 일입니다."

"어떤……."

루운이 자리에서 일어섰다.

그의 표정은 지금까지와는 달리 진지했다.

"이곳에서 북쪽으로 가다 보면 파괴된 대지가 나옵니다. 그곳은 다크 엘프들이 저주를 심어놓고 사라진 곳이죠."

"다크 엘프요?"

"네, 그렇습니다. 대륙을 떠난 것은 저희뿐 아니라 다크 엘프들도 함께였습니다. 그들은 싸움이 싫어서가 아닌, 당시 너무나 강력한 무력을 소유했던 인간들로 인해 새로운 대륙을 찾아 왕이 되고 싶은 마음에 움직인 것이죠."

눈류의 머릿속에 가면의 기사를 시작으로 전설이라 불리는 20명이 떠올랐다.

"그래서 평소 사이가 좋지 않았지만 저희들은 대륙을 발견하기까지 하나가 되어 움직였고, 대륙을 찾게 되자 내기를 하게 되었습니다. 물론 다크 엘프 쪽에서 많은 반발이 있었지요. 그들은 싸움을 해서 저희를 밀어내는 것이 편했을 테니. 하지만 다크 엘프의 장로는 생각이 달랐습니다."

잠시 말을 멈춘 루운은 김이 나는 차를 자신과 눈류의 찻잔에 부었고, 차를 한 모금 마신 뒤 재차 말문을 열었다.

"그는 잘 알고 있었던 것입니다. 엘프들이 싸움을 싫어하는 것이지, 못하는 것이 아니라는 사실을요. 그래서 그는 내기를 하기로 결정을 했고, 저희들은 신의 맹약을 맺으며 내기를 했습니다. 그리고 저희가 승리를 하게 되었지요. 그 후 다크 엘프들은 약속대로 새로운 대륙을 찾아 떠나게 되었는데… 뒤늦게 저주를 발견하게 되었습니다."

"어떤 저주인가요?"

"후우……."

루운은 심각함을 가득 담은 한숨을 길게 내쉬었다.

"저주의 씨앗은 천천히 자랐습니다. 저조차도 눈치 채지 못하게… 슬금, 슬금, 아주 천천히 말입니다. 그러다가 제가 발견했을 때는 이미 손을 쓸 수 없는 상황이었다. 그리고 그때 북쪽은 죽음의 땅이 되어버린 상태였고요. 자신의 세력과 힘을 키우던 저주가 한순간에 대지를 집어삼키며 올라온 것이죠. 그런데 문제는 저주의 씨앗이 계속 세력을 뻗치며 조금씩, 조금씩 이 대륙을 죽음의 땅으로 바꾸고 있다는 것입니다.

눈류는 심각해진 얘기에 힘이 쭈욱 빠지는 것을 느꼈다. 분명 큰 어려움이 기다리고 있을 것 같은 예감이 전신을 휘어 감았기 때문이다.

"북쪽 대지 정중앙에 자리하고 있는 지하 탑. 그곳이 저주의 씨앗이 있는 곳이지만 저희 엘프들은 다가갈 수 없습니다. 저주의 영향인지 엘프들은 저주의 땅에서 오래 버틸 수 없으며, 저 혼자만이 가까스로 지하 탑에 들어갈 수 있었습니다. 하지만 그곳에는 어둠의 힘을 사용하는 가디언들이 다크 엘프들을 대신해 씨앗을 지키고 있었습니다. 만약 저주의 땅만 아니라면 홀로 그들을 처치할 수 있겠지만 저 역시 그곳에서는 힘을 제대로 발휘할 수 없었고, 결국 물러서야 했습니다. 그 후 저는 오랜 시간 고민과 고민을 거듭했습니다. 그러다 결국 인간들에게 도움을 요청하기로 결심을 했는데, 그대를 만나게 된 것입니다."

"그 말인즉……."

"네, 그대가 가디언들을 해치우고 저주의 씨앗을 파괴해 주신다면, 저 역시 검의 봉인을 풀어드리겠습니다."

[봉인의 검 퀘스트 2차.]

엘프의 장로 루운의 제안.

믿을 수 있는 동료를 모아 지하 탑의 가디언들을 해치우고 저주의 씨앗을 파괴하자.

파티 인원 제한:1/6

'결과는 정해져 있다.'

눈류는 결심과 함께 말문을 열었다.

"네, 제가 하겠습니다."

"감사합니다!"

그러자 루운의 표정이 환해지며 진심 어린 고마움을 표시했다. 그러나 눈류는 딴생각에 잠겨 있었다. 퀘스트가 파티 퀘스트였기에 자신을 제외한 다섯 명에 대한 고민이었다. 하나, 생각은 깊게 이어지지 않았다.

루운이 검을 내밀며 말을 했기 때문이다.

"그대를 보면 그가 떠오르는군요."

"네?"

"아, 그런 사람이 있었습니다. 인간이지만 너무나 강한 무력을 소유하고 있었던… 싸움을 싫어하는 저에게 투지를 불러일으켰던… 가면을 착용하던 기사."

'가면의 기사?'

눈류의 얼굴에 흥미가 생성되었다.

아직까지 알려지지 않은 스토리였다.

가면의 기사와 엘프의 장로가 아는 사이였다니!

"그런데 그와 많은 부분이 비슷하시더군요. 어둠과 빛을 한 몸에 담고 있는 것도… 혹시?"

"네, 맞습니다. 제 스승님이십니다."

"오오! 그랬군요!!"

―엘프의 장로 루운과 친밀도가 상승하였습니다.

'헐……'

뜻밖의 수확이었다.

가면의 기사를 동경하는 듯해서 숨기지 않고 말했는데 친밀도마저 순식간에 오르다니!

"그는 잘 지내고 계십니까?"

반가움이 가득한 루운에게 눈류는 모든 것을 사실대로 말했다.

가면의 기사가 현재 스스로 봉인되어 있다는 사실과 자신이 그와 레이첼 황녀를 구하기 위해 노력하고 있다는 것도. 그 사실에 루운은 안타깝다는 듯한 눈빛을 흘리며 고개를 떨구었다.

"그런 일들이 있었군요."

"네……."

"이제야 이해가 되는군요. 당신이 어떻게 인간의 한계를 넘어선, 조화된 마나를 가지고 있는 것인지."

방 안에 가득 찬 무거운 분위기.

하지만 그것도 잠시! 루운은 언제 그랬냐는 듯 활발함을 되찾으며 재차 수다를 떨기 시작했고, 눈류는 두 시간이 지나서야 귀를 부여잡은 채 수척해진 모습으로 마을에 나타났다.

"아아아악!! 언니!!"
"언니, 사랑해요!"
"누나는 내 거다! 와, 짱!"
"누나, 나랑 결혼해요!!"
"혜란아!!"

가요 프로그램에서 자신의 차례가 되자 혜란은 야시시한 짧은 원피스를 입고 무대로 나갔다. 그러자 귓가로 팬들의 우레와 같은 함성이 들렸고, 반주에 맞춰 흥겨우면서도 중독성이 있는 댄스곡을 불렀다.

그런 혜란의 모습은 천장을 비롯해 사방에 가득 찬 스크린에 비춰졌다.

팬들은 더욱 열광했으며, 혜란 역시 진심으로 즐기며 활발하게 움직였다.

"후우, 더워."

빛을 선사하면서도 뜨겁지 않은 조명으로 인해 아무리 많은 스포트라이트를 받아도 덥지 않지만, 너무나 열심히 뛴 혜란은 대기실에 앉아 땀을 식혔다.

그러자 벽 곳곳에 위치한 청정 바람으로 어느새 더위는 사라졌고, 동료들과 인사를 주고받은 혜란은 서둘러 매니저를 따라 뛰었다. 스케줄이 빡빡했기 때문이다.

그런데 혜란의 표정이 밝지 않았다.

피곤해서가 아닌, 쇼 프로그램을 싫어하기 때문이었다.

자신이 진정 즐기는 것은 무대 위에서 노래를 부르는 것이었는데, 노래만 불러서는 수입이 적기에 회사의 방침에 따라 어쩔 수 없이 병행하고 있었다.

'또 지루하겠구나.'

순수하고 귀여운 척 연기를 하고, 재미없는 농담에 실실 웃어줘야 하는… 혜란은 잠시 후의 모습이 머릿속으로 빤하게 그려지자 실소를 흘리며 팬들로 장악된 자신이 타는 자동차를 바라봤다.

햇빛에 의해 화려한 빛을 내뿜고 있는 자동차.

드문, 드문 은빛의 유리로 이루어져 있었는데, 사실 유리가 아니었다. 10년 전 개발된 것으로 철보다 단단한 재질이었고, 그러면서도 유리보다 가벼운 물질이었다.

"비켜!! 비켜!!"

"아아, 언니!! 언니!"

"누나! 나를 잡아먹어 줘요!!"

보디가드들과 매니저 사이에 서서 자동차로 향하는 혜란은 귀가 아플 정도의 비명에 머리가 아팠지만 내색하지 않으며 웃는 얼굴로 손을 흔들었다. 저들이 있기에 자신이 있다는 것을 잘 알고 있기 때문이었다.

"오오!! 훈 선수, 화끈합니다!!"

"그러게요!"

라스트 월드 관련 프로그램에 일일 MC로 참여하게 된 혜란은 속마음이야 어떻든 남자 MC와 함께 흥분했다. 자신은 돈을 받고 일하는 것이기에 카메라가 돌아가면 언제나 방송용으로 돌변했다.

"오오! 훈 선수의 승리입니다!"

"와, 정말 대단하네요!"

남자 MC의 말을 받으며 혜란은 환한 얼굴로 박수를 쳤다.

그런 혜란의 시선은 커다란 화면에 고정되어 있었다. 그곳에서는 방금 승리를 거둔 남자 탤런트 훈이 갑옷을 입은 채 손을 흔들고 있었고, 죽었다가 살아난 가수 정호는 머리를 긁적이며 아쉬운 웃음을 흘리고 있었다.

이제 연예인과 연예인이 직접 몸으로 부딪치거나 혹은 능력을 설정한 로봇과 스포츠, 격투를 하는 시대는 존재하지 않았다. 가상현실 기술로 인해 라스트 월드처럼 직접 유저가 되어 목숨을 건 싸움을 했고, 현실에서는 할 수 없었던 위험천만한 스포츠도 했다.

그리고 시청률 역시 그렇게 해야 잘 나왔다.

"수고하셨습니다!!"

몇몇 연예인들이 더 대결을 하고 나서야 촬영을 마치게 되었고, 큰 목소리로 인사를 한 혜란은 매니저와 함께 서둘러 스튜디오를 빠져나왔다.

오늘만 해야 될 스케줄이 아직 3개나 더 남아 있었다.

한참 주가가 오른 상태였기에 오늘뿐 아니라 한두 달 뒤의 스케줄도 꽉 찬 상태였으며, 혜란은 차 안에서 라스트 월드를 생각하며 한숨을 내쉬었다.

이렇게 몸은 물론 심적으로 피곤할 때는 라스트 월드에 접속해 스트레스를 확 날려줘야 했다. 몸의 피로는 약이 있지만, 심적인 피로는 약이 없기 때문이다.

그러나 자신에게는 자유 시간이 많지 않았고 아쉬움의 입맛을 다실 수밖에 없었다.

"뭐 먹을래?"

두 눈을 감고 잠시라도 자려던 혜란은 매니저의 목소리에 문 쪽 가게를 바라봤다.

패스트푸드 전문점이었는데, 어릴 때처럼 햄버거나 이런 것은 이제 팔지 않았다. 대신 요즘은 스테이크를 비롯한 해산물 요리 등등 과거 오랜 시간이 걸렸던 음식들이 1, 2분 안에 완성되어 나왔다.

"스테이크로 아무거나 갖다 줘."

매니저가 내리자 혜란은 길게 하품을 하며 밖을 쳐다봤다.

밖에서는 안이 보이지 않지만, 안에서는 밖이 보였고 지나가는 사람들을 구경했다.

그때 혜란이 고개를 갸웃거렸다. 어디선가 본 듯한 낯익은 얼굴……

"누구지?"

잠깐 생각을 하며 상대를 다시 쳐다보는 혜란.

자신의 또래로 보이는 남자는 뭐가 그렇게 불만인지 음식을 포장한 봉투를 든 채 인상을 찡그리며 전화를 하고 있었는데, 보면 볼수록 자꾸 누군가가 떠올랐다.

어쩌면 자신이 그를 많이 생각해서 그런 것인지도 몰랐다.

물론 좋아하거나 이런 감정이 아닌 순수한 라이벌로 말이다.

'혹시…….'

혜란은 호기심 가득한 표정으로 남자를 하염없이 쳐다봤다.

연예인을 해도 될 만큼 남자다운 훈남이었으며, 체격 역시 좋아 보였다.

그리고 잠시 후, 남자가 전화를 끊자 혜란은 휴대폰을 꺼내 얼마 전 그의 번호를 저장한 이름을 작게 속삭였다.

그러자 막 발걸음을 움직이려던 남자가 전화를 받았다.

"여보세요?"

중저음의 목소리가 들리자 혜란은 이유를 알 수 없는 웃음을 힘겹게 참으며 남자를 주시했다. 남자는 몇 번 더 '여보세요?'를 반복하다가 어이없다는 표정으로 전화를 끊었고, 다시 걷기 시작했다.

"뭐가 그렇게 재미있어?"

그때 음식을 포장해서 온 매니저가 궁금하다는 듯 묻자, 혜란은 여전히 밖을 쳐다보며 재미있다는 표정으로 대답했다.

"라이벌을 만났거든."

집 앞에 멈춰 선 진하는 휴대폰을 꺼내 통화 내역을 쳐다봤다.

휴대폰에는 조금 전 걸려온 누군지 알 수 없는 번호가 찍혀 있었다. 잠시 생각을 하다 그는 전화를 걸었다. 하지만 노래 소리만 들릴 뿐 상대는 전화를 받지 않았고, 결국 잘못 걸린 전화라고 생각하며 진하는 집 안으로 들어갔다.

"으하하하!!"

"크크큭! 정말 재미있다."

"그러게. 역시 코믹 연기는 저 배우가 최고지."

진하의 눈동자가 가자미 모드로 변신했다.

루운의 힘든 수다를 겨우 이겨내고 마을로 돌아온 진하는 로그아웃을 한 뒤 잠을 자고 일어났고, 바로 라스트 월드에 접속하려고 했다.

그런데 그때 박하가 진하를 불렀다. 그 이유는 하나! 심부름!

진하는 게임을 해야 한다고 거절했다.

하지만 박하는 빌려준 라르크까지 거론하며 협박을 했다. 결국 몇 곳을 돌아다니며 여러 심부름을 하고 마지막으로 패스트푸드까지 사서 돌아온 것이다.

그런데 저들은 한가하게 TV나 보고 있다니⋯⋯.

몇 개의 심부름, 한 명씩 하나만 맡았어도 금방 끝날 일이었다.

'저놈은 이제 여기서 사는구나.'

진하의 이글이글 타오르는 눈빛이 칠호에게로 향했다.

아버지와 여동생의 더블을 넘어선 트리플 한가로움 작렬!

머릿속으로 혼자 바쁘게 뛰어다니며 심부름을 하던 조금 전이 떠오르자 왠지 슬픔이 밀려온 진하는 자신이 들어왔음에도 TV를 본다고 알아차리지도 못한 셋에게 걸어가 음식을 바닥에 철썩! 내려놨다.

그러자 그때서야 고개를 돌리는 셋!

"왔구나. 너도 TV 같이 보자. 재미있다."

"오빠, 저거 진짜 웃긴 영화야."

"형님, 같이 봐요!"

말만 들으면 진심으로 함께 보기를 원하는 듯했지만, 셋은 패스트푸드가 떨어지는 소리에 진하를 한 번 쳐다본 뒤 재차 TV에 시선을 던졌고, 고개도 돌리지 않은 채 한 마디씩 한 것이었다.

"저는 게임이나 할래요."

그 모습에 외로움과 삶의 후회까지 느끼며 방으로 들어가려던 진하. 그때 박하의 다급한 외침이 들렸다.

"아참, 진하야!"

"네?!"

어차피 게임을 할 생각이었지만 그래도 아버지는 나를 신경 쓰시는구나! 생각한 진하는 웃는 얼굴로 고개를 돌렸다.

하지만 박하는 전혀 다른 생각을 하고 있었으니……

"너, 전에 약속한 것 있지?"

"네?"

"라르크 빌릴 때 말이야. 도장 일을 하루 도와준다고 했지?"

진하의 표정에서 웃음이 사라졌다.

하지만 박하는 대조적으로 너무나 행복한 미소를 방긋! 지으며 말한다.

"오늘은 내가 좀 쉬어야겠다. 네가 도장에 가서 수고 좀 해라."

"아, 아버지! 저 퀘스트……."

"장비 팔아서 갚을래?"

"……."

퍼억! 퍼어억!!

도복으로 갈아입고 도장에 올라온 진하는 몸을 풀기 위해 샌드백을 발로 차고 있었다.

그러나 몸을 풀기 위함 치고는 너무나 과격했다!

"으아아악!! 트리플!!"

샌드백에 박하와 은하, 그리고 충성을 다 바칠 것처럼 행동하던 처음과는 달리 은하를 만나면서 밉상으로 급격하게 부상하고 있는 칠호의 모습이 떠오르자 진하의 발길질은 더욱 거세졌고, 한참이나 샌드백과 씨름을 한 후 땀으로 범벅이 된 진하는 시간을 바라본 뒤 휴식을 취했다.

이제 곧 수련생들이 올 시간이었기 때문이다.

"형님!!"

"오빠."

수련생들이 하나둘 도장에 모습을 나타내던 때, 진하는 낯익은 목소리에 고개를 돌렸다가 황당한 웃음을 터뜨렸다. 생각도 하지 못한 선예가 손을 흔들고 있었다.

"어떻게 왔어?"

"제가 데리고 왔습니다!"

질문은 선예에게 했지만 대답은 곁에 있던 칠호가 대신했고, 선예를 바라보던 애정 어린 진하의 눈빛이 칠호에게 옮기자 빙판을 걷는 듯 살벌하게 변했다.

"혀, 형님, 왜 그렇게 처다보시……."

"아.니.다."

진하의 끊어지는 대답!

그러면서도 어색하게 웃고 있다!

마음 같아서는 요즘 자꾸 자신의 말도 잘 안 듣고, 은근히 얄미운 짓을 하는 칠호를 한 대 쥐어박고 싶지만, 진하는 애써 참았다. 물론 절대 칠호를 위해서가 아닌 필요에 의해서였다.

잠을 자기 전에도 생각을 했고, 조금 전 몸을 풀면서도 진하는 계속 퀘스트를 떠올렸다. 그리고 자신의 힘이 되어줄 멤버를 고르고 골랐다. 능력만으로 치자면 당연히 월하가 1순위일 것이다. 그러나 월하는 애초에 제외한 진하였다.

그 이유는 간단했다. 퀘스트가 얼마나 걸릴지 알 수 없었다.

그래서 바쁜 사람은 동료로 함께할 수 없는 것이었다.

그러자 멤버들은 자연적으로 결정되었다.

일단 시간이 자유로운 선예와 은정, 기적과 칠호, 페르탄과 일리아였다. 그중에서 다섯 명을 결정할 생각이었기에 진하는 퀘스트를 위해 필요할지도 모르는 칠호에게 최대한 자제심을 발휘하는 것이었다.

"칠호야."

"네, 형님."

오늘은 자신이 사범 역할을 하게 되었다고 수련생들에게 설명을 한 진하는 그들에게 몸을 푸는 시간을 준 다음, 칠호에게 다가가 말문을 열었다. 그 곁에는 오늘 하루 자신도 운동을 배우겠다고 조금은 헐렁한 도복까지 챙겨 입은 선예가 서 있었다.

"너 요즘 한가하지?"

"저 바쁜데……."

"에? 뭐가 바빠?"

은하와 만나면서 지금은 일을 쉬는 것으로 알고 있던 진하의 표정이 어두워졌다.

"우리 은하랑 놀아야죠. 게임도 해야 하고."

"그, 그래. 참 바쁘구나."

목소리에는 살기가 줄줄 흐르지만 초인적인 정신력으로 웃음을 유지하는 진하.

자신의 이득을 위해서라면 어정쩡하게 발휘되는 참을성이었다!

"하여튼 형이 퀘스트를 받았는데, 선예는 물론 네 도움도 필요하다. 도와줄 수 있지?"

"퀘스트요? 알겠어요. 형님 일인데 도와야죠. 그런데 은하도 같이 가는 건가요?"

"아니. 은하는 도장 일도 있고, 퀘스트가 언제 끝날지 모르기에 일단 제외한 상태야. 퀘스트가 시작되면 현실 시간으로 하루 혹은 며칠 동안 자는 시간 빼고는 퀘스트 진행을 해야 될 듯해서."

"그래요? 그래도 해야죠. 형님이 제 도움을 원하시는데!"

칠호의 얼굴에 아쉬움이 스쳐 지나갔지만 그는 여전히 진하에게 확답을 건넸다.

은하와 사귀며 진하에 대한 비밀 얘기를 시작으로 많은 말을 들은 요즘은 처음 같지 않지만, 그래도 진하를 존경의 대상으로 생각하고 있는 칠호였다.

그러니 진하가 도움을 요청하면 혼쾌히 도와줄 수 있었다! 물론 자신이 손해를 보게 될 것 같다면 외면할 수도 있는 냉정한 존경심이었다!

"그런데 어디서 하는 건가요?"

"아, 엘프의 대륙."

밝은 칠호의 표정이 순식간에 굳어버렸다.

머릿속으로 한 가지 생각이 스쳤기 때문이다.

"형님, 엘프의 대륙이라면 그 텔비 비싼?"

"응!"

환하게 웃으며 고개를 끄덕이는 진하!

"텔비 대주시나요?"

"아, 아니."

확답에 기분이 좋아 있던 진하는 분위기가 이상하게 흐른다는 것을 느끼며 칠호를 쳐다봤다. 그러자 한마디를 남기고 돌아서는 칠호!

"수고요."

"……."

너무나 기가 찬 칠호의 행동에 진하는 멍하니 쳐다보다 주먹을 불끈 쥐었다.

'그래. 네놈에게는 은하라는 빽이 있다, 이거지?'

진하의 얼굴에 은은한 미소가 서린다.

사실 은하의 잔소리가 걱정되어서 이용하고 싶어도 그동안 칠호는 손대지 않았었다. 그러나 뭐든지 정도가 있는 법!

은하만 믿는 칠호는 몰랐다.

아무리 은하가 진하에게 쥐약 같은 존재라 할지라도 정말 진하가 화를 낸다면 은하도 겁을 먹는다는 사실을, 그리고 지금 진하가 아주 분노했다는 사실을 말이다.

"하하하… 하하! 이제 시작하죠!"

"네에!!"

수련생들이 스트레칭을 끝낼 즈음 도장 안에 울려 퍼지는 진하의 환한 웃음소리!

그러자 남녀 수련생들은 큰 목소리로 대답을 했고, 화를 내지 않는 예상치 못한 진하의 관대함에 칠호는 속으로 안도의 한숨을 내쉬며 밝게 웃음을 머금었다.

하지만 곁에서 모든 상황을 지켜봤던 선예는 안타까운 눈길로 칠호를 바라보며 속으로 묵념을 하기 시작했다.

그가 좋은 곳에 가기를 바라며…….

"이번에는 누구와 누가 대련을 할까요?"

진하는 도장 안을 원의 형태로 앉아 있는 수련생들 중심에서서 이리저리 두리번거렸다.

현재 그들은 대련을 하고 있었다. 원래대로라면 각자의 실력에 맞게 조를 나눠 박하의 무술을 가르쳐야 했지만, 오랜만에 사범을 보게 된 진하의 입장에서는 회원 한 명, 한 명을 파악하기 힘들었다. 그래서 대련으로 시간을 보내기로 결정한 것이다.

그리고 다행스럽게도 수련생들 역시 흔쾌히 수락했다.

하지만 그럼에도 미안한 마음이 든 진하는 박하에게 허락을 받은 뒤, 오늘 이 시간의 수험료는 제외하기로 결정한 상태.

"이번에는 칠호."

"저요?"

진하의 지목에 요즘 수련생들과 함께 운동을 배우고 있는 칠호가 쑥스러운 얼굴로 한가운데로 나왔다. 사실 그도 자신의 실력을 확인해 보고 싶었다.

"그리고 상대는… 나다."

"네? 혀, 형님요?"

"와아아아!"

"기대되는 시합인걸요!"

진하가 칠호를 지목하자 수련생들은 박수를 치며 환호했다. 이미 몇 번 본 진하의 실력은 대단했기 때문이고, 나이를 떠나 무술을 배우는 입장에서 본받고 싶은 사람이기에.

하지만 상대를 하게 된 칠호는 달랐으니,

"형님! 어찌 제가 형님과……."

얼굴이 사색이 된 칠호와 속에서 짐승 모드가 발동한 진하. 하지만 진하는 힘겹게 평정심을 유지하며 진지한 얼굴로 말한다.

"나는 네가 성장하기를 바란다. 그리고 내가 너에게 밑거름이 될 수 있다고 믿는다. 그래서 내가 직접 몸을 섞으며 가르치는 것이다."

"형님……."

칠호의 눈동자에 감동의 물결이 출렁거렸다.

자신은 고작 라르크 때문에 배신했는데… 그런데도 이리 생각해 주다니!!

"시작하자!"

"네, 형님!!"

크게 대답을 하며 스스로에게 기합을 넣는 칠호의 모습에 진하는 방그레 미소 지었다. 이제 곧 반 시체가 될 칠호의 모습이 눈에 선하기 때문!

'크크큭. 밑거름은 개뿔, 너 오늘 잘 걸렸다.'

진하는 마인드 컨트롤을 하며 칠호를 쳐다봤다.

그러자 칠호의 모습이 보였고, 빌려준 돈으로 협박하는 아버지가 나타났다.

그것도 모자라 귀를 심하게 괴롭힌 엘프들의 장로 루운이 되었다.

한마디로, 자신의 앞에 있는 칠호는 적들의 집합체!!

"형님, 갑니다!"

"그래!"

외침과 함께 움직이는 칠호!

'형님, 이 못난 동생을 용서하세요! 텔비가 들어가더라도 퀘스트를 돕겠습니다!!'

그런 칠호를 보며 주먹에 온 힘을 다 주는 진하!

'네놈은 퀘스트 명단에서 제외다!'

서로가 반대되는 결심을 한 칠호와 진하! 그들의 주먹이 허공을 갈랐다!

"에휴……."

운동이 끝난 후 기절을 한 칠호를 집 안에 던져 놓고, 선예와 찜질방으로 도망쳐 온 진하의 입에서 긴 한숨이 새어 나왔다. 칠호를 때린… 아니, 가르쳐 준 것은 절대 후회되지 않았다! 오히려 속이 시원할 지경! 그러나 문제는 역시 은하의 잔소리였으니.

"컥!!"

그때 전화벨이 울렸다. 이에 진하는 안절부절 못하는 얼굴로 휴대폰을 쳐다보다, 노래가 더 이상 들리지 않자 황급히 전원을 꺼버렸다. 집요한 은하라면 분명 한 번만 하지 않을 것이기에.

"괜찮아요?"

그 모습을 걱정스럽게 지켜보던 선예가 시원한 쥬스를 빨대로 쭉 빨며 묻자 진하는 어색하게 웃으며 고개를 끄덕였고, 그때 기적과 은정이 도착했다.

"행님!"

"선예야, 오빠!"

"어. 왔냐?"

진하는 애써 불안감을 떨치며 그들의 인사에 대답해 줬다.

어차피 이미 저지른 일이었다. 생각한다고 해결 방안이 나오는 것도 아니었고, 오늘은 멤버도 구할 겸 찜질방에서 쉬자고 결심했다. 잠을 잤지만 게임으로 인해 계속 몸에 피로가 쌓여 있었고 심부름에, 운동까지 겹치자 피곤한 것이다.

"기적아, 은정아. 너희들 내일 시간 있냐?"

진하는 둘이 간단한 음료수를 사 들고 평상 맞은편에 앉자 본론을 꺼냈다.

"시간예? 와예?"

"아, 내가 비밀 퀘스트를 얻었는데 동료가 필요하거든."

혹시 모르는 일이기에 작은 목소리로 말하는 진하. 곁에 있던 선예까지 자신도 같이한다며 거들자, 텔레포트 비용이 상당한 엘프의 대륙인 데도 불구하고 은정이 흔쾌히 승낙했다. 그러자 기적 역시 자연적으로 멤버가 되었다.

"이제 남은 사람은 둘인데……."

진하가 말끝을 흐리며 생각에 잠길 때 기적이 휴대폰을 꺼내며 물었다.

"행님, 지한티 영만 행님 번호 있는디 전화해 보실래예?"

"영만?"

"루크 행님 이름입니더."

"그래?"

퀘스트와 사냥만 한다고 아직 길드원들과 많이 가까워지지 못했던 진하는 밝은 얼굴로 고개를 끄덕였다. 안 그래도 멤버를 구하는 것도 문제였지만, 내일 아침부터 퀘스트를 할 것이기에 어떻게 미리 소식을 전하나 생각하고 있었다.

그래서 현재 자신은 집에 들어가기가 무서우니 다른 이를 시켜 라스트 월드에 접속하게 하려 했는데 전화번호를 안다니! 가끔 도움이 되는 기적이 예뻐 보였고, 진하는 곧 영만에게 전화를 해서 사정을 설명했다.

"예. 그럼 7시에 뵙도록 하죠."

"어떻게 됐어요?"

진하가 전화를 끊자 선예가 궁금했던 듯 재빠르게 물었고, 진하는 엄지손가락을 치켜세우며 밝게 대답했다.

"그 여자 동생 분이랑 같이하기로 했어. 내일 아침 7시까지 모두 라스트 월드에 접속하면 돼."

"아, 리야 말입니꺼?"

"웅, 그래."

아무리 영만이 아는 사람이라 할지라도 길드원이 아니었다면 진하는 허락하지 않았을 것이다. 하지만 리야는 길드에도 가입했기에 진하 역시 크게 걱정하지 않았다. 어차피 길드원들에게는 자신을 모두 공개했지 않은가? 그리고 이미 영만을 통해 들었을 것이라 생각하고 있었다.

"그럼 쉬었다가 새벽에 가자."

진하는 모든 일이 결정되자 피로함을 느끼며 기지개를 켰고, 진하의 말에 모두는 고개를 끄덕인 뒤, 한 시간 동안 여러 방을 돌며 장난을 치다 숙면실에서 잠이 들었다.

그리고 새벽 6시에 찜질방을 빠져나와 조심스럽게 집에 들어간 진하.

현관에 발을 내딛는 순간 온몸을 통해 전해지는 살기에 천천히 고개를 들었다.

그곳에는 후라이팬을 든 채 차갑게 웃고 있는 은하가 사신처럼 서 있었다.

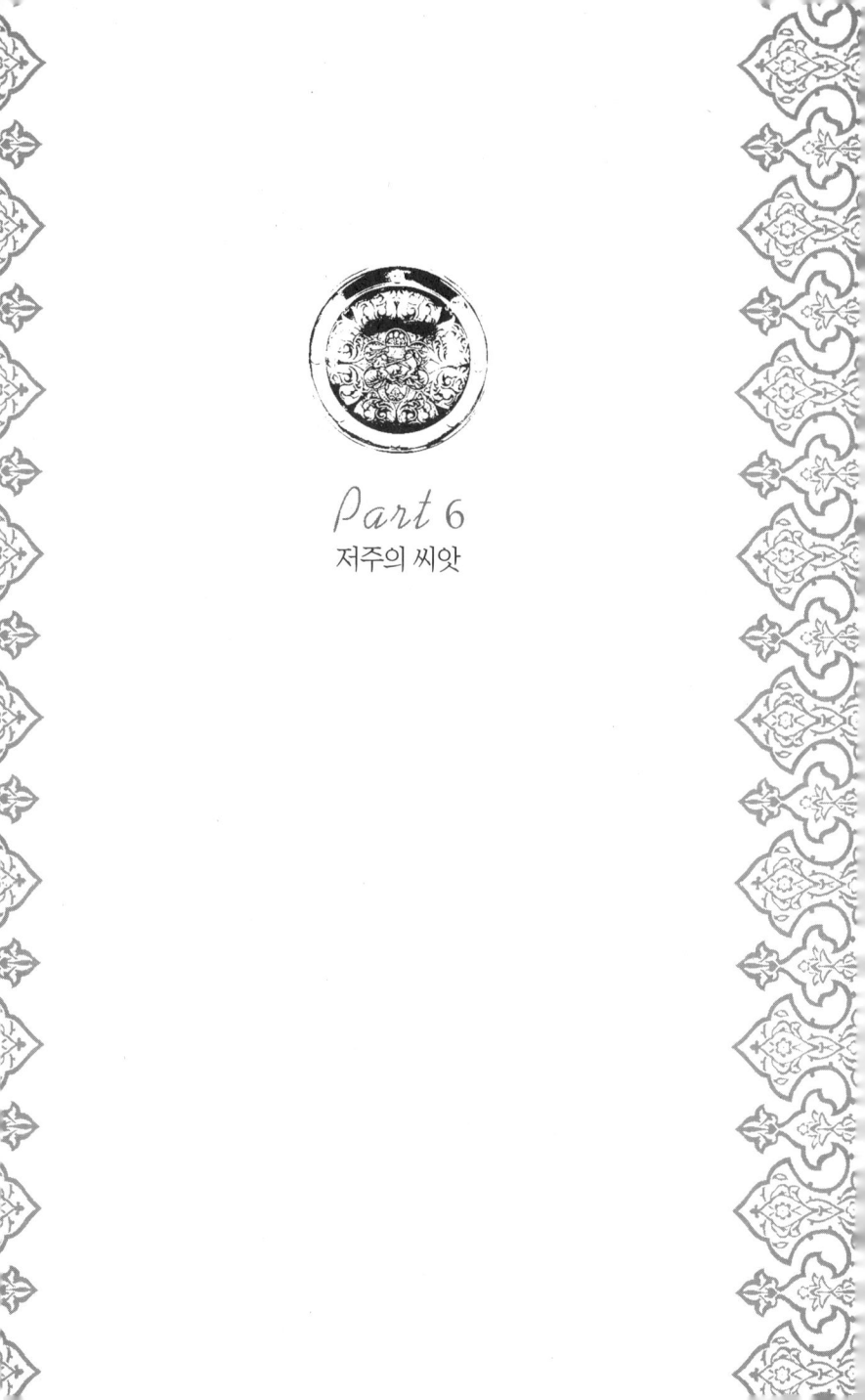

Part 6
저주의 씨앗

The knight of mask

은하에게 후라이팬으로 구타를 당한 뒤, 시간에 맞춰 게임에 접속한 눈류는 자신도 모르게 이마를 어루만졌다. 게임에 접속했음에도 불구하고 아파오는 것 같았다. 그래도 이 정도에서 끝난 것에 만족하며 발걸음을 옮겼다.

"별이 많구나."

일행들이 도착할 곳은 마을이 아닌 숲 속 마법진이었기에 마중을 나가던 눈류는 짙은 어둠에 물든 하늘을 쳐다보며 중얼거렸다. 하늘에는 많은 별들이 떠 있었는데 탄성을 자아내게 할 정도였다. 현재 눈류의 시야가 닿는 곳에 보이는 별만해도 그 수를 셀 수 없을 정도.

"좋다."

눈류는 한 폭의 그림 같은 하늘과 선선한 밤공기를 느끼며 숲을 걸었고, 마법진에 도착을 하자 아무런 망설임 없이 바닥에 몸을 눕혔다. 등에서 서늘한 감촉이 느껴졌다. 별들 가운데에 떠 있는 달을 보자 그보다 더욱 빛나는 미소를 머금는 눈류.

이곳 엘프의 숲은 낮에도 홀릴 만큼 아름다웠지만, 밤 역시 또 다른 운치와 멋이 있었다. 몇 분 동안 달을 연인처럼 지켜보던 눈류는 두 눈을 감았다.

사아아아아.

바람의 메아리가 귀를 간질이며 지나갔다.

그러자 눈류의 머릿속으로 바람과 같았던 한 여자가 스쳐 지나갔다.

아니, 매일 그녀를 생각했지만 또다시 떠오른 것이었다.

'행복하니……'

마음속으로 편지를 적어 바람에 날려보는 눈류.

그러다 문득 큭! 하고 실소를 터뜨렸다.

자신이 그녀를 걱정할 처지였던가? 아니었다. 절대 아니었다.

스파아앗!!

그때 마법진에서 빛이 일렁거리며 소리가 들렸고 눈류는 잠념에서 깨어나며 고개를 돌렸다. 그곳에는 처음 보는 유저들이 서 있었는데, 엘프의 대륙에서 사냥을 하기 위해 온 이들 같았고, 그들은 눈류를 한 번 힐끔 쳐다본 뒤 그러려니 생각하며 마을을 향해 걸어갔다.

"으랏차."

눈류는 자리에서 일어나며 갑옷을 털었다. 이제 슬슬 일행들이 도착할 시간이기 때문이다. 그리고 그런 눈류의 마음을 독심술로 보기라도 한 듯, 라일라와 레몬이 모습을 드러냈다.

"오빠!"

"먼저 와 계셨네요."

"그래, 어서 와."

웃음을 머금은 채 눈류와 인사를 나눈 라일라와 레몬은 그의 곁에 서서 주변을 둘러보며 감탄했고, 곧 이어 기적과 루크, 리야도 마법진 위에 나타났다.

"행님!! 자기야!"

"눈류님, 오래만이네요."

"그렇군요."

"우와, 가면의 기사 눈류님!!"

"리야님, 반갑습니다."

눈류는 일행들과 가벼운 인사를 마친 뒤, 그들이 서로 인사를 할 동안 잠시 기다렸다. 그러다 이동 마법진을 안타까운 눈빛으로 쳐다보는 루크를 발견했다.

'루크님… 흑.'

눈류는 알 수 있었다.

그가 마법진을 너무나 슬프게 바라보는 이유를.

그것은 바로 텔레포트 비용에 대한 애도!!

자신 역시 처절한 슬픔에 주저앉기까지 하지 않았던가!

그때 고개를 돌린 루크는 눈류와 눈이 마주쳤다. 그러자 루크 역시 눈류의 눈동자 속에서 이동 마법진에 대한 아픔을 발견했고, 둘은 서로를 향해 고개를 끄덕였다.

비록 오는 과정은 너무나 가슴이 찢어졌지만 그 이상 벌어가면 되는 법!

'루크님……'

'눈류님……'

쓸데없는 것에만 마음이 잘 통하는 그들이었고, 잠시 뒤 일행은 눈류와 함께 안개의 숲으로 이동했다. 그리고 모두는 엘프의 장로 루운과 만나게 되었다.

쪼르르르륵.

김이 모락모락 나는 차가 찻잔에 담기는 것을 보던 눈류는 속으로 투덜거렸다.

안개의 숲에 도착했을 때만 해도 결계가 사라진 상태였기에 루운을 쉽게 만날 수 있어 기분이 좋았지만… 너무나 티나는 루운의 남녀 차별에 그러는 것이었다.

"많이들 드세요."

루운은 이전과 변함없이 따스한 미소를 지으며 일행들에게 차를 건넸다.

하지만 눈류를 비롯한 기적과 루크의 얼굴에는 불만이 가득했고, 라일라와 레몬, 리야는 황당함을 감추지 못했다. 그 이유는 바로 너무나 다른 찻잔 때문이었다.

여자들의 찻잔이 남자들 것보다 최소 1.5배는 더 커 보였다!

"왜들 그러시죠? 아, 잔 때문이시군요."

루운은 남자들의 표정에서 그 마음을 파악하며 변명을 하기 시작했다.

"이 차는 여성분들에게 아주 좋습니다. 그래서 일부러 더욱 큰 잔에 드린 것입니다. 하하."

루운의 말만 듣는다면 다른 이들은 그를 '아! 정말 매너가 좋구나!' 라고 생각할지도 모른다. 그러나 모든 사실을 알고 있는 눈류는 달랐으니.

'이 변태 같은 엘프!'

분명 자신이 마신 것과 같은 차였다.

혹시나 해서 맛을 봤는데 맛도 똑같았다.

그런데 여성에게 좋다니? 분명 전에는 '정력!'에 좋다고 하지 않았던가?

도대체 여자들의 정력을 높여서 뭘 어떻게 할 생각이라는 말인가!

더불어 자리 배치도 자신의 곁에 라일라와 리야를, 맞은편 시선이 닿는 곳에는 레몬을 앉혀놓은 상태였다.

"그러니 여성분들은 특히 많이 드세요."

"네, 고마워요."

"와, 맛있다."

"헤헤. 저 조금 더 주실 수 있나요?"

순간적으로 낙지 다리처럼 흐물거리는 눈빛이 된 루운을 발견한 눈류는 여자들이 차를 마시는 모습을 지켜보다 억지웃음을 띤 채 질문했다.

"어디에 좋은지 알고 싶군요."

"네? 하, 하하. 피부에도 좋고, 건강에도 좋습니다."

"그렇군요. 저는 혹시나 남성에게도 좋은 부분이 있지 않을까 해서요."

"물론 남자 분들에게도 좋지요. 피부와 건강이 좋아지니. 하하하."

"하하. 그러네요."

눈류와 루운의 두 눈빛이 허공에서 마주쳤다.

입은 웃고 있지만 눈은 웃고 있지 않는 둘!!

하지만 다른 일행들은 그 사실을 미처 파악하지 못했고, 단지 그들이 사이가 좋다고 생각하며 함께 웃을 뿐이었다.

"그러면 오늘은 시간이 늦었으니 여기서 하룻밤 묵으시지요."

"아니요. 괜찮습니다."

차를 마시며 한 시간 정도 수다를 떤 뒤 루운이 자고 갈 것을 제안하자 눈류는 단번에 거절했다. 혼자라면 최대한 그의 비위를 맞추기 위해 받아들였을 것이다. 그러나 여자들이 있는 지금은 불안해서 그럴 수 없었다.

"검의 봉인을 풀고 싶지 않으신가 보군요. 하하."

'컥!!'

그때 눈류의 머릿속에서 들리는 루운의 협박!

'이런 치사한……'

'삶은 치열한 법이죠.'

이제는 눈으로 대화를 나누는 그들.

하지만 승부는 정해진 것과 다름없었고, 이가 갈리며 탁자 밑에 있는 주먹이 부르르 떨렸지만 눈류는 어쩔 수 없이 고개를 끄덕였다.

"생각해 보니 쉬었다 가는 것도 괜.찮.겠.군.요."

"그렇죠? 하하. 잘 생각하셨습니다."

눈류의 선택에 일행들은 고개를 갸웃거렸다.

그들이 알고 있는 눈류는 최대한 시간 낭비를 하지 않으려고 하는 지독한 유저!

그런데 비록 현실 시간으로는 2, 3시간밖에 되지 않겠지만 시간을 낭비하는 결정을 하다니? 자신들이 봤을 때 엘프의 장로인 루운은 그냥 가도 해를 주지 않을 것 같은데 말이다. 그러나 잠깐 의문을 가졌을 뿐, 일행들은 깊게 생각하지 않았다. 그들에게 있어 눈류는 리더와 다름없었으며, 그의 결정은 언제나 이득을 위한 것이기 때문에.

"마리나."

그때 루운이 누군가를 불렀다.

그러자 나무문이 끼이익! 소리와 함께 열렸고, 눈류를 비롯한 모두는 한 소녀가 모습을 드러내자 얼굴이 환해졌다. 여자들은 귀엽다며 소리를 지르기도 했다.

모습을 드러낸 소녀는 바로 엘프였는데, 10살 정도의 외형을 소유하고 있었다.

그런데 특이한 점은 금빛 혹은 은빛 머리카락의 엘프들과는 달리 머리카락과 눈동자 색이 검다는 것이었다. 그러면서도 피부는 엘프들처럼 우유 같았기에 더욱더 돋보였다.

"와, 너무 귀엽다."

"그러게. 라일라 어릴 때보다 더 예쁜 것 같은데?"

"이야. 최고다, 최고."

여자들이 마리나를 둘러싸고 한 마디씩 하고 좋아하자 루운이 말을 꺼낸다.

"마리나는 저와 함께 지내고 있는 아이입니다. 여성분들은 오늘 마리나와 함께 안쪽에 위치한 방에서 쉬시면 됩니다."

루운은 그 말과 함께 거처 안쪽에 위치한 방을 보여주었다.

나무로 이루어진 곳이기에 화려하다고는 할 수 없지만 나무 침대에 푹신한 솜 같은 것들도 깔려 있었고, 신경을 쓴 흔적이 보이는 넓은 곳이었다.

"남성분들은 저를 따라와 주세요."

여자들이 방 안에 들어가자 루운이 눈류를 비롯해 기적과 루크를 바라보며 말했고, 셋은 알겠다는 듯 고개를 끄덕이며 그 뒤를 따랐다.

"여러분들은 이곳에서 쉬시면 됩니다."

"……."

루운의 빛나는 웃음과는 달리 동시에 넋이 나간 듯한 셋.

방이 차이가 나도 너무 심했다.

여자들 방과 달리 침대 같은 것도 없었고, 솜은 커녕 이불도 구경할 수 없는 좁은 방!!

"혹시 저희가 싫으십니까?"

무슨 일이 있냐는 듯 방긋 웃으며 나가는 루운을 향해 눈류는 아까부터 묻고 싶었던 말을 드디어 꺼냈다.

그러자 고개를 갸웃거리며 아니라는 듯 루운이 대답했다.

"남자를 좋아하지 않을 뿐입니다. 하하."

빨리 퀘스트를 끝내서 이곳을 떠나고 싶은 눈류였다.

"그럼 조심히 다녀오세요."

루운은 그 말과 함께 여전히 해석되지 않는 고대 언어로 주문을 외웠고, 눈류의 일행들과 마리나의 전신에 찬란한 빛 무리가 형성되었다.

스파아앗!!

"으으윽!!"

"허억. 지독하군."

"라일라, 괜찮아?"

일행들이 이동된 곳은 아직 지도에도 나타나지 않은 파괴된 대지였는데, 도착하자마자 땅에서 스멀스멀 피어오르는 끈적끈적하고 더러운 기운에 모두의 표정이 일그러졌다.

그중에서도 신성력으로 무장된 라일라는 유독 불편해 보였고, 눈류가 부축하자 창백해진 얼굴로 애써 웃었다.

'좋지 않군.'

그런 라일라를 쳐다보며 눈류는 속으로 한숨을 내쉬었다.

신성력이 강하면 강할수록 치료는 물론 어둠 속성 몬스터들에게 더욱 큰 데미지를 입힐 수 있었다. 하지만 지금처럼 어둠의 기운으로만 이루어진 곳에서는 활동 자체가 불편한 것도 사실이었다.

'나와 마리나만 괜찮은 것인가.'

눈류의 시선이 나무에 붙어 있는 매미처럼 자신에게 안겨 있는 마리나에게로 향했다.

자신은 조화의 기운을 깨달으면서 빛과 어둠, 어떤 곳에서도 피해를 입지 않았다. 오히려 전체 스텟이 +5가 되는 특별한 능력을 얻게 되었다. 그리고 마리나 역시 이곳의 기운에 아무런 영향을 받지 않는 듯했다.

'역시……'

처음 봤을 때부터 생각했었다.

마리나의 몸에서 느껴지는 기운이 자신과 비슷하다고!

그래서 눈류는 마리나가 순수한 엘프가 아닌 다른 종족의 피가 섞였다고 확신했으며, 검은 머리카락 등으로 봐서는 마족이라고 판단했다. 만약 다크 엘프와 인간의 부모였다면 피부가 검을 것이니 말이다. 인간의 피가 섞인 하이 엘프일 수도 있지만, 그렇다면 어둠의 마나를 가지지 못했을 것이다.

엘프와 마족의 아이!

그 말은 자신처럼 빛과 어둠을 한 몸에 지니고 있다는 뜻이었고, 분명 자연스럽게 융합이 되었을 것이라 추측할 수 있었다. 자신은 갑작스럽게 힘을 얻게 되어 융합이 힘들었던 것이지, 애초에 조화의 힘을 타고난 이는 다를 테니.

그래서일까? 마리나 역시 눈류를 좋아했다.

이곳으로 출발하기 전, 눈류와 일행들은 모두 밤을 샜다.

루운은 잠을 자고 가라 했지만 그들이 게임에서 굳이 잘 필요가 없기 때문이었고, 어차피 여자들은 자신들의 방에서 계속 수다를 떠는 루운으로 인해 잠을 자지도 못했다.

그리고 남자들은 놀러온 마리나와 이런저런 대화를 하며 밤을 지샜는데, 유독 눈류에게 안기고 기대었다. 마치 눈류가 아빠라도 되는 것처럼.

"휴우……."

"이제 괜찮아?"

"네. 걱정하지 마세요."

멀쩡한 눈류와 마리나를 제외한 일행들에게 마법을 발휘한 라일라는 그때서야 얼굴에 핏기가 돌며 평온한 웃음을 선보였다.

"이거 받아."

"네? 아, 안 주셔도 돼요."

"괜찮아. 어차피 많이 챙겨왔어."

그런 라일라에게 마나 포션을 한 가득 건네는 눈류.

이 파괴된 대지는 땅이 넓어 하루를 꼬박 걸어야 할지 모른다는 말을 들었다. 그래서 길을 안내하기 위해 마리나가 함께 동행한 것이다. 그로 인해 눈류는 음식들과 포션을 가득 챙겼는데, 힐러가 두 명이나 있기에 생명보다는 마나 포션 위주로 챙긴 상태였다.

"계속 마법을 발휘하면서 걸으려면 마나가 많이 부족할 테니까 미리 받아둬."

왠지 눈류에게 손해를 입힌다는 생각 때문이었을까?

자기도 있다고 계속 거절하던 라일라는 눈류의 이어진 말에 어쩔 수 없이 마나 포션을 받아 들었다. 사실 퀘스트를 돕기 위해 평소와는 달리 조금 더 포션을 챙긴 편이었지만, 하루 종일 마법을 발휘하면서 걸을 수 있을 만큼은 되지 않았다.

'더욱 열심히 오빠를 도와줄게요!!'

마음속으로 재차 결심을 다지는 라일라였다.

"그럼 이제 가죠."

눈류는 자신의 품에 꼭 안겨 천사처럼 바라보는 마리나의 머리카락을 쓰다듬어 준 후 말했다. 그러자 라일라는 은근히 질투가 마음속에서 일어났지만 스스로에게 실소를 흘리며 환하게 웃었다. 자신 역시 마리나를 예뻐했고, 어린아이한테 질투를 느낀다는 것이 바보 같았기 때문이다.

"오빠, 이쪽으로 가요."

30분 정도 걸었을까? 마리나가 말하며 손가락으로 방향을 가리켰고, 눈류는 고개를 끄덕이며 주변을 관찰했다. 파괴된 대지는 아침인 데도 불구하고 하늘이 회색빛에 구름 한 점 없었다. 땅은 온통 검었으며 갈라진 틈새에서 그보다 짙은 연기가 피어올랐다.

그리고 생명체는 물론 풀 한 포기 존재하지 않았는데, 마치 지옥이 옮겨진 듯했다.

　'다행인 점은 몬스터가 없다는 것이군.'

　만약 몬스터들이 있었더라면 생각보다 더 오랜 시간이 걸릴지도 모르지만, 이곳에는 몬스터들조차 살지 못해 탑을 지키고 있는 가디언들을 제외하고는 큰 위험은 존재하지 않았다.

　"오빠는 좋은 사람!"

　"어?"

　체감상 다섯 시간 정도를 걸었을 때였다.

　그동안 음식을 먹으면서 피로도를 회복하던 일행들은 리야가 음식을 해준다는 말에 잠깐 앉아서 휴식을 취하고 있었는데, 그때 마리나가 눈류를 향해 뜬금없이 말했다.

　"그리고 언니도 좋은 사람!"

　눈류가 무슨 뜻이냐고 물었지만 마리나는 곧바로 라일라를 가리키며 말했으며, 다음은 레몬과 루크였다.

　"언니도 좋은 사람! 아저씨도 좋은 사람!"

　"내는?"

　그러자 기적이 궁금하다는 듯 나서며 물었고, 웃음을 유지하던 마리나는 아무런 망설임 없이 바로 대답했다.

　"아저씨는 바보."

　"……."

　돌처럼 굳어버린 기적.

　그러나 반대편에 있던 눈류는 감탄을 금치 못했으니.

'예리한 녀석!!'

마리나가 같이 동행하기로 결정되었을 때 어린 마리나가 위험하지 않을까 걱정하던 일행들에게 루운이 말했었다.

마리나는 저주의 영향을 받지 않으며, 길만 안내해 준 후 자신이 마법을 통해 소환할 것이라고. 더불어 사람의 마음을 읽는 능력이 있다 했는데, 사실 100% 믿지 않은 일행들이었다.

루운이 워낙 장난이 심한 탓도 있었지만, 확인을 할 겸 기적 등이 지금 자기가 무슨 생각을 하고 있는지 물어봤지만 맞추지 못했기 때문이다.

그런데 그 능력이 사실이었다니!

절대 자기를 좋은 사람이라 해서 믿는 것은 아니었다!

"내는 왜 바보고! 아이다!"

"맞는데……."

그때 기적이 당황하며 버럭 소리를 지르자 마리나는 겁을 먹은 듯 눈류의 품으로 파고들며 작은 목소리로 중얼거렸다. 그러자 마리나에게 소리를 쳤다는 이유로 모든 일행들에게 날카로운 눈초리를 받게 된 기적! 적은 연인인 레몬도 마찬가지였다.

어찌 저 귀엽고 예쁜 아이에게 소리를 친단 말인가!

"자기, 마리나가 뭘 잘못했다고 그래!"

"그래요… 마리나한테 뭐라 하지 마요. 장난이잖아요."

"기적, 절대 마리나가 나를 좋은 사람이라 말해서 이러는 것은 아니지만, 그러면 안 돼."

레몬과 라일라, 루크의 총알같이 쏟아지는 말에 기적은 애절한 눈동자로 눈류를 쳐다봤다. 도와달라는 뜻!! 그러나 눈류는 그런 기적의 시선을 너무나 쉽게 외면해 버렸다.

여기에서 나섰다가는 분명 위험했다.

그리고 자신을 좋은 사람이라 한 마리나를 위협한 놈이 아닌가!

"리야님, 수고가 많으시네요."

일행들에게 한 마디씩 들은 후, 삐쳐서 입술이 툭 나온 기적을 보다 실소를 흘린 눈류는 혼자서 묵묵히 음식을 만들고 있는 리야에게 고마움을 담아 말했다.

안 그래도 빵만 먹기 지겨웠는데 맛있는 냄새가 코를 자극하자 입에서 군침이 돌았다.

'리야님이 있으면 딱딱한 빵은 이제 안 먹어도 되겠구나.'

먼 길을 떠나는 파티의 경우, 전투 계열의 조합도 중요했지만 음식을 만드는 요리사나 여러 보조 계열의 역할도 빼먹을 수 없었다.

능력치를 상승시켜 주는 바드나 댄서, 장비를 수리할 수 있는 장인 등등 말이다.

그런데 여섯 명이라는 제한이 있었고, 아는 이들 위주로 편성하다 보니 전투 계열 넷에 힐러 둘로 파티를 이루게 되었는데 요리를 할 줄 아는 이가 있다는 것은 다행이었다.

"괜찮아요. 제가 즐거워서 하는 일인걸요."

리야의 말에 눈류는 미소를 지으며 루크에게 물었다.

"그런데 루크님, 리야님의 요리를 드셔본 적이 있으신가
요?"

이전에 일리아의 음식을 먹고 살심까지 느꼈던 눈류!

혹시나 하는 마음에 장난으로 테를 둘러 건넨 말이었다.

하지만 무엇인가가 이상했다.

"네? 하, 하하하! 이, 있습니다."

너무나 어색한 웃음과 표정!

그러면서 이리저리 눈치를 보고 있다.

'서, 설마……'

왠지 예전의 기억이 떠오르는 눈류. 때마침 리야가 자신이
준비한 재료로 고기 스프를 완성시켜 모두의 앞에 한 그릇씩
배정되었다.

후르르륵!!

'뭐지?'

눈류는 가장 먼저 너무나 맛있게 스프를 퍼먹는 루크의 모
습에 의문을 품었다. 조금 전 모습만 봐서는 분명 리야의 솜씨
는 일리아와 동급을 이루는 것인데, 지금 맛있게 먹고 있다?

'아하, 그렇군.'

루크가 허겁지겁 먹자 다른 이들도 허기가 동했는지 한 숟
가락씩 떠서 입에 넣었지만 눈류는 주변의 반응만 살필 뿐 움
직이지 않았다. 루크를 잘 알기 때문이었다.

분명 리야에게 잘 보이기 위해 억지로 먹는 것!

"커헉!"

"으으윽!"

"하아악!!"

눈류의 추측이 맞았다고 알려주듯 주위에서 쉬지 않고 터져 나오는 신음 소리.

그 모습에 안도의 한숨을 내쉬며 자신의 두뇌를 마음속으로 칭찬하던 눈류는 정말 선의의 마음인 듯한 표정으로 루크에게 자신의 접시를 내밀었다.

"저는 배가 고프지 않은데, 루크님은 너무 잘 드시네요. 이 것도 드세요."

"누, 눈류님!!"

루크는 당혹스러웠다.

그렇다고 뺄 수도 없는 노릇이었다.

다른 이들이 신음을 흘린 뒤 리야의 노력을 생각하며 억지로 맛이 괜찮다고 했지만, 리야의 표정은 이미 시무룩해진 상태였기 때문이다.

"가, 감사합니다. 너무 맛있는데… 정말 제가 먹어도 될까 요?"

그래도 살고 싶다는 욕망으로 인해 은근슬쩍 한 번 떠보는 루크.

하지만 눈류는 이미 루크의 생각을 훤히 파악하고 있었고, 단호히 거절했다.

결국 루크는 벌벌 떠는 두 손으로 접시를 받아 스프를 먹기 시작했다. 그때 한 입 먹고 경직해 있던 마리나가 리야를 보며 말했다.

"나쁜 사람⋯⋯."

리야를 제외한 모두는 심하게 동감했다.

"허헐, 이것은 달콤하군. 오, 생명도 조금 차네?"

발키리 왕국의 작은 마을인 트라 마을.

그곳에 위치한 한 숲에서 중년인이 나무에 달려 있는 붉은 빛의 열매를 따먹으며 중얼거렸다. 그는 열매로 부족했는지 나무에서 내려와 각종 풀도 씹어봤으며, 약초나 돈이 될 만한 것이 없는지 찾아보고 있었는데, 바로 박하다였다.

박하다는 매일 술을 마시던 시절에 친밀도를 대단히 높게 쌓았던 바람이 머무는 곳의 주인에게서 비밀 퀘스트를 받게 되었다. 퀘스트의 내용은 바로 유저들이 거의 찾지도 않는 이곳 산꼭대기에 위치한 샘물을 가져와 달라는 것이었다.

샘물은 술을 만들 때 사용되는데, 그 맛이 아주 일품이라는 것!

박하다는 처음으로 받게 된 비밀 퀘스트에 당연히 수락했고, 이곳에 와 퀘스트를 마친 후 산을 둘러보고 있는 중이었다.

현실에서 그는 산에서 오랜 시간 수행을 한 적이 있었다.

그로 인해 산을 타는 일이 익숙했으며, 돈이 될 것 같아 보이는 놈이라면 절벽까지 기어올라서 맛을 보고 능력이 있는 것인지 확인했다.

"음, 고생만 했군."

벼랑 끝에 위치해 있는 화려한 꽃을 먹어본 박하다는 쓴맛과 함께 침을 뱉으며 중얼거렸다. 열매나 꽃, 풀 등등에는 가끔 능력치가 붙어 있는 것들이 있었다. 하지만 그것은 정말 소수에 불과했고 대부분은 아무런 효력이 없었다.

"커헉! 피가 줄어든다! 이것은 독초였군!"

이번에는 나무 밑에 자라고 있던 버섯을 한 입 베어 먹은 뒤 괴로워하는 박하다.

하나, 그의 얼굴에는 웃음이 가득 피어 있었다.

라스트 월드이기에 독버섯을 먹는다 할지라도 걱정되는 일이 없었고, 독약의 재료가 될 수 있으니 돈을 번 셈이었다.

"열매랑 버섯을 다 따가자!"

돈이라면 아들도 외면할 수 있는 매정한 그!

생명을 아주 조금 회복해 주는 열매와 독약의 효과가 있는 버섯을 인벤토리에 담기 시작했다. 한 곳에서 두 개나 발견했다는 것은 행운이라면 행운이었고, 비밀 퀘스트의 보상도 괜찮은데 이런 부수입까지 발견하자 행복에 치를 떨었다.

그러나 아쉬운 점이 하나 있었으니, 바로 열매와 버섯들의 양이 많지 않다는 것이었다.

"음, 이제 없는 것인가? 그만 돌아가야겠어."

귀환을 준비하던 박하다는 곧 취소를 하고는 산 아래로 내려가기 시작했다. 이곳에도 몬스터들이 있었는데 능력에 비해 많은 라르크를 드랍했기 때문!

"저기도 있구나!"

박하다는 몬스터를 발견하자 굶주린 늑대처럼 눈을 빛냈다. 그에게 몬스터란 돈줄이었으며, 경험치!

"이놈아, 내가 간다!"

자신의 능력에 대한 자신이 있었을까?

박하다는 절대 기습을 하지 않았다.

온갖 소리를 다 질러 적에게 자신의 존재를 알린 후 정면에서 붙는다!

그것이 현실에서 최강의 남자라 불리는 박하다의 싸움 방식이었다.

파지지직!!

주르르르륵!

몬스터는 박하다에게 힘도 쓰지 못한 채 햄머로 머리를 맞아 즉사했다.

그러자 박하다는 녹색의 피를 털어내며 승리의 보상을 챙겼다. 그런데 그때 바로 곁에서 간드러지는 목소리가 들렸다.

"감사합니다."

"에? 넌 누구냐?"

몬스터에만 정신이 팔려 있던 박하다는 그때서야 옆에 있는 여자를 발견하게 되었다. 거칠어 보이는 천으로 만든 듯한 흰색의 옷을 입고 있었는데, 얼핏 소복과 비슷해 보였다. 그런데 너무나 아름다웠다!

'헐… 천녀로구나!'

30대 초반은 된 듯한 여자.

그런데 얼굴은 백옥같이 하얗고, 피부는 애기 속살처럼 잡티 하나 없었다. 어깨까지 기른 머리와 겁에 질린 큰 눈동자… 붉은 입술! 박하다는 가슴이 두근거리는 것을 느꼈지만 황급히 고개를 저으며 정신을 차렸다.

'사람의 정신을 홀릴 만큼 아름답군. 그런데 왜 감사하지?'

여자가 위험에 빠져 있다는 사실도 모른 채 몬스터만 보고 움직였던 박하다로서는 여자의 말이 이해되지 않았지만, 여자는 고맙다는 말만 반복했다.

"이 은혜를 어떻게 갚아야 할지……."

"허허, 은혜라니. 나는 한 일이 없다. 그럼 이만."

박하다는 여자의 행동에 손을 저으며 몸을 돌렸다.

그런데 여자가 박하다를 다급히 붙잡았다.

"기사님!! 제발 저를 도와주세요!!"

"에? 뭐냐?"

띵똥!

[슬픔에 빠진 여인의 비밀 퀘스트.]

여인은 사악한 마물에게 언니를 빼앗겨 매일 눈물을 흘리며 지냈다.

하지만 나라에서는 작은 마을에서 일어나는 일까지 도와주지 않았고, 결국 여인은 혼자서라도 언니를 구하기로 결심했다.

그러나 여인의 힘으로는 불가능한 일이니…….

마물을 해치우고 여인을 대신해 여인의 언니를 구하자!

제한:여인을 구해준 자.

혜택:여인의 언니. 펫과 중복되지 않으며, 언제나 데리고 다닐 수 있다.

'컥! 비밀 퀘스트!'

박하다의 눈빛이 변했다.

이곳에서 또 다른 비밀 퀘스트를 얻게 될 줄이야.

더군다나 들어본 적도 없는 보상이었으며, 펫과 중복이 되지 않는다고 한다.

분명 비밀 퀘스트의 보상인만큼 여인의 언니에게도 펫과는 또 다른 능력이 있을 터!

그 말인즉, 펫의 능력을 사용하면서도 언니의 힘까지 얻게 된다는 것이 아닌가?

'좋다!'

박하다는 결심과 함께 여인의 손을 잡았다.

"그대의 일이라면 그 어떤 것이든 돕겠다!"

"가, 감사합니다!!"

그런 박하다의 말에 여인은 감격의 눈물을 흘렸고, 박하다는 핑크빛 미래를 상상했다.

여인처럼 아름다운 여자가 항상 곁에 있고, 그녀의 보조 능력까지 얻게 된다면? 분명 모든 유저들의 부러움을 살 것이다. 그것도 모자라 퀘스트에 관한 정보를 판다면 돈도 벌 수 있었다.

'역시 사람은 착하게 살아야 복을 받는구나!'

착하다는 말의 뜻을 이해하지 못하는 듯한 박하다였다.

"허헐, 친구들 왔는가?"

여인의 비밀 퀘스트를 수락한 박하다는 마물이 강해 동료가 필요하다는 말에 다급히 로그아웃을 해 절친한 친구인 진석과 만파에게 도움을 요청했다.

마침 시간이 나서 게임을 하려고 했던 만파와 진석은 라스트 월드에 접속했고, 박하다는 길드 채팅창을 통해 반갑게 인사했다. 그러자 만파와 진석 역시 인사를 하며 그들의 우정을 과시했다.

"자네가 부르는데 어찌 안 오겠는가!"

"그렇다네. 우리는 하나이지 않은가!"

찌이이잉!

박하다는 눈시울이 뜨거워지는 것을 느꼈다.

사나이들의 이 절대적인 우정!

"고맙네. 역시 자네들뿐이야."

"그런데 무슨 일인가?"

"아, 비밀 퀘스트를 받았다네!"

진석의 물음에 박하다는 기쁨에 찬 목소리로 대답하며 상황을 설명했다.

"오오! 자네, 대단하구먼!"

"그러게 말이야. 우리는 하나도 해본 적이 없는데!"

"하하. 다 착하게 살아서 얻은 복이 아니겠는가?"

"내 귀가 요즘 살이 쪘나 보네. 헛소리가 들리는 것을 보니."

"자네, 술 취한 것인가?"

착하다란 말을 절대 인정하지 않는 진석과 만파!

박하다는 속에서 울컥 했지만 애써 참으며 웃는 얼굴로 재촉했다.

아쉬운 것은 자신이었다.

"하하. 자네들, 농담이 늘었구먼. 하여튼 어서 오게나."

"그곳이 어디인가?"

"발키리 왕국일세!"

"텔비는 당연히 자네가 주는 것이겠지?"

"그럴 리가 있겠는가? 하하."

"하하하. 그렇군!!"

친구들과 화목하게 얘기를 주고받는 박하다.

그들의 우정은 절대 텔레포트 비용 따위에… 무너져 버렸다.

"수고하세."

"즐이세."

'컥!!'

게임을 오래하다 보니 즐이라는 단어까지 배운 진석과 만파의 매몰찬 거절!

친구를 위해서라면 어떤 일이든 할 수 있지만 돈은 낭비할 수 없다!

돈이 걸린다면 단단한 바위 같던 우정도 순두부가 되어버린다!

끼리끼리 모이는 그들이었고, 박하다는 어쩔 수 없이 그들의 요구를 들어주기로 결정했다.

"하하. 노, 농담이었네. 테, 텔비 정도는 내가 주겠네!"

"우리를 뭘로 보는가? 자네가 부른다면 어디든 간다네!"

"그렇다네! 준다고 하니 받겠지만, 텔비 따위가 우리를 막을 수 없네!"

'으윽… 이놈들!'

가증스러운 말 바꿈!

그러나 화를 낼 수 있는 입장이 아니었기에 박하다는 웃으며 위치를 설명한 후, 길드 채팅을 중단했고… 그리고,

"으아아악!!"

사라질 라르크를 생각하자 분노에 치를 떨며 산을 뛰어다녔다.

지금 이 순간만큼은 박하다가 아닌, 분노다였다.

"다 왔어요."

마리나의 말과 함께 눈류와 일행들의 시선이 한 곳으로 집중되었다.

짙고 짙어… 오히려 깨끗하게 보이는 순수한 어둠의 마법

진!

검은색의 마법진과 풍겨져 나오는 악의 기운에 모두가 오싹한 느낌을 받았고, 자신의 할 일을 마친 마리나의 신형이 빛에 물들기 시작했다.

루운이 강제 이동 마법을 발휘한 것이다.

"저는 갈게요! 눈류 오빠, 언니들, 조심하세요. 그리고 아저씨들도!"

마리나의 외침에 모두가 웃으며 고개를 끄덕였지만 둘의 인상은 일그러졌다. 계속 아저씨라 불리는 기적과 루크였다. 특히 눈류보다 어린 기적은 불만이 더욱 컸다.

차라리 현실이라면 이해했다. 자신이 더 늙어 보이기에!

하지만 이곳은 라스트 월드였고, 현재 자신의 모습은 나름 꽃미남이었다. 그런데 왜!

"왜 내는 아저씨고? 눈류 행님은 오빠고!"

"아저씨는 아저씨 같아요."

"푸웁……."

"히히."

마리나의 솔직한 대답에 눈류와 레몬이 실소를 터뜨렸으며 라일라와 루크, 리야는 고개를 돌려 힘겹게 웃음을 참았다.

"조심해요!"

순간 빛이 강렬해짐과 동시에 마리나는 마지막 말을 남기며 사라졌다. 그와 함께 눈류와 일행들은 웃음을 멈추고 긴장된 표정으로 어둠의 마법진을 바라봤다.

크나큰 위험이 기다리고 있을 수 있지만 함께하는 일행들은 서로를 쳐다보며 고개를 끄덕였다. 상대를 향한 믿음이 힘이 되는 것이었다.

곧 모두는 리야와 라일라의 버프를 받은 뒤 어둠의 마법진 위에 올라서자 검은빛 무리와 함께 모습을 감췄다.

─지하 탑 1층.

─눈류님과 라일라님, 기적님과 레몬님, 루크님과 리야님이 저주의 대지에 존재하는 지하 탑을 발견하셨습니다. 레벨 150~300까지의 제한이 존재하며, 일주일 뒤 탑 입구로 이동되는 마법진 개설과 함께 개방됩니다.

제한:봉인된 검을 소유한 자. 그의 동료들.

혜택:레벨 2업, 명성 200, 일주일간 추가 경험치 100%.

─레벨이 오르셨습니다.

─고정 스텟 근력 5가 상승하였습니다.

─레벨이 오르셨습니다.

─고정 스텟 근력 5가 상승하였습니다.

'2업!'

눈류의 얼굴에 웃음꽃이 피었다.

자신이 가장 목마른 것이 바로 레벨 업이었다.

비록 스텟 보상은 없었지만 경험치로 인해 충분히 만족스러웠고, 일행들 역시 기쁨을 감추지 않았다.

"와, 2업에 명성도 200!!"

"정말 좋다."

"행님, 지는 행님만 따르겠습니더!"

"전에도 그랬는데 또 눈류님의 신세를 지게 되었군요."

"오빠, 고마워요!"

"저는 오히려 여러분들의 도움을 받고 있는걸요. 저에게 그럴 필요는 없습니다."

눈류는 고마움을 표시하는 일행들을 향해 고개를 저으며 말했다. 그리고 곧 정보창을 열었다.

"정보."

생명:26,080 마나:21,380

이름:눈류 레벨:203 성향:중립 길드:레전드

칭호:없음 명성:2,262 직업:가면의 기사

근력:2,123(+1,159) 체력:419(+708)

민첩:318(+708) 지식:18(+700)

재치:37(+703) 정신:560(+707)

예술:12(+703) 상술:17(+705)

검폭:194(+700) 신속:260(+700)

투혼:419(+650) 가호:200(+650)

심안:168(+620) 마나:285(+621)

가면:296(+620) 암흑:113(+370)
저항:117(+370)

공격력:9,846(+701) 방어력:2,254(+1150)
마공력:2,151(+410) 마방력:2,534(+510)

스텟포인트:10 스킬포인트:12 전투숙련치:25.70%

'레벨 203··· 300까지 아직 한참이나 남았군.'

이곳에 오기 전 1업을 한 상태였기에 현재 레벨은 203이었고, 스텟 포인트는 모두 근력에, 스킬 포인트는 골고루 분배한 뒤, 살짝 아쉬움을 느끼는 눈류.

혜택이 레벨 2업이었다. 그렇다면 레벨 300이었어도 2업이 됐을 터, 엘프의 대륙이 나중에 발견되었더라면?

'하지만 이것도 흔한 것이 아니다.'

과한 욕심은 화를 일으키는 법. 눈류는 자신의 헛된 생각에 고개를 저었다. 그리고 모든 장비를 착용한 지금 높아진 공격력과 방어력을 확인하며 회심의 미소를 지었다.

자신의 레벨에 무기 능력을 합쳐 공격력이 만이 넘다니? 오랜 시간 전직 퀘스트에 매달리며 업을 포기했고, 스텟을 거의 근력에 올인한 결과물이었지만 다른 유저들이 알게 된다면 경악을 할 일이었다.

'그런데 가디언은 어디에 있는 것이지?'

정보를 확인하던 눈류는 웃음을 거두며 고개를 돌려 두리번 거렸다.

탑 내부는 밖처럼 온통 어두웠는데 검은색의 돌로 만들어진 상태였으며 정사각형의 공간이었다. 더불어 기둥이 네 개가 서 있었다. 하지만 몬스터는 어디에도 없었다.

"기뻐할 시간이 없는 듯하군요."

그때 눈류가 급격하게 차가운 표정이 되며 말하자 즐거워하고 있던 일행들이 한곳으로 시선을 돌렸다. 그곳에는 아래층으로 내려갈 수 있는 사각형의 통로가 있었는데, 곧 모두는 느낄 수 있었다.

무엇인가가 올라온다는 사실을!

스르륵, 스르륵.

"첫 번째 가디언……."

눈류는 계단을 타고 올라오는 것의 정체를 확인하며 저도 모르게 중얼거렸다. 가디언은 큰 고무 같았다. 성인 남자만 한 고무에 눈과 입, 그리고 뱀처럼 몸을 부비며 움직였다. 그런데 놀라운 점은 그 속도였다.

'대단히 빠르군.'

온통 붉은색으로 된 가디언을 쳐다보며 눈류는 검을 빼 들었다.

그러나 크게 긴장은 되지 않았다. 자신의 직감이 경고를 보내지 않기 때문이었다. 그 말인즉 가디언의 능력이 대단하지 않다는 뜻! 물론 특수한 능력이 있을지도 모르지만 말이다.

"행님, 지가 먼저 칠께예!"

일행들과 마주 서서 노려보고 있는 가디언을 쳐다보며 기적이 외치며 움직이려는 순간이었다.

띵똥!

[봉인의 검 퀘스트 3차.]

다크 엘프들이 불러낸 가디언이 나타났다.

가디언들은 층마다 존재하며, 한 사람씩 그들과 싸울 수 있다.

6층까지 존재하는 가디언들을 모두 해치울 경우, 마지막 7층에 위치한 씨앗으로 다 같이 이동된다. 한 명이라도 가디언을 해치우지 못한다면 퀘스트는 처음부터 시작되며 시간 제한이 있으니 서두르자!

"젠장."

눈류의 인상이 일그러졌다.

생각하지 못한 제한이 존재했다.

'내가 해치울까?'

그러나 눈류는 고개를 저으며 일행들을 쳐다봤다.

퀘스트의 설명대로라면 한 명씩 층에 놔두고 이동해야 된다는 것이다. 시간 제한도 있기 때문이다. 그런데 분명 내려갈수록 가디언의 능력도 강해질 확률이 컸다.

'일단 가장 약한 이가 1층을 맡아야 한다.'

가디언은 정보가 뜨지 않기에 어떤 속성이며, 공격을 하는지 알 수 없었다. 그래서 눈류는 생각을 굳혔다. 그리고 싸울 팀원이 먼저 공격해야 반응하는지, 가디언은 더 이상 움직이지 않으며 일행들을 주시했다.

"리야님이 이곳을 맡아주세요."

일행들에게 생각을 전한 눈류가 리야에게 부탁하자 겁이 난 얼굴이지만 리야는 어쩔 수 없이 고개를 끄덕였다. 그녀는 힐러였다. 라일라처럼 신성력에 특화되어 이들에게 큰 데미지를 입힐 수도 없었다. 그래서 1층에 남기기로 결정된 것이다.

"타합!!"

얘기가 끝나자 눈류는 목으로 마나를 배출하며 스킬 카리스마를 발휘했다. 그러자 리야를 비롯한 파티원들의 전체 스텟이 5 상승했다.

"카리스마의 지속 시간은 10분입니다. 제가 할 수 있는 유일한 버프입니다. 그럼 잘 부탁드립니다. 힐러라고 약하지 않습니다. 힐러의 가장 큰 장점은 조합입니다. 잊지 마세요."

눈류는 그 말과 함께 움직였고, 홀로 남게 된 리야가 안쓰러웠는지 루크는 2층으로 향하는 계단으로 뛰면서 크게 소리쳤다.

"죽지 말고 꼭 이겨야 해!!"

"네!!"

일행들의 응원을 받아서일까? 리야는 애써 당당한 표정을 지으며 가디언을 노려봤다. 그러나 벌벌 떨리는 것만은 멈출 수 없었고, 모두가 1층에서 보이자 않자 공격을 시도했다. 그러자 고무 가디언이 괴성을 지르며 접근했다!

─지하 탑 2층.

거의 다 부서진 계단을 통해 1분 정도 뛰자 2층이 나타났다. 모습은 1층과 다를 바가 없었는데, 곧 1층처럼 가디언이 모습을 드러냈다.

"라일라."

"네. 걱정 마세요."

눈류는 걱정을 가득 담은 눈빛으로 라일라를 쳐다봤다. 자신의 예상처럼 2층에 나타난 가디언은 더욱 위협적인 기운을 풍겨내고 있었다.

"저를 믿어주세요."

눈류의 시선을 느낀 라일라가 환하게 웃으며 말했다.

그 모습에 눈류를 비롯한 일행들은 고개를 끄덕인 뒤, 이를 악문 채 3층을 향해 뛰었다.

동료를 두고 가야 한다는 사실! 가슴이 좋지 않지만 서로를 믿는 것만이 최선이었다.

'할 수 있어! 할 수 있어……'

라일라는 손에 든 지팡이를 꽉 잡으며 신성력을 준비했다.

2층에 나타난 가디언은 어둠으로 똘똘 뭉친 먼지의 형태로 크기는 자신의 반만 했고, 등에는 날개가 달려 있었으며 몸 정 가운데에 커다란 붉은색의 눈동자가 있었다.

'오빠를 위해서 꼭 이기겠어!'

겁이 났다. 자신보다 약한 몬스터도 아닌 강한 적이었다. 왜 겁이 나지 않겠는가.

하지만 라일라의 눈류를 위한 마음은 그 이상이었고, 그녀 는 물러서지 않으며 선제공격을 시도했다.

—*지하 탑 3층.*

3층에 나타난 가디언은 온몸이 근육으로 이루어진 블랙 오 우거와 비슷한 외형에 이마에는 뿔이 나 있었고, 드래곤처럼 두껍고 큰 꼬리가 달려 있었다. 또한, 꼬리에는 보기만 해도 소 름이 끼치는 날카로운 가시들이 존재했다.

"얼른 해치우고 가겠습니다."

3층에 남기로 한 일행은 바로 루크였다.

눈류를 제외한 셋 중 가장 레벨이 낮기 때문이었고, 그래도 전투 능력은 라일라보다 나을 것이기에 3층에 배정된 것이었 다.

"알겠습니다."

눈류는 대답과 함께 뛰었다. 그 뒤를 기적과 레몬이 따랐는 데, 루크는 실소를 흘리며 가디언을 쳐다봤다. 1, 2층의 경우 는 다들 뛰면서 망설였다. 1층은 자신이, 2층은 라일라를 두고 가야 하는 눈류가, 그런데 이번에는 아무런 망설임도 없이 모두가 빠르게 사라졌다.

'이놈의 인생.'

처절한 외로움과 공존하는 팔자!!

리야가 있었더라면 한 번이라도 돌아봐 줬을 텐데!

루크는 두 주먹을 불끈 쥐었다.

외로움과 서글픔을 가득 담아 가디언에게 모든 한을 풀 생각을 하며!

—지하 탑 4층.

4층에는 검은색 도마뱀 형상의 가디언이 나타났으며 기적이 맡기로 결정했다.

레몬은 여자이지만 이곳은 레벨과 직업의 능력치가 우선인 세상이었고, 기적보다 레벨이 높기 때문이었다.

5층은 레몬이 검은색의 반투명한 인간 형상의 정령과 같은 가디언과 전투를 준비했다. 그리고 눈류는 6층을 향해 뛰었다.

—지하 탑 6층.

"후우우."

눈류는 심호흡을 길게 하며 검을 힘주어 쥐었다.

'시간이 얼마나 주어지는지 모르겠군.'

모두가 이렇게 서두르는 이유가 바로 시간 때문이었다.

만약 시간 제한만 없었더라면 한 명씩 싸울 수 있다 할지라도 곁을 떠나지 않으며 응원했을 것이다. 그런데 시간이 얼마나 주어지는지 알 수 없었고, 최대한 빨리 끝내는 것이 최선이었다.

쉐에에에.

그때 눈류는 바로 맞은편에서 느껴지는 기운에 웃음을 흘렸다.

그곳에는 검은 안개들이 한곳으로 뭉치며 형상을 만들고 있었는데, 느껴지는 기운이 놀라웠다. 온몸이 짜릿하다 못해 떨리는 수준!

3차 전직을 마쳤음에도 이기기 힘들지 모른다고 생각하게 만드는 존재감이었다. 곧 안개는 형태를 갖춘 뒤 눈류를 쳐다봤다.

'다크 엘프……'

안개는 여자 다크 엘프의 모습을 갖추고 있었다.

검은색으로 이루어진 갑옷은 중요한 부위만 아슬하게 가린 상태였고, 한 손에 들린 검에서는 어둠의 마나가 은은한 빛을 발하고 있었다.

터벅, 터벅.

눈류는 검에 마나를 주입하기 시작했다.

지금까지와는 달리 먼저 공격을 하지 않았음에도 불구하고 가디언이 자신을 향해 접근했기 때문이다.

검을 쥔 손을 늘어뜨린 채 소풍이라도 가는 듯한 여유로운 발걸음.

그 속에서는 절대적인 자신감과 우월감이 존재했고, 눈류의 검에서 붉은빛 마나가 일렁거리는 순간! 검었던 가디언의 두 눈동자가 핏빛처럼 변했다.

Part 7
피를 원하는 검

The knight of mask

"으하하하!! 감히 나를 막는 것이냐!!"

달려드는 몬스터를 향해 박하다의 햄머가 휘둘러졌다.

"이 몸이 바로 진석님이시다!! 으하하!!"

진석의 주먹과 발이 움직이자 몬스터들의 신형이 폭발하고 부서졌다. 더불어 냉한의 파이터라는 이름에 걸맞게 공격을 당한 적들은 얼어붙어 버렸다.

"저놈들보다 내가 더 강하다!! 크하하!!"

만파의 날렵한 검이 움직였다. 속도가 극대화된 쾌검술!

몬스터들은 당한 사실도 모른 채 몸에서 피를 흩날렸고, 박하다와 진석, 만파는 쉬지 않고 정상을 향해 움직였다.

"이곳인가?"

많은 몬스터들을 해치우며 올라온 그들이었지만 전혀 지치지 않아 보였다. 정상에 위치한 동굴을 쳐다보며 박하다가 말했다.

"네놈들은 누구냐?"

그때 동굴 안쪽에서 사람의 목소리가 들리며 누군가가 모습을 드러냈다.

20대 중반으로 보였으며, 주변에서 꽃이 날리는 듯한 착각을 일으킬 만큼 아름다운 외모였다. 바로 퀘스트의 주인공인 마물이었다.

"허헐. 마물 놈이 인간의 얼굴을 하고 있군!"

"그런데 남자인가, 여자인가?"

박하다는 만파와 의견을 나누다가 진석이 조용하다는 사실을 알아차리며 고개를 돌려 그를 바라본 후 한탄을 하듯 말했다.

"적한테 반하지 말게."

박하다는 혀를 쯔쯧! 찼다.

아무리 독수공방을 오래해도 그렇지!

남자인지, 여자인지도 모르는 마물을 보고 얼굴을 붉히다니!

"네놈들은 누구냐고 물었다!!"

자신을 앞에 두고 말다툼을 벌이자 마물은 짜증난 표정으로 외쳤다. 그러자 박하다 역시 소리를 칠 생각을 하며 마물을 노려보는데…….

발그레.

"자네는 볼에 연지를 바른 것 같구먼."

"늙어서 주책이네."

"……"

진석과 마찬가지로 마물과 두 눈을 마주치자 얼굴이 붉어진 박하다.

주변에서 노려보는 시선을 느끼며 다급히 햄머를 꺼내 들었다.

"부, 분명 무슨 수작을 부리는 것이야! 자네들은 여기서 기다리게. 내가 해치우겠네!"

어떻게든 상황을 모면하기 위한 처절한 몸부림!!

박하다는 고함을 지르며 마물을 향해 달려들었다.

그 모습에 마물은 차갑게 웃으며 박하다의 품으로 이동했고, 박하다는 뒤로 물러섰다. 순간적으로 마물의 주먹에 배를 가격당한 것이었다.

"괜찮은가!"

"혼자서 할 수 있겠나?"

그런 박하다를 부축하며 진석과 만파가 걱정스럽게 물었다.

"나를 뭘로 보는가? 나는 박하일세!! 저런 놈 하나는 끄떡없다네!"

자칭, 타칭 지상 최강의 사나이!

그의 죽지 않는 자존심!!

박하다의 외침에서 사나이의 기세를 느끼며 진석과 만파는 고개를 끄덕였다. 정말 오랜만에 친구가 믿음직스러웠다!

하지만 한국 사람의 말은 끝까지 들어야 했으니,

"그런데 나 혼자 해치우면 자네들이 섭섭하겠지? 좋네. 내 기회를 주겠네! 우리 함께 싸우세!!"

사실 한 대 맞아보니 더럽게 아픈 박하다였다.

—퀘스트가 실패하셨습니다. 지하 탑 입구로 이동됩니다.

"젠장!!"

눈류는 온몸을 감싸 안는 빛 무리에 큰 소리로 짜증을 표시했다.

벌써 3번째 실패였다.

첫 번째는 리야가 가디언을 이기지 못한 채 죽었고, 두 번째는 루크가 패배했다. 그리고 세 번째인 지금은 자신이 죽음을 맞이한 것이다.

'너무 힘들군.'

지하 탑으로 향하는 마법진에 나타난 눈류는 파티원들에게 사과를 한 후 두 눈을 감았다. 괜찮다는 위로의 말이 들렸지만 스스로에게 화가 나는 것은 어쩔 수 없었다.

세 번의 시도 만에 일행들 모두가 적 가디언들을 해치웠는데 자신이 실패하다니.

"후우……."

한숨이 계속 새어 나왔다.

자신이 맞서는 다크 엘프는 강해도 너무 강했다.

이전의 실패들도 다른 파티원들이 먼저 죽은 것일 뿐, 만약 그들이 지금처럼 가디언을 해치웠다면 모두 자신 때문에 실패했을 것이다.

그 정도로 세 번의 싸움 모두 힘겨웠다.

'다행인 점은 퀘스트가 실패해도 지하 탑으로 이동할 수 있는 입구 마법진에 온다는 것이고, 포션을 사용할 수 있다는 것이다.'

눈류를 제외한 다른 이들이 가디언을 이길 수 있었던 이유였다.

바로 무제한으로 사용할 수 있는 포션!

눈류 역시 포션이 있기에 그나마 상대를 할 수 있었던 것이다.

그런데 큰 문제가 있었으니, 이제 남은 포션이 거의 없다는 점이다.

'마지막이다.'

일행들에게는 한 번의 퀘스트를 진행할 포션이 남아 있었고, 눈류는 아껴 쓴다면 두 번은 진행할 수 있는 포션이 존재했다. 하지만 상대 가디언에게 아껴 쓴다는 것은 패배를 의미한다. 결국 이번 한 번에 모든 것을 걸자는 다짐과 함께 자리에서 일어서는 눈류.

만약 이번에도 퀘스트가 실패한다면 모두는 마을에 가서 재정비를 해야 했고, 다시 이곳까지 걸어와야 했다.

'이번에는 꼭……!'

눈류의 눈동자가 결의로 빛났다.

자신으로 인해 동료들에게 피해를 주고 싶지 않았기에 전의를 불태우며 마법진 위에 올라섰다.

—*지하 탑 6층.*

"이긴다, 이긴다."

안개가 형태를 갖추기를 기다리며 눈류는 스스로에게 최면을 걸듯 중얼거렸다. 그러자 마음이 조금은 안정되는 듯했고, 다크 엘프의 모습이 완성된 그 순간! 그림자 조각을 사용해 가디언에게 접근했다.

"소드 스피릿!!"

챙! 챙! 챙! 챙! 챙! 챙! 스팟!

'치잇!'

눈류는 이를 악물었다.

마나로 속도를 극대화시킨 후 7번 빠르게 베는 소드 스피릿!

그런데 가디언은 그중 6번을 막아버렸으며, 마지막 한 번은 깊게 들어가지 못했다.

"크하아아압!! 마나 실드!!"

생각할 겨를도 없이 반격하는 가디언의 공격을 막으며 눈류는 카리스마와 마나 실드를 동시에 발휘했다.

"더블 소울!!"

더불어 방어와 함께 이루어지는 공격!

콰쾅!!!

십자 형태로 이루어진 마나의 칼날이 적중했고, 가디언의 몸이 베임과 동시에 거대한 폭음이 일어났지만 눈류는 마나 포션을 흡수하며 재차 공격에 들어갔다. 이전의 경험으로 인해 몸이 잘려도 죽지 않고 붙는다는 사실을 알기 때문!

"파멸의 검!!"

검에 붉은 마나가 일렁거렸다.

하지만 강력한 기술을 준비한 것은 눈류만이 아니었다.

더블 소울을 맞았음에도 불구하고 순식간에 상처를 회복한 가디언의 검에서도 어둠의 마나가 폭발할 듯 솟구쳤다.

콰지지지직!!

붉고 검은 마나가 전류처럼 사방으로 튀었다.

우르르르!

그로 인해 탑 내부가 흔들거렸다. 그러다 힘을 이기지 못한 벽면에 금이 가기 시작했다.

'미, 밀린다!!'

눈류는 이를 악물며 그림자 조각을 사용해 뒤로 물러섰다. 마나와 마나가 부딪치고 직접적인 공격은 당하지 않았음에도 생명은 1/3이나 줄어 있었으며, 팔 곳곳이 찢어져 갑옷 안에서 출혈을 일으켰다.

끔찍할 정도로 강한 위력!!

'정면전은 나의 필패다. 놈의 마나는 나보다 더욱 강력해. 어떻게든 시선을 분산시켜 단 한 번에 끝내자. 급소… 급소를 찾아내야 해!'

스스스스슥!!

아픔을 추스르며 생명 포션과 마나 포션을 동시에 흡수한 눈류는 그림자 조각을 발휘해 빠르게 움직였다. 가디언의 공격과 방어 속도는 감탄이 나올 정도였지만, 그림자 조각만은 완벽하게 따라잡지 못했다. 이에 눈류는 가디언의 있을지 모르는 급소를 찾기 위해 이곳, 저곳을 공격했다.

"하아… 하아……."

10분의 시간이 흘렀을까?

온통 피범벅이 된 눈류는 피로함에 비틀거리는 몸을 애써 지탱했다.

일반적인 사냥이었더라면 빵과 물을 먹으며 피로도를 없앴겠지만, 눈앞에 있는 가디언은 그럴 수 있는 상대가 아니었기에 피로도를 몸으로 안고 싸우는 중이었다.

눈류는 정신을 차리기 위해 입술을 꽉 깨물며 검을 쥔 손에 힘을 줬다. 입술에서 피가 주르륵! 흘렀지만 아프다기보다는 정신이 또렷해지는 효과가 있었다.

'놈도 지쳐 있다.'

외상은 전혀 없었지만 전체적으로 반투명해져 있는 가디언!

가디언 역시 상태가 좋지 않다는 뜻이었다.

'그런데 정말 괴물 같은 존재군.'

자신의 스킬은 하나, 하나가 데미지가 대단했다.

그 스킬들은 10분이나 맞고도 버티는 생명력이라니!

"크하압!! 마나 실드!!"

스파아앗!!

카리스마와 마나 실드를 사용한 눈류는 마지막 마나 포션을 흡수하며 그림자 조각을 발휘해 가디언에게 접근했다.

생명이 반 이하로 줄어 있었지만 생명 포션은 먹지 않았다.

이번 공격에 모든 것을 걸기 위함이었다.

"극한!!"

가디언이 사정거리에 들어오자마자 극한을 발휘한 눈류!

그러자 공격력이 22% 증가하였다. 극한이 적용되는 시간은 1분!

생명이 50% 이하여야 했고, 지속 시간이 너무 짧으며, 다시 사용하기 위해서는 30분을 기다려야 하는 단점이 존재했다. 하지만 순간적인 폭발력은 대단했고, 스킬에도 적용되기에 현재 눈류의 입장에서는 최고의 스킬이었다.

"더블 소울!!"

콰콰콰쾅!!!

지쳐서인지 속도가 느려진 가디언은 더블 소울을 피하지 못한 채 몸으로 받아야 했다.

"바람의 비명!"

쉐에에엑!!

가디언의 몸에서 마나의 폭풍이 발생했다.

가디언은 비틀거리며 중심을 잡지 못했고, 눈류는 마지막 남은 마나를 끌어올려 가디언을 향해 몸을 날렸다.

"파멸의 검!!"

스파아아앗!!

눈류가 무서운 기세로 달려들자 그 와중에서도 가디언은 검에서 암흑의 마나를 끌어올려 눈류를 공격했다. 그러나 눈류는 자신의 검으로 부딪치지 않으며 왼쪽 팔을 내밀었다. 팔이 부서지고 박살날 것이라는 예상이 가능했다.

그럼에도 부딪칠 수밖에 없는 이유는 가디언의 위력이 자신보다 뛰어나기에 검과 검이 부딪쳐서는 필패이기 때문이다.

그리고 급소도 발견하지 못한 현재의 유일한 희망은 이번 공격을 직접적으로 당한 가디언이 소멸되기를 바라는 것!!

촤아아아악!

쩌저저저적!

'크, 크으윽!'

눈류의 얼굴이 고통으로 구겨졌다.

가디언의 신형을 가로로 베어버림과 동시에 왼팔이 찢겨져버렸다.

아니, 찢겨진 것이 아니라 산산조각이 난 상태였으며, 파괴력의 여파로 왼쪽 어깨 역시 사라졌고, 바닥에 털썩! 무너지는 순간… 알림이 떴다.

─사망하셨습니다.

'하하……'

속으로 쓸쓸하게 웃는 눈류.

자신에게 드는 화도 화였지만, 반복되는 패배로 인해 좌절감까지 파도처럼 밀려왔다.

그런데 그 순간이었다.

알림이 재차 떴는데, 이전에 퀘스트 실패를 했을 때와는 달랐다.

―가디언들이 모두 소멸되었습니다. 7층으로 이동됩니다.

'뭐지? 퀘스트가 진행된다?'

눈류는 어리둥절했다.

그리고 곧 몸 주변에 빛이 형성되는 것을 확인하며 속으로 쾌재를 질렀다.

어떻게 된 영문인지는 모르겠지만 퀘스트가 진행된다는 사실에 기쁜 것이었다.

스파아아앗!!

"누, 눈류님?"

"오빠!!"

"어, 어떻게 해?"

"행님, 괜찮습니꺼?"

7층에 이미 모여 있던 모두가 눈류의 시신을 보며 경악하며 말했지만 눈류는 대답을 할 수 없었다. 현재 자신은 죽은 상태였기 때문에 생각을 하는 것이 전부였다.

"오빠! 조금만 기다려요!"

그 모습에 라일라가 황급히 다가가 손을 머리 위로 뻗었다.

그리고 자신이 발휘할 수 있는 최고의 스킬인 부활을 발휘했다.

눈류의 성향이 더 이상 악이 아니었기에 가능했으며, 눈류는 마치 신이 보듬어주듯 온몸을 감싸 안는 따스함을 느꼈다.

사아아악!!

빛의 기둥이 형성되었다가 사라졌다.

"고마워."

그곳에는 환하게 웃는 눈류가 서 있었다.

신성력이 가득한 부활로 인해 상처도 모두 회복된 상태.

"괜찮죠?"

라일라의 눈가가 젖은 것을 확인한 눈류는 고개를 끄덕였다.

게임이라서 어차피 죽지 않는다는 사실을 라일라도 알고 있을 것이다.

그래서 슬픔도 슬픔이지만, 너무나 끔찍한 시체가 되었던 자신의 모습에 놀랐기 때문이라 생각했다.

'내가 먼저 가디언을 소멸시킨 탓일까?'

라일라를 달랜 눈류는 머릿속으로 퀘스트가 진행된 이유를 생각했다.

그 결과 자신이 죽기 전에 가디언이 죽었고, 가디언들이 모두 소멸되자 자신이 죽었다 할지라도 퀘스트가 진행되었다고밖에 볼 수 없었다. 이전에 한 명이 죽으면 퀘스트가 실패로 떴지만, 그것은 가디언 모두가 죽지 않은 상황이었다.

[봉인의 검 퀘스트 4차.]

가디언들을 모두 해치웠다.

이제 남은 것은 저주의 씨앗!

모두가 하나 되어 단 한 번의 공격으로 파괴시켜야 한다.

어서 씨앗을 파괴시켜 엘프 마을에 평화를 찾아주자.

눈류와 일행들은 퀘스트 알림이 뜨자 내부 정중앙에 있는 씨앗을 쳐다봤다.

7층은 바닥이 흙으로 되어 있었는데, 그곳에 칠흑보다 짙은 검은색의 씨앗이 심장처럼 움찔거리고 있었다.

"이제 마지막이군요."

루크의 말에 눈류는 고개를 끄덕이며 라일라와 리야를 쳐다봤다.

버프를 달라는 뜻이었다.

"신의 가호가 그대에게 머물지어니……."

"바람의 숨결!"

―신의 가호로 인해 신성력이 30분간 10% 향상됩니다.

―바람의 숨결로 인해 20분간 공격 속도가 25% 향상됩니다.

―포커스로 인해 20분간 크리티컬 확률이 20% 향상됩니다.

눈류는 버프가 들어오는 것을 확인하며 갑옷을 해제한 뒤, 검으로 옆구리를 베어버렸다. 그 모습에 일행들이 깜짝 놀라며 소리쳤다. 갑자기 자해라니!!

"생명이 50% 이하일 때 공격력을 올려주는 스킬을 사용하기 위함입니다."

눈류는 통증을 느꼈지만 애써 웃으며 그들의 궁금증을 풀어

줬다.

라일라의 부활로 인해 생명이 50%를 넘겼기에 어쩔 수 없는 선택이었다.

"자신이 발휘할 수 있는 스킬 중 가장 데미지가 뛰어난 것을 발휘해 주세요."

버프를 모두 받고 생명이 50% 이하까지 떨어지자 눈류는 파티형 버프인 카리스마를 발휘한 후 말했다.

"극한! 파멸의 검!!"

이글이글.

눈류의 검에서 붉은 마나가 타올랐다.

그러자 모두 역시 자신들이 사용할 수 있는 최고의 스킬을 준비했고, 곧 여러 가지 빛깔의 기운들이 움찔, 움찔 몸을 떨고 있는 저주의 씨앗을 향해 발출되었다.

마물이 박하다의 공격을 피하자 진석이 파고들었고, 빈틈을 노리며 만파의 검이 움직였다. 게임에서는 물론 현실에서도 절친한 친구였으며, 무도가인 그들이었기에 셋이 아닌 혼자인 것처럼 호흡이 잘 맞았다.

그로 인해 1+1+1=3이 아니라는 것을 보여주는 그들. 합공으로 인해 자신들 능력 이상의 힘을 발휘하며 마물을 몰아붙였다.

"이 늙은 것들이!!"

팔에서 검은 피를 흘리며 마물이 당황하여 소리치자 셋의 움직임이 멈췄다.

"지금……."

"우리보고……."

"늙었다고 한 것이냐?"

그들의 몸에서 살기가 스멀스멀 피어올랐다.

그러자 마물은 저도 모르게 한 걸음 뒤로 물러섰다.

"감히!!"

박하다의 노한 외침!!

평소 노안의 박하다라 불릴 만큼 나이보다 성숙한 외모의 그였다.

그것은 진석과 만파도 마찬가지.

그런데 대놓고 늙은 것들이라니!!

"이래 보여도……."

"밤에 멀리서 보면……."

"동안으로 착각하는 외모란 말이다!!"

외침과 함께 박하다와 진석, 만파는 마물에게 달려들었다.

그런 그늘의 모습은 흡사 미친 짐승과 같았고, 마물은 위험을 느끼며 도망치려고 했지만 한 발 늦어버렸다.

그리고 10분 뒤,

"다시 말해보거라. 내가 늙어 보이냐?"

도리도리.

반죽음 상태로 바닥에 쓰러져 있는 마물은 햄머로 곧 내려칠 듯한 액션을 취하는 박하다의 질문에 황급히 고개를 저었다.

그러자 만파가 검으로 마물의 목을 위협하며 물었다.

"나는 어떠냐?"

"소년 같습니다."

"그, 그러냐? 으하하!!"

아주 흡족한 표정으로 물러서는 만파.

마지막으로 진석이 냉기가 서린 발로 마물의 얼굴 옆을 차며 말했다.

타앗, 타앗.

"나는 몇 살로 보이느냐?"

"20살……?"

"네놈이 사람 보는 눈은 정확하구나! 크하하!"

마물의 대답을 들은 셋은 서로를 바라보며 한 마디씩 나눴다.

"난 동안인 자네들과 친구라 얼마나 행복한지 모른다네."

"허헐, 그래 봐야 자네의 상큼한 미소를 따라갈 수 있겠는가? 미소진석!"

"하하하, 자네는 농이 심하구려. 난 언제나 자네의 화사한 눈웃음이 부럽다네. 윙크박하. 더불어 다림질한 것 같은 만파의 피부도 말이네. 안 그런가? 탱탱만파!"

"크하하! 우리들은 동안 친구들이군?"

"하하하. 그러게 말이네."

"너무 어려 보여서 교복을 입어도 되는 것 같더군! 으하하!"

나이를 합치면… 153살인 그들이었다.

살기 위해 말도 안 되는 거짓말까지 한 마물을 없애 버린 박하다와 만파, 진석은 동굴 안으로 들어갔다. 안에는 곳곳에 횃불이 있었고, 3분 정도 걸어 들어가자 넓은 곳이 나타났다.

"오오!!"

박하다는 그곳에서 한 여인이 등을 돌리고 있는 모습을 발견하며 탄성을 자아냈다.

숲속에서 본 여인과 똑같은 뒤태!

"언니!!"

다다다다닥!!

그때였다. 언제 따라왔는지 여인이 소리를 지르며 자신의 언니에게로 달려갔다.

"잠깐 기다리세."

그 모습을 지켜보며 박하다는 그들이 시간을 가질 수 있도록 움직이지 않았고, 여인은 울먹거리는 목소리로 물었다.

"밥은 잘 먹었어? 아프지는 않아? 나쁜 일 당하지는 않았어?"

"어… 난 괜찮아……."

'오, 목소리도 꾀꼬리 같구나!'

거리가 있어 자세히 들리지는 않았지만 참으로 여자다운 목소리라 생각한 박하다는 조금 더 기다린 뒤에야 헛기침을 하며 그녀들에게 다가갔다.

"크흠……."

"어머, 내 정신 좀 봐. 언니, 언니를 구해준 분들이야."

여인이 붉게 충혈된 두 눈을 닦으며 말하자 그녀의 언니가 비틀거리며 몸을 일으켰다.

"조심하게나."

그러자 뒤에서 자연스럽게 부축하는 박하다.

자신에게 힘이 되어줄 존재여서인지 세심하게 신경 썼다.

"고, 고맙습니다."

박하다의 손길이 닿자 여인의 언니는 수줍어하는 어투로 대답했고… 그 순간 알림이 들렸다.

[슬픔에 빠진 여인의 비밀 퀘스트 2차.]

마물을 처치하고 여인의 언니를 구했다.

특별한 능력은 없지만 언제나 곁에 있어주며 외로움을 달래줄 것이다.

그녀와 키스를 하면 자동적으로 계약이 된다.

'컥!!'

박하다는 두 눈을 비비며 재차 퀘스트 정보를 확인했다.

특별한 능력은 없지만, 특별한 능력은 없지만, 특별한 능력은 없지만!

'뭐… 이런.'

펫처럼 게임에 도움이 되는 능력이 있을 것이라고 생각해서 퀘스트를 한 것이다.

그런데 이런 반전이 숨어 있었다니!

박하다는 잠시 생각에 잠겼다.

그리고 결심한 표정으로 여인의 언니에게 다가갔다.

따지고 보면 그렇게 나쁜 것도 아니었다.

일단 마물을 잡은 뒤 얻게 된 경험치와 라르크가 상당히 많았다. 또한 올라오면서 몬스터를 계속 잡았으며, 정보처럼 게임을 하는 내내 자신의 말을 잘 듣는 아리따운 여인이 곁에 있다면 그것도 나름 괜찮을 듯했다.

그리고 이런 형태의 보상은 자신이 최초!

"이름이 무엇이오?"

박하다가 입술에 침을 한 번 바른 뒤 물었다.

"아미리온입니다."

"이름도 참 예쁘구려. 돌아보시오."

박하다는 두근거리는 가슴을 느끼며 천천히 돌아서는 아미리온을 주시했다.

게임 속에서, 그것도 퀘스트로 인해 하는 것이지만 가슴이 두근거렸고… 동생만큼 예쁠 것이라 생각하자 얼굴에 웃음이 서렸다.

곧 여인은 돌아섰고, 박하다는 계약을 위해 키스를 할려는 찰나,

"성별이……."

"장난도 심하십니다."

석고상처럼 멈춰선 박하다의 진심에서 우러나온 질문이었

지만 아미리온은 웃음으로 넘겼다.

'나, 낯이 익다!'

박하다는 한 걸음 물러서며 그녀가 누구를 닮았는지 떠올렸다.

자신이 세계 최강의 자리에 오를 때, 상대는 과거의 유명한 격투기 선수였던 밥샙의 손자 보세였다. 보세는 실력도 실력이었지만 밥샙과 꼭 닮은 것으로도 알려져 있었다.

그런데 아미리온의 얼굴이… 머리가 긴 보세와 똑같았다!!

'크으윽! 싸우고 싶다!'

보기만 해도 전투 본능을 일으키는 얼굴!

박하다는 떨리는 목소리로 물었다.

"왜 이렇게 동생과 다, 다르오?"

"동생은 어머니를 꼭 빼닮았거든요."

"그대는?"

"아버지요."

"……."

박하다는 한 걸음 더 물러섰다.

"마물이 왜 그대를 납치했는지 아시오?"

"제가 너무 아름답다고……."

'컥!!'

마물의 시력이 의심스러워지는 대답이었다.

"마, 마지막으로 하나만 더 묻겠소. 혹시 그대에게 다른 이들이 부러워할 능력이 있소?"

혹시나 하는 마음에서였다.

외로움을 달래기 위해 보세의 얼굴을 가진 여자와 지내고픈 마음이 없었다.

하지만… 정보에는 뜨지 않은, 게임에 도움이 될 수 있는 능력이 있지 않을까 하는 생각에 물은 것이다.

"능력이요? 아, 있어요!"

아미리온은 잠시 고개를 갸웃거리다가 밝은 얼굴로 소리쳤다.

그러자 박하다 역시 안색이 밝아졌다.

그럼 그렇지! 명색이 비밀 퀘스트인데!!

"밥을 누구보다 잘 먹어요!"

박하다는 말없이 로그아웃을 했다.

"해내셨군요. 진심으로 감사합니다. 모든 엘프들도 같은 마음일 것입니다."

눈류는 루운의 얘기에 고개를 저었다.

"고맙다니요. 저의 목적이 있어서 한 것뿐입니다."

눈류는 따스한 차를 입에 댔다.

긴장과 피로가 모두 풀리자 잠이 스르륵 밀려오는 것 같았다.

씨앗을 한 번에 파괴하자 모두는 이곳 루운의 거처로 이동되었고, 차를 다 비운 눈류는 검에 대해 말을 꺼냈다.

"그런데 검의 봉인은……"

"아. 풀어드려야죠. 아니, 푸셔야 합니다."

"네?"

여전히 환한 웃음을 유지한 루운의 말에 눈류는 당혹스러움을 느꼈다. 풀어야 한다니? 그 말은 자신이 해야 된다는 것인가?

"그 검을 만든 이가 누군지 아십니까?"

"아니요. 모릅니다."

"그 검은 혼드가 만든 것입니다."

"그렇군요."

눈류는 호기심 가득한 표정으로 고개를 끄덕이며 얘기를 경청했다.

새로운 스토리와 인물을 먼저 안다는 것은 득이기 때문이다.

"혼드는 무기를 제작하는 이였는데 그 실력이 남달랐습니다. 그런데 재미있는 것은 그는 인간도 엘프도 아니었습니다."

"그러면……?"

"마족과 엘프의 피가 섞인 존재였죠."

루운은 눈류의 일행들이 놀라든 말든 말을 계속 이어나갔다.

"드문 존재였습니다. 빛과 어둠이 하나가 된다는 것은 사실상 거의 없는 경우이지요. 간혹 인간과 엘프가 눈이 맞아 하이엘프과 탄생하지만 마족과는 유례가 없었습니다. 뭐, 어차피 중요한 것은 이게 아니니 본론을 말하겠습니다."

루운의 표정이 진지해졌다.

그는 쉽게 말하기 힘든지 차로 목을 축이며 눈류를 말없이 쳐다봤다.

"피가 필요합니다."

루운은 갑작스럽게 말을 꺼냈다.

"피라니요?"

그 뜻을 쉽게 이해하지 못한 눈류가 반문했다.

피를 모르는 것이 아니다. 어떤 피가 무슨 이유로 필요하냐는 물음이었다.

"마족과 엘프의 피가 흐르며, 100살이 넘지 않아 2차 성장이 나타나지 않은 아이의 피가 필요합니다. 그것이 봉인을 깨는 유일한 방법입니다."

"설마……?"

눈류의 목소리가 바르르 떨렸다.

머릿속으로 한 소녀가 스쳐 지나갔기 때문이다.

"맞습니다. 바로 마리나입니다."

"컥! 마, 마리나요?"

"아니, 그렇다면 지금 눈류님에게 그 소녀를 죽이라는 말입니까?"

루운의 말에 눈류는 침묵을 지키며 이마를 감싸 쥐었고, 곁에서 함께 얘기를 듣고 있던 기적과 루크가 황급히 되물었다.

하지만 루운은 아무런 대답도 하지 않은 채 자리에서 일어섰다.

"마리나가 곧 이곳으로 올 것입니다. 봉인을 푸는 것은 그대에게 달린 일입니다. 잘 선택 하십시오."

루운은 그 말과 함께 나무문을 열고 밖으로 빠져나갔다. 그러자 일행들은 전혀 예상하지 못한 듯 경악한 얼굴로 눈류를 쳐다봤다. 눈류는 아직도 이마를 짚은 채 두 눈을 감고 있었는데, 괴로운 마음을 느낄 수 있어 일행들 역시 마음이 무거웠다.

"오빠……."

라일라가 눈류의 한 손을 꼭 잡았다.

그럼에도 눈류는 아무런 행동의 변화를 일으키지 않은 채 한숨을 길게 내쉬었다.

봉인을 해제하기 위해 피가 필요할 줄이야…….

정말 막막한 심정이었다.

유저라면 차라리 쉽게 죽일 수 있었다.

그런데 마리나는 NPC였다. 죽으면 사라지는 존재!

비록 나이가 99살이지만, 엘프의 세상에서는 2차 성징도 못한 어린 소녀와 다를 것이 없었다. 그래서 마리나 역시 자신들을 오빠, 언니, 아저씨라 부르지 않는가? 그런 아이를 죽여야 하다니… 아무리 퀘스트라 할지라도 지독하다는 생각이 들었다.

"행님, 어쩌실 것입니꺼? 안 죽일 거지예?"

"눈류님, 저도 기적과 같은 생각입니다. 물론 퀘스트가 중요하고 모두가 고생했습니다. 그리고 여기는 게임 속 현실입니다. 그렇지만… 어린 소녀 NPC를 죽이면 안 됩니다. NPC이기에 죽으면 완전한 소멸을 뜻하지 않습니까? 더군다나 짧은 시간이었지만 정도 들었는데……."

루크는 더 이상 말을 잇지 않았다.

자신들의 마음도 불편하지만 지금 가장 괴로운 것은 눈류였기 때문이다.

"제 생각은 달라요. 마리나가 가엾기는 하고, 저 역시 그 아이가 죽는 것이 싫지만… 그래도 퀘스트의 과정이죠."

"저도 마찬가지예요. 결정은 오라버니가 하는 거예요. 오라버니, 요즘 라르크도 부족한데 텔비와 포션 값도 무리해서 쓴 거잖아요. 그런데 포기한다는 것은 아니라고 생각해요."

"레몬아!"

"리야?"

루크의 말과 함께 리야와 레몬이 반대의 의견을 내자 둘은 당황하며 소리쳤다. 그때 두 눈을 감고 있던 눈류가 힘없는 실소를 흘리며 눈을 떴고, 라일라에게 작은 목소리로 물었다.

"너라면 어떻게 하겠니?"

"네?"

라일라는 당혹스러웠다.

눈류를 생각하면 퀘스트를 당연히 진행해야 했다.

그런데 마리나를 생각하면 도저히 그러라고 말할 수가 없었다.

이것도, 저것도 선택할 수 없는 상황! 그것이 라일라의 입장이었다.

"만약에 제가 오빠라면… 저는 포기했을 것 같아요."

한참의 생각 끝에 라일라는 개미 목소리로 중얼거렸다.

그러자 눈류는 고개를 끄덕였고, 모두를 향해 부탁했다.

"마리나와 단둘이 있고 싶습니다."

나가달라는 뜻이었다.

"알겠습니다. 저희는 마을에 돌아가 있겠습니다. 대신 한 가지만 기억해 주세요. 눈류님이 어떤 선택을 하시든, 저희는 눈류님의 결정을 존중할 것이라는 사실을."

"루크님, 감사합니다."

눈류는 일어서서 나가는 루크와 일행들에게 고개를 살짝 숙였고, 나무문이 닫히자 힘없이 의자에 앉으며 봉인된 검을 매만졌다.

포기하고 싶었다. 게임이라고 감정이 안 생기는 것도 아니었고, 자신을 유독 좋아하고 따르던 마리나를 직접 베어버린다면… 오랜 시간 잊을 수 없을 듯했다. 그러나 보상이 계속 머릿속을 맴돌았다. 그 보상 하나로 인해 자신은 물론 모두가 많은 라르크를 썼고, 노력을 하지 않았던가?

'어떻게 해야 하는 것이냐.'

끼이이익.

그때 낡은 나무문이 열리는 소리와 함께 눈류는 시선을 돌렸다.

그곳에는 아무것도 모른 채 환하게 미소를 짓고 있는 마리나가 서 있었다.

[봉인의 검 퀘스트 5차.]

이제 마지막 결심만을 앞두고 있다.

검으로 마리나를 베어 피를 묻히면 봉인은 풀린다.

하지만 그러지 못한다면 봉인은 영원히 깊은 잠에 빠지게 된다.

선택은 봉인의 검을 소유한 그대의 몫.

벨 것인가, 포기할 것인가?

마리나의 등장과 함께 마지막 퀘스트 알림이 떴고, 눈류는 애써 웃었다.

"오빠!!"

쪼르르륵!

마리나가 허둥지둥 뛰어가 눈류의 품에 안겼다.

그러더니 걱정스러운 표정으로 묻는다.

"어디 다치신 곳은 없어요?"

"어. 괜찮아……."

"피이, 거짓말. 안 다쳤으면 목소리가 왜 그래요?"

눈류의 목소리가 잠긴 이유가 아프기 때문이라고 생각한 듯 마리나는 심통 난 표정으로 구박했다. 그러자 눈류는 고개를 푸욱 숙였다. 마리나의 얼굴을 볼 수 없는 탓이었다.

'나란 놈은…….'

눈류는 자신의 결정을 알고 있었다.

단지, 계속 갈등하고 있었을 뿐이었다.

결심이 변하지 않는다는 사실을 알면서도 말이다!

그래서 더욱 마리나에게 미안해 쳐다볼 수 없었다.

그런데… 귓속으로 파고드는 마리나의 말에 눈류는 고개를 번쩍 들어야 했다.

"괜찮아요. 아파하지 말아요. 슬퍼하지 말아요. 저는 괜찮으니까……."

"무, 무슨 말이니?"

놀람으로 인해 말까지 더듬는 눈류.

그러나 마리나는 여전히 따스한 눈빛으로 눈류의 품에 안겨 바라보면서 말했다.

"들어오기 전에 루운 아저씨가 말해줬어요. 그래서 결심하고 온 것이에요. 오빠는 우리 마을을 구해줬으니까, 이제는 제 차례잖아요."

눈류는 눈시울이 뜨거워지는 것을 느꼈다.

마리나에게 엘프 마을이 부모라는 사실을 알고 있었다.

가끔 몇몇 엘프들은 인간으로 변장한 뒤 대륙을 여행하고는 했는데, 그때 숲 속에서 짐승들과 살아가던 한 소녀를 발견하게 되었다. 그 소녀가 바로 마리나였다고 루운이 말했었다.

"오빠……."

마리나의 목소리가 재차 귀를 간지럽혔다.

눈류는 정말 힘겹게 고개를 들어 마리나를 빤히 쳐다봤다.

마리나의 얼굴에는 그 어떤 망설임도 없었고, 여전히 요정 같은 아름다운 미소를 지으며 고개를 끄덕였다.

"미안하다……."

"고마워요. 마을을 구해주셔서, 그리고 오빠여서."

마리나는 그 말과 함께 눈류의 품에서 벗어나 두 눈을 감았고… 봉인의 검을 쥔 눈류의 팔이 움직였다.

"행님, 어떻게 됐을까예?"

"나도 잘 모르겠다."

엘프 마을에 위치한 여관 1층 식당에서 기적이 걱정스러운 어투로 묻자 루크는 고개를 저으며 대답했다. 퀘스트로 인한 작용 때문인지, 아니면 눈류가 탈퇴를 한 것인지 장로의 집을 벗어나는 순간 파티는 자동적으로 해제되었다. 그렇다고 음성 채팅을 시도해서 물을 수도 없기에 모두는 막막했다.

"그런데 엘프는 고기 안 묵습니꺼?"

문득 기적이 요리들을 보며 불만을 토로했다. 너무나 가라앉은 분위기를 띄워 보기 위해 나름 애쓰는 것이었는데, 사실 진담도 포함되어 있었다.

아무리 엘프들이라 해도 그렇지, 어떻게 식당에서조차 온통 풀과 열매들로 이루어진 요리밖에 없다는 말인가!

"대신 가격이 싸잖아."

레몬이 웃으며 기적을 달래주었다.

비록 풀과 열매들밖에 없었지만 맛은 대단히 뛰어났고, 기존 대륙보다 포션 가격 등이 비싼 대신 음식만큼은 아주 싼 편이었기에 충분히 만족스러운 요리들이었다.

"그제? 많이 먹는 기 남는 기다!"

언제 투정을 부렸냐는 듯 기적은 금방 환해지며 요리들을 몇 가지 더 추가 주문을 했다. 그리고 그때 말없이 웃음만 머금고 있던 라일라는 눈류에게서 온 음성 채팅에 다급히 수락했다.

"오빠!"

"어. 다들 어디에 있어?"

"마을 남쪽에 있는 여관이에요."

"그래, 그리로 갈게."

라일라는 퀘스트에 대해 물으려다가 알겠다는 말과 함께 음성 채팅을 종료했다. 어차피 잠시 후면 알게 될 일인데 어떤 선택을 했든 마음이 좋지 않을 눈류를 향한 배려였다.

"오빠가 곧 올 거예요."

라일라는 곧 일행들에게 눈류와 음성 채팅을 한 사실을 말했고, 잠시 후 눈류가 도착하자 모두의 시선이 집중되었다.

"달콤하군요."

부담스러운 눈빛을 느끼며 자리에 앉은 눈류는 엘프들이 마시는 술을 한잔 마신 후 괜찮다는 듯 고개를 끄덕이며 말했다. 과일로 만든 듯 맛이 상큼, 달콤하면서도 도수가 높지 않았고, 바다를 머금은 것 같은 푸른 빛깔이 예뻐 보였다.

찌릿, 찌릿.

그때 기적과 루크는 눈싸움을 하고 있었는데, 좋은 뜻의 형님 먼저! 아우 먼저는 절대 아닌, 퀘스트에 대한 질문을 서로에게 미루는 중이었다. 결국 성질 급한 레몬이 한숨을 내쉬며 조심스럽게 물었다.

"오라버니, 퀘스트는 어떻게 됐어요……?"

레몬의 질문에 추가 주문을 한 술을 마시려던 눈류의 팔이 우뚝 멈췄다. 그리고 잠깐 침묵을 지켰다.

"퀘스트라……"

눈류의 얼굴 가득 쓸쓸함이 낙엽처럼 떨어졌다.

그러자 모두는 퀘스트를 포기한 것이라 생각했다.

하지만 그 예상은 순식간에 깨지고 말았다.

"성공했어."

활짝 웃으며 엄지손가락을 치켜세우는 눈류.

리야와 레몬, 라일라는 함께 웃으며 고개를 끄덕였지만 마리나가 떠오르며 가슴이 아팠고, 루크는 쓸쓸한 미소를 지으며 술을 들이켰다. 그러나 단순무식 기적은 달랐다.

"행님! 어찌 그 어린것을!!"

흥분한 탓으로 인해 기적의 목소리는 커졌고, 주변에서 음주 혹은 음식을 즐기던 다른 유저들과 엘프들이 쳐다봤다. 그렇지만 기적은 아무런 상관 없다는 듯이 콧김을 황소처럼 씩씩거렸다. 비록 게임이고 이득을 위해서라면 냉정해지는 사람이 눈류라는 것을 잘 알지만 은근히 잔정이 많은 기적이었다.

"지는 행님을 믿었습니더!"

기적이 자리에서 벌떡 일어섰다!

"앉아."

그런 기적을 향해 여전히 싱글벙글한 얼굴로 작게 말하는 눈류.

오히려 그 모습이 더욱 얄밉다고 느끼며 기적이 돌아서려는 순간, 눈류의 말에 일행들은 깜짝 놀랐다.

"죽지 않았으니까 그만 앉아라."

"예? 주, 죽이지 않았습니꺼?"

"눈류님, 그럼 어떻게 성공을?"

눈류는 짓궂은 표정으로 궁금해 죽으려고 하는 일행들을 빤히 쳐다만 보다가 술을 재차 삼킨 뒤, 어떻게 성공할 수 있었는지를 설명했다.

사실 눈류는 마리나를 죽이기로 생각을 굳힌 상태였다.

무기나 방어구를 얻게 될지 모르는 퀘스트… 마음은 아프지만 포기할 수 없었다.

그런데 마리나를 베기 직전, 눈류는 황급히 검을 멈추며 자신에게 물었다.

"왜 죽여야 하지?"

눈류는 루운의 말을 떠올렸다. 그리고 퀘스트의 정보창도 재차 확인했다. 하지만 그 어디에도 죽여야 된다는 말은 존재하지 않았다. 루운은 마리나의 피가 필요하다고 했으며, 퀘스트 역시 마리나를 베고 피를 묻혀야 한다 했다.

'착각!!'

눈류는 몸을 부르르 떨었다.

가면의 기사가 될 때도 이와 비슷한 경험이 있었다.

마나가 있으면서도 자연적으로 없다고 생각하며 오랜 시간을 낭비하지 않았던가?

그것처럼 죽이라는 말이 없었음에도 피를 묻히고 베어야 한다는 설명에서 자신도 모르게 죽이라는 것으로 인지했다.

'혹시… 제발.'

눈류는 생각이 거기까지 미치자 확신이 아닌 기도를 하며 의아한 얼굴로 바라보는 마리나에게 다가갔다. 죽이고 싶지 않았다. 자신의 생각이 맞기를 바랐다.

"조금 아프겠지만 참아."

스파아앗! 주르르륵!

봉인의 검이 마리나의 손등을 베고 지나갔다.

그러자 검날에는 자연적으로 마리나의 피가 묻었고, 마리나는 아플 것임에도 불구하고 티내지 않으며 눈류를 쳐다봤다. 그리고 눈류의 판단은 정확했다.

─봉인의 검 퀘스트를 완료하셨습니다.

"그래서 퀘스트는 무사히 해결되었습니다."

눈류의 설명이 끝나자 모두는 감탄한 얼굴로 고개를 끄덕였다. 자신들 역시 당연히 죽이는 것이라고 생각하지 않았던가? 그런데 그 와중에 더 깊이 생각을 하다니……. 평소 행동은 박하다, 기적과 동급이지만 가끔씩 보여주는 비상함!!

"대단하시군요. 하여튼 일이 잘 끝나게 돼서 다행입니다."

"그러게요."

눈류와 루크는 마주 보며 미소를 지었다.

그리고 눈류의 곁에 앉아 있던 라일라는 마음으로 속삭였다.

'그렇게 힘들었으면서……'

깊은 생각을 하다 보면 놓친 사실을 발견할 수 있었다.

그런데 행동을 하는 순간에 알아차리는 것은 사실상 불가능한 일이었다. 하지만 눈류는 그걸 해냈고, 라일라는 그 이유를 알 수 있었다.

망설인 것이다.

목적을 위해 죽으려고 결심을 했겠지만 그 와중에도 죽이고 싶지 않다는 생각을 수십, 수백, 수천 번 했을 것이다. 그래서 착각의 늪에서 빠져나온 것이라고 라일라는 확신했다.

"이제 돌아가는 것인가요?"

요리와 술을 다 먹고 비우자 일행들은 여관을 빠져나왔고, 숲을 걸으면서 루크가 물었다.

"네, 저는 이제 돌아가야 합니다. 여러분들도 같이 가실 건가요?"

대륙 이동 마법진이 있는 숲의 끝으로 향하며 눈류가 대답하자 일행들은 고민에 빠졌다.

보통 다른 유저들은 엘프의 대륙에 올 때 오래 머무를 결심을 하고 왔다. 적어도 비싼 텔레포트 비용을 얻을 때까지 말이다. 그런데 일행들은 눈류의 퀘스트를 돕겠다는 마음뿐이었지, 그 후는 미처 생각하지 못했었다.

"저희는 여기서 좀 더 놀께예."

레몬과 의견을 나눈 기적이 말했다. 그러자 리야와 상의를 하던 루크 역시 같은 생각을 전했다.

"저희도 이곳에 한동안 머무르겠습니다. 이곳을 탐험하고 싶기도 하고, 일주일 동안 경험치가 두 배인 지하 탑에서 업도 하고요."

"음… 저는……"

모두가 의견을 말하자 자연적으로 시선이 라일라에게 향했고, 라일라는 대답을 머뭇거렸다. 마음 같아서는 아름다운 이곳에 남아 사냥을 하고 싶었다. 지하 탑으로 인해 일주일 동안은 경험치도 많이 얻을 테니. 그러나 눈류를 혼자 보내고 싶지 않았으며, 그 어떤 것보다 눈류와 함께 있고 싶었다.

"저는 그냥 오빠랑……"

"라일라, 너도 여기에 남아."

"네?"

라일라가 결심을 한 얼굴로 말을 하자 눈류는 서둘러 말을 끊었다.

"나도 너와 함께 파티를 하고 싶지만 또 다른 퀘스트가 기다릴지도 모르잖아. 혹시 알아? 엘프의 대륙에 다시 오게 될지도. 그러니 적어도 일주일은 여기에서 경험치 혜택을 받도록 해. 그래야 오빠 마음이 편하고, 조금이라도 미안함을 덜 수 있을 것 같아."

"오빠……."

"그래, 라일라. 우리 같이 있자. 응?"

라일라는 그래도 같이 가겠다고 말하려 했지만 눈류와 눈이 마주치자 입을 뗄 수 없었고, 레몬까지 나서며 바라자 어쩔 수 없이 체념과 함께 애써 웃으며 고개를 끄덕였다.

"그럼 저는 이만 갈게요. 정말 고마웠습니다."

눈류는 대륙에 남기로 한 모두를 바라보며 진심으로 감사한 마음을 표현했고, 마법진에 올라섰다. 그리고 잠시 후, 엘프의 대륙에 가기 위해 마법진을 찾은 유저들은 볼 수 있었다.

엘프의 대륙에서 돌아온 눈류가 사라진 라르크를 외치며 바닥에 주저앉아 흐느끼는 모습을.

Part 8
발 냄새 살인 미수 사건

The knight of mask

달그락, 달그락.

붉은색으로 이루어진 한 평야에서 말 네 마리가 힘차게 달리고 있었다. 그 말들을 모는 이들은 남자 셋, 여자 한 명이었는데 바로 진은과 라인, 키스와 라이트였다.

촤차차차차!!

그때 진은이 눈앞에서 솟구치는 대지의 파편들을 확인하며 다급히 손을 들어 올렸다.

"워워!!"

"어서 멈춰!!"

일행들은 신호와 함께 말을 세웠다. 더불어 키스는 마법까지 걸어 말이 움직일 수 없도록 했고, 모두는 침묵과 함께 대지를 가르며 다가오고 있는 놈이 무사히 지나가기만을 바랄 뿐이었다.

이곳은 바로 핏빛의 평야라 불리는 곳으로 레벨 300인 유저들도 대규모 파티를 이루지 않는 이상 찾지 않는 곳이었다. 비록 레전드가 둘이나 있고, 키스를 제외한 모두의 레벨이 300을 넘었다 할지라도 이곳 몬스터와는 붙을 수 없었다.

그리고 현재 일행들을 향해 달려오고 있는 몬스터는 구더기의 형상을 하고 있는데, 땅 속에서 소리를 듣고 움직이는 놈이었다. 그래서 일행들은 말까지 마법으로 움직이지 못하도록 한 뒤, 침묵을 지키며 주시하고 있었다.

만약 놈이 조금의 기척이라도 느끼고 달려든다면 힘겨운 싸움이 벌어질 것이었다. 한 마리라면 모르겠지만 현재 접근하고 있는 몬스터는 두 마리였으니.

촤차차차!!

바로 옆을 몬스터들이 지나가면서 파편이 튀었고 진은과 키스는 얼굴에 상처를 입었지만, 둘은 죽은 이처럼 아무런 반응도 하지 않았다.

쿠오오오오.

사신의 비명과도 같은 바람 소리가 모두에게 들렸다.

그리고 뒤를 돌아보더니 안도의 한숨을 내쉬며 몸을 축 늘어뜨렸다.

"후우, 대단하군요. 저희들 넷이 뭉쳐도 피하기만 해야 하다니."

키스가 실소를 흘리며 말했다.

어쩌면 넷이서 이곳에 왔다는 사실 자체가 어리석은 행동일지도 모른다.

하나, 하나가 강한 몬스터들. 그것도 모자라 최소 둘, 많으면 수십! 무리를 이루고 있는 곳이었다. 그래서 현재 위치까지 오는 데 꽤 많은 시간이 걸렸다. 몬스터 무리들이 나타나면 놈들을 피해 길을 돌아서 가야 했기 때문이다.

"어쩔 수 없지. 퀘스트 제한이 네 명이었으니. 그래도 흥미롭지 않아? 난 오랜만에 피가 끓는 것 같군. 우리들 넷도 두려움을 느끼는 퀘스트라니?"

말을 다시 움직이며 라이트가 키스의 말에 대답했다.

현재 자신의 레벨은 310. 진은과 라인 역시 308, 306으로 최상급 랭커였고, 키스는 210이지만 레전드 대마법사였다. 멤버만 따진다면 최고라 불려도 손색이 없을 그들! 하지만 진은이 받아온 비밀 퀘스트의 난이도는 상상을 초월했다.

"그런데 촬영은 잘하고 있지?"

라인이 진은을 향해 묻자 진은은 고개를 끄덕였다.

이런 비밀 퀘스트의 경우 그 과정 자체가 돈이었다. 그것도 한두 푼이 아닌 꽤 큰 돈이 생긴다.

"당연하지. 우리의 부수입인데 말이야."

"그런데 수입은 어떻게 나누죠?"

키스가 궁금하다는 듯 말했다.

"당연히 1/4로 나눠야지. 퀘스트의 보상도, 그리고 퀘스트의 정보를 방송국에 판 돈도."

"진은, 그래도 네가 받은 퀘스트인데 방송국에 팔게 될 돈은 너랑 라인이……."

진은이 아무렇지도 않다는 듯 말하자 라이트가 라인의 눈치를 본 뒤 미안한 표정으로 신호를 줬다. 그러나 애써 웃고 있는 라인을 발견하지 못한 진은은 고개를 저으며 환한 미소를 지었다.

"형님과 키스가 없었다면 어차피 이 퀘스트는 성공하지 못할 거야. 우리 넷으로도 힘든데 다른 멤버라면 불가능하지. 그러니 그렇게 생각하지 마. 다 같이 함께 만들어가는 것이니. 만약 거절하겠다면, 나는 방송국에 정보를 주지 않을 거야."

라이트와 키스는 더 이상 아무런 말을 하지 않았다.

퀘스트의 보상만으로도 기대가 크기에 사실 현실의 돈까지는 거절하려고 했었다.

그런데 본인이 저렇게 계속 주장하니 어쩔 수 없는 노릇이었다.

'아우, 이 바보!!'

그런 진은을 보며 라인은 속으로 짜증을 냈다.

사람이 좋아도 적당히 해야 하는 법이었다. 그런데 퀘스트도 자기가 받아와놓고, 이제 와서는 부수입까지 나누겠다니?

진하와의 일로 힘들어하는 것도 그렇고, 점점 진은이 답답해지기 시작했다.

'그래, 아직은 네 곁에 있을게. 네가 필요하니까. 하지만 잊

지 마. 나는 촛불이란 사실을… 작은 바람에도 흔들리고 꺼지
게 될지도 몰라.'

이히히히힝!!

진은과 일행들은 한참을 달리다 안전지대를 발견하곤 그곳
에서 쉬기로 결정했다.

원래 핏빛의 대지에는 안전지대가 존재하지 않지만 퀘스트
의 영향으로 그들에게만 생긴 것이었고, 자리에 앉은 일행들
은 마른 육포를 비롯한 음식을 꺼내 오물오물 씹어 먹었다.

더불어 물과 준비해 온 먹이로 말 역시 배를 채우게 했다.
현재 그들에게 말은 상당히 중요했기에 체력 관리가 필수였
다.

"그런데 퀘스트는 누구를 통해 받은 거야?"

라이트가 물로 목을 축인 뒤 시선을 평야에 던지며 물었다.

"우연히 받게 되었어, 정말 우연히."

진은의 두 눈동자에 열정이 가득 차올랐다.

레전드가 된 이후, 쉐도우의 아이템을 두 개 받았다.

그러나 거기에서 끝이었고, 더 이상 좋은 아이템은 물론 퀘
스트도 존재하지 않았다.

그런데 한 노인 NPC를 도와주면서 얻게 된 연계 퀘스트.

그 끝은 바로 자신의 직업인 다크 쉐도우와 닿아 있었고, 퀘
스트의 보상은 천만 라르크와 500의 명성, 그리고 검은 진주였
다.

검은 진주!!

손에 착용할 수 있는 무기로 온통 검은색 진주로 만들어진 아이템이었다.

그러나 시중에서 구할 수도 볼 수도 없는, 다크 쉐도우의 무기였다는 말만 전해졌다.

그런데 그 전설의 무기를 얻을 수 있는 절호의 기회.

그 능력치는 자신이 착용한 A급의 고급 무기보다 훨씬 뛰어날 터!

진은의 얼굴에 웃음이 서렸다.

지금까지의 과정을 생각한다면 남은 퀘스트는 더욱 어려울 것이고, 실패할 확률도 존재했다. 그러나 이번 퀘스트만 성공한다면 자신은 한 단계 더 강해질 것이었다. 그 누구에게도 지지 않을 만큼.

그 시각, 눈류는 카르엔 공작과 마주하고 있었다.

여전히 둘은 가벼운 식사와 함께 대화를 나누고 있었는데, 빨리 보상을 받고 싶은 눈류의 마음과는 달리 카르엔 공작은 여유가 철철 흘렀다.

"오, 그런 일이 있었군. 하하. 정말 대단하네."

"아닙니다. 동료들의 힘이 있었기에 가능한 일이었습니다."

"그래도 자네가 대단하다는 사실은 바뀌지 않네. 그 동료들 역시 자네를 믿고 움직인 것이 아니겠는가?"

엘프의 대륙에서 있었던 일을 설명한 눈류는 눈웃음으로 대답을 대신했다.

최대한 겸손을 떤다! 하지만 과한 겸손은 오히려 좋지 않다!

눈류는 그 사실을 잘 알고 있었고, 공을 돌리려는 자신에게 카르엔 공작이 계속 칭찬하자 은근슬쩍 수긍의 뜻을 보였다.

"이건 수고를 한 보상이네."

식사를 다 마친 뒤, 붉은색의 차를 맛보던 눈류의 눈동자가 초롱초롱 빛났다. 먼저 말하기가 뭐해 망설이고 있었는데 드디어 보상을 받게 된 것이다!

"열어 보게나."

카르엔 공작의 흐뭇한 미소에 눈류는 내심 기대를 가지며 탁자에 놓인 길쭉한 상자를 쳐다봤다. 검 하나가 들어갈 정도의 크기에 금빛의 수가 놓아진 것이 고급스러워 보였다.

'거, 검이다!!'

검과 방어구를 간절히 원했던 눈류.

검이라는 확신과 함께 입이 찢어질 듯한 미소를 자신도 모르게 지었다.

엘프의 대륙에서 손해 본 라르크를 모두 보상받고, 그 이상의 수입을 얻을 수 있다!!

딸깍!

행복함을 느끼며 상자를 연 눈류.

순식간에 표정이 굳어졌지만 애써 웃음을 유지하며 공작을 쳐다봤다.

상자 안에 들어 있는 것은 검은커녕 방어구도 아닌… 노랗게 색이 변질된 종이 쪼가리!!

도대체 이게 무엇이라는 말인가?

"그것은 지도 조각일세."

'커억!!

카르엔 공작의 말에 속으로 급격하게 실망하는 눈류.

자신은 당장 돈이 되는 것을 바랐지, 지도 조각 따위는 원하지 않았다.

"그 지도가 가리키는 곳에 무엇이 있는지는 아무도 모른다네. 다만 대단한 물건이 있다는 소문만 무성할 뿐이지. 나 역시 힘겹게 구한 것이지만 자네를 위해 준비했다네."

'소문만 무성⋯⋯?'

공작과의 호감도를 위해 얼굴은 웃고 있지만 눈동자에는 눈물이 그렁그렁 맺혔다.

머릿속에서 지금까지 고생한 것과 손해 본 라르크들이 계산되었다.

분명 조각이라는 것으로 생각해 보면 다른 조각들도 찾아야 한다는 결론이었다.

그런데 엄청난 아이템이 기다리는 것도 아니고 소문만 무성하다니!!

결국 눈류는 서러움과 억울함에 눈물 한 방울을 주르륵 흘렸다.

하지만 카르엔 공작은 전혀 다르게 생각했으니,

"이 정도 가지고 울고 그러나! 괜찮다네. 자네에게 주는 것이라면 전혀 아깝지 않네! 더군다나 자네는 검의 봉인도 풀어주지 않았나!"

"······."

상대가 카르엔 공작만 아니었다면 눈류는 검을 뽑으며 외쳤을 것이다.

"그 개고생을 해서 봉인을 풀어왔는데 고작 이따위 종이 쪼가리를 내밀어?!!"

그러나 눈앞에 있는··· 3박 4일을 두들겨 패고 싶은 자는 카르엔 공작이었고, 눈류는 모든 것을 체념한 듯 고개만 끄덕이며 지도 조각을 인벤토리에 집어넣었다.

"가, 감사합니다······."

그러면서도 거짓된 고마움을 잊지 않았다.

물론 속으로는 온갖 육두문자가 남발했지만.

"허헐. 느껴지는가?"

"놀랍습니다."

슬픔에 젖어 모든 것에 무관심한 초월자의 표정이었던 눈류는 검을 뽑아 든 카르엔 공작의 말에 어느덧 감탄하며 대답했다.

봉인이 풀림과 동시에 봉인의 검에서 이름이 바뀐 혼드의 검에서는 은은한 빛이 서렸고, 묘한 기운이 느껴졌다. 마나도 아닌, 그렇다고 자신처럼 조화가 된 힘도 아니었다.

"바로 정령들이네. 혼드의 검은 정령들의 세계와 길이 연결되어 있지. 그래서 검의 주인이 원할 경우, 정령계에서 정령들을 소환할 수 있다네."

"그렇군요."

"정령들은 친화력이 관건이라네. 아무리 마나가 넘친다 할지라도 친화력이 존재하지 않는다면 정령들을 부릴 수 없지. 그래서 드래곤과 엘프들을 제외하고는 정령을 부리는 존재들은 많지 않다네. 아, 마계의 존재들은 어둠의 정령을 부릴 수 있지. 하여튼 인간들은 사실상 타고나지 않는다면 정령을 부릴 수 없지만, 이 혼드의 검이 있다면 얘기는 달라지네. 친화력이 없더라도 혼드의 검이 4대 정령들과의 친화력을 모두 갖추고 있기 때문이지. 그래서 마나만 있다면 정령들을 부릴 수 있네."

눈류는 혼드의 검이 탐났다.

자신은 정령술사가 아니기에 정령과의 친화력이 존재하지 않는다.

그런데 저 검을 얻게 된다면? 자신의 마나가 많아지면 많아질수록 강력한 정령들을 수족처럼 부릴 수 있고, 굉장한 힘을 얻게 되는 것이다.

더불어 이번 퀘스트의 보상 역시 절망적이었지 않은가!!

'유저한테 줄 일이 없지.'

그러나 입맛을 다시는 눈류.

빛이 서리는 점도 그렇고, 절대 유저가 얻을 수 없는 아이템이라고 확신했기 때문이다.

"한번 사용해 보겠는가?"

카르엔 공작의 제안에 눈류는 혼드의 검을 받았다.

"정령은 여러 단계로 나뉜다네. 하급, 중급, 상급으로 말이네. 그리고 그 위로는 정령왕이 존재하지. 하지만 인간의 힘으로 정령들을 부릴 수 있는 한계는 중급까지이며, 인간이기를 포기하고 오랜 시간 살아온 나조차도 상급까지만 부릴 수 있네. 그런데 가면의 기사는 정령왕까지 소환했었지. 괴물이지 않은가? 하하."

가면의 기사가 강하다는 사실은 알았지만 정령왕을 부릴 수 있다니!

눈류 역시 책이나 만화를 통해 정령왕들이 판타지 세계에서 얼마나 강한지를 잘 알고 있었다.

"정령을 소환하기 위해서는 일단 검에 마나를 주입하고 원하는 정령의 이름을 떠올려야 하네. 자네는 중급으로 해보겠는가? 아니야. 기사의 후예이니 상급에 한번 도전해 보게."

눈류는 자신의 마나를 힐끔 확인했다.

21,380! 레벨을 초월하는 마나의 양이었다.

더군다나 자신의 마나는 빛과 어둠이 조화를 이뤄 더욱 강력하지 않은가?

왠지 할 수 있을 것이라는 자신감이 샘솟았다.

"불이 좋겠어. 이름은 이그니스네."

"알겠습니다."

눈류가 대답을 하자 카르엔 공작은 몇 걸음 물러섰고, 눈류는 혼드의 검에 마나를 주입하기 시작했다. 그러자 점점 붉은 빛으로 물들어가는 혼드의 검.

'이그니스… 이그니스……'

그와 함께 머릿속으로 불의 상급 정령 이그니스를 하염없이 중얼거렸다.

스파아아앗!!

눈류는 온몸에서 기운이 빠져나가는 것을 느끼며 두 눈을 질끈 감았다. 혼드의 검에서 눈을 뜰 수 없을 정도로 강력한 빛이 뿜어져 나왔기 때문이다.

화르르르륵!!

'하아, 하아.'

이마에서 식은땀까지 맺힌 눈류.

힘겹게 눈을 뜬 뒤 자신도 모르게 입을 벌렸다.

불의 상급 정령 이그니스!

드래곤을 축소한 듯한 모습인 상상 속의 존재가 지금 자신의 눈앞에 나타나 있었다.

이그니스는 온몸이 불꽃에 감싸인 상태였는데, 그로 인해 카르엔 공작과 눈류는 여름보다 더 짙은 더위를 느낄 수 있었다.

"정말 해냈군… 놀랍네."

카르엔 공작이 떨리는 목소리로 말했다.

자신이 상급 정령을 부릴 수 있는 마나를 얻기까지 300년이란 시간이 넘게 걸렸다. 그런데 아무리 기사의 후예라 하지만 정말로 소환해 버리다니!

'아직은 힘들다.'

놀란 카르엔 공작과는 달리 눈류는 아쉬움을 느꼈다.

이그니스를 한 번 소환했는데 마나가 2만이나 사라졌다.

그것도 모자라서 마나는 계속 줄어들고 있었다.

소환 상태를 유지하기 위해서도 마나가 계속 필요한 탓이었다.

'스텟 마나가 있음에도 떨어지다니……'

현재 자신의 스텟 마나는 906.

이제는 PK를 할지라도 마나가 일정 유지되는 수치였다.

그러나 이그니스가 마나를 잡아먹는 속도는 회복 수치를 뛰어넘었다. 나중이라면 모를까 현재는 무리였다.

"그대가 나를 불렀는가……"

그때 이그니스의 동굴 안에서 울리는 듯한 목소리가 들렸다.

"하하. 원래 불의 정령들은 오만하다네. 그래서 주인이라 할지라도 절대 존대를 하지 않지."

그러자 이그니스를 한 번 바라본 뒤 설명하는 카르엔 공작.

눈류는 건방진 녀석이라 생각했지만 웃으면서 고개를 끄덕였다.

"그래, 내가 불렀다."

"애송이로군."

"……"

웃고 있는 눈류의 이마에 혈관이 돋았다.

열 받지만 애써 참고 있다는 증거!

"하하. 농담을 잘하는구나."

"풉……."

화르르륵!!

첫 대면이었기에 눈류는 부처님의 자비로움을 발휘하며 미소로 넘겼다.

그런데 대놓고 비웃는 이그니스.

그로 인해 이그니스의 입에서 불꽃이 튀어 나왔고, 바닥에 작은 불이 붙었다.

하지만 열 받은 눈류나 둘의 신경전에 관심이 쏠린 카르엔 공작은 그것에 그리 신경 쓰지 않았다.

어차피 웃으면서 튀어 나온 것이기에 불꽃의 크기도 아주 작았다.

"그거 설마 비웃음이냐?"

"알면 됐다… 풉."

재차 불길이 튐과 동시에 눈류의 이성이 끊겼다.

감히 소환당한 주제에 자신을 무시하다니!!

"이 훈제 놈이!"

"애송이… 풉."

화르르르르륵!

"오냐. 애송이한테 어디 한번 죽어봐라!"

한계선에 도달한 눈류!

안 그래도 보상으로 인해 기분이 좋지 않은 상태였다.

또한 카르엔 공작 역시 제지를 하지 않기에 검을 소환하며 마나를 끌어올렸다.

단칼에 베어버릴 작정!

그러나 눈류가 잊고 있었던 것이 있었으니, 현재 마나가 거의 없다는 사실이었다.

'커억!!'

스킬을 발휘하려다 마나를 떠올린 눈류는 급격하게 당황했다.

더불어 이그니스의 주변으로 불덩이가 형성되는 것을 확인하자 뒤통수에서 식은땀마저 흘렸고, 죽음이라는 두 글자가 뇌리를 스쳐 지나갔다!

"생각해 보니 그대는 정말 멋집니다."

살기 위해 절로 나오는 아부!

"저희는 아주 친하게 지낼 수 있을 것 같은데요?"

"그런가? 크하하하!"

"하하하. 그럼요!!"

"난 싫은데?"

화르르르르륵!!

간단히 소환 해제를 하면 되는 일이었지만 그 사실을 몰랐던 눈류.

마방이 높아 다행히 죽지는 않았다. 하지만 머리카락을 비롯해 전부 불타 버렸고… 그날 라스트 월드 홈페이지에서는 불에 타버린 공작의 집무실로 인해 유저들 사이에 추측이 난무했다.

"하아암!"

늦게까지 일을 한 재익은 피곤함에 기지개를 켰다.

요즘 라스트 월드 레벨 업에 박차를 가하는 통에 잠까지 부족한 상태였다.

덜컥! 그 탓일까? 고개를 움직였더니 뼈 부딪치는 소리가 났다.

'오랜만에 유흥이나 즐겨야겠어.'

재익은 밖으로 나와 집으로 가려다가 결심과 함께 핸들을 돌렸다.

그러고 보니 여자를 못 안은 지가 오래되었다는 생각 때문이었다.

재익은 여자를 좋아했다. 그 점을 제외하고 본다면 매너 있고 유머러스한, 그러면서 의리도 깊은 멋진 사나이였다. 그러나 여자를 너무 밝힌다는 것이 흠이라면 흠이었고, 그로 인해 많은 여자들을 울게 한 전적도 있었다.

좋은 운동 신경에 어느 정도 기반도 잡혔으며, 얼굴까지 멋진 재익은 당연히 여자에게 인기가 많은 편이다. 그래서 재익이 먼저 나서지 않아도 주변에는 여자들이 넘쳐 연락만 한다면 바로 나올 여자들도 줄을 섰다.

하지만 재익은 바람둥이 기질이 다분했으며, 늘 새로움을 추구했다. 그렇기에 오늘도 새로운 여자와 헌팅할 생각을 하며 분위기 좋은 바에 들어갔다. 나이가 나이이다 보니 나이트를 비롯한 애들이 주로 찾는 곳은 가지 않는 편이었다.

20대 중반! 현재 재익이 딱 좋아하는 나이였다.

"뭘로 마시지?"

살짝 푸른빛이 감도는 몽환적인 분위기의 바에 들어선 재익은 푹신한 소파에 앉아 테이블을 쳐다봤다. 테이블은 유리로 이루어져 있었는데, 그 안에 여러 종류의 칵테일이 자태를 뽐내고 있었다.

"오늘은 너다."

칵테일을 결정한 재익은 테이블 밑에 위치한 투입기에 돈을 집어넣고 붉은색 칵테일을 손가락으로 눌렀다. 그러자 유리가 칵테일 크기만큼 지이잉! 기계음을 내며 열렸고, 선택한 칵테일이 자동적으로 올라왔다.

칵테일을 손에 쥔 재익은 주변을 둘러봤다.

커플도 보였지만 만남의 장소로 알려진 바인만큼 솔로들도 많이 보였는데, 여성의 비율이 40%나 됐다.

'저 여자?'

자신만만한 시선을 흘리며 오늘 밤 함께할 여자를 고르는 재익.

딱 마음에 드는 여자가 없어서 재익은 고민에 빠졌다.

그런데 그때 바의 문이 열리며 한 여자가 들어왔다.

가을이라 날씨가 쌀쌀함에도 불구하고 꽉 끼는 흰색 원피스를 입은 여인의 몸매는 탄성을 자아내게 했고, 드러난 피부 역시 매혹적이었다. 그리고 미모는 더욱 뛰어났다.

'좋아.'

목표를 발견한 재익의 얼굴에 웃음이 가득 서렸다.

사실 퇴근하기 전에 그냥 진하랑 소주나 한잔할까 하며 전화를 했었다. 하지만 은하가 대신 받더니 잔다는 말을 전해왔다.

지금 재익은 다행이라는 생각이 들었다. 만약 진하를 만났더라면 저런 미인을 보지 못했을 테니 말이다. 곧 재익은 행동에 들어갔다.

치이이익!!

맛있는 냄새가 코를 자극했고, 바에서 벗어나 술집으로 자리를 옮긴 재익과 여자는 소주가 가득 담긴 잔을 부딪쳤다. 어느덧 둘은 살짝 술에 취한 상태였으며, 생각보다 도도한 여자를 무너뜨리기 위해 재익은 일부러 소주 집으로 자리를 옮긴 것이다.

"안주도 먹어요."

맛있게 익고 있는 갈비살을 내미는 재익. 그러자 여자는 눈웃음을 치며 고개를 끄덕였다.

'정말 예쁘군.'

재익은 그녀에게서 묘한 매력을 느끼고 있었다.

단순히 예쁜 것을 넘어서 지적인 면도 있었으며, 깊은 눈빛을 바라보자니 술을 마시지 않아도 취할 것만 같았다. 은근히 색기도 흐르는 편이었는데, 그러면서도 튕기는 맛을 알고 있었다.

'내가 카사노바면 완전 황진이군.'

재익은 그녀가 남자를 유혹하는 법을 잘 안다고 확신했다.

여자를 홀리고 다닌다는 자신 역시 그녀를 안고 싶어서 몸이 달 정도니 말이다.

"잔이 비었네요."

재익은 순진한 웃음을 흘리며 비워진 잔에 술을 따랐고… 2시간 뒤, 눈빛을 교환한 둘은 모텔로 향했다.

"후우……."

관계가 끝나고 잠이 들었다가 먼저 일어난 재익은 진한 담배 연기를 내뿜으며 품에서 잠든 여자를 쳐다봤다. 그녀는 자신의 이름을 끝내 가르쳐 주지 않았지만 이미 원하던 것을 얻었기에 상관없었다.

'하룻밤으로 끝내고 싶지 않은데?

평소의 재익이라면 대부분 하루로 끝내는 편이었다.

그렇다고 문제될 것은 없었다.

자신이 하루만 자는 여자들은 달콤한 거짓말로 유혹한 것이 아닌, 마찬가지로 하루를 원하는 상대와 자기 때문이다. 그것은 지금 곁에 있는 여자도 다를 바가 없었다. 그런데 재익은 하루 이상을 원하고 있었다.

그녀의 외모도 이유였지만 정열적인 행위도 꿈만 같았고, 가장 결정적인 것은 그녀를 벗겨보고 싶은 생각 때문이다. 베일이라는 껍질에 가려진 듯한 여자. 그녀의 비밀을 모두 벗겨내어 자신의 것으로 만들고 싶었다.

정말 오랜만에 정복심이 드는 재익이었다.

"으음……."

그때 잠에 빠졌던 여자가 큰 눈을 깜빡거리며 움직였고, 재익은 사랑스럽게 여자를 안아줬다. 그러자 여자 역시 재익의 넓은 등을 손으로 안으며 입을 맞췄다.

"이만 갈게."

일어나자마자 샤워를 하더니 작별을 선언하는 여자.

이미 밖은 환한 상태라 나가는 것이 이상하지 않았지만 재익은 저도 모르게 여자의 새하얀 손을 잡았다.

"그냥 보내기는 힘든데?"

재익의 말이 무슨 뜻인지 아는 듯 여자는 피식, 실소를 흘렸다.

재익의 휴대폰을 뺏어 자신에게 전화를 한 뒤, 재익의 폰에 저장된 번호를 삭제하고 건넸다.

"내가 연락할게."

여자 역시 재익이 싫지 않은 듯 재차 찐한 키스를 한 뒤 윙크와 함께 밖으로 나갔고, 재익은 입술을 매만지다 웃음을 터뜨렸다.

자신에게 끝까지 번호를 가르쳐 주지 않는 여자. 흥미가 돋은 것이다.

'그런데 왠지 낯이 익네.'

문득 어디서 본 것만 같다는 생각이 들었지만 재익은 고개를 저었다.

이 세상에 여자들이 몇 명이며, 또 그중 비슷한 사람은 얼마나 많겠는가?

단순하게 결론을 내리는 재익이었다.

"퀘스트 보상은 어땠어요?"

라스트 월드에서 로그아웃을 하고 아침에 일어난 진하는 전화를 하고 찾아온 선예를 쳐다봤다. 그런 진하의 입에는 선예가 만들어온 새우튀김이 물려 있었는데, 새우의 꼬리가 벌벌 떨렸다.

보상으로 받은 지도 조각을 생각하자 가슴이 아픈 것이었다!

'조, 좋지 않나 봐!!'

진하의 슬픈 표정에서 사태를 짐작한 선예는 애써 웃으며 화제를 돌렸고, 진하는 겨우 냉정을 되찾으며 새우튀김을 맛있게 다 먹었다.

"우와. 웬 쪽지가 이렇게 많아요?"

배를 채운 진하와 선예는 컴퓨터를 켠 뒤 라스트 월드 홈페이지에 접속했는데, 진하가 로그인을 하자 읽지 않은 쪽지 알림에 선예는 입을 쩍 벌렸다.

연예인도 이렇게 많이 받지는 못할 것이다!

그 정도로 진하에게는 쪽지가 많은 편이었고, 이에 속으로 한숨을 내쉬는 진하였다.

가면의 기사가 자신이라는 사실이 알려지면서 귀찮은 일이 한두 가지가 아니었다.

그래서 이제는 친구 신청이 된 이들을 제외하고는 음성 채팅 신청을 못하게 한 상태. 그러자 쪽지가 폭주하게 되었고, 잠깐씩 확인하다 보니 읽지 않은 쪽지가 가득 쌓인 상태였다.

'몇 개만 읽어보자.'

선예도 곁에 있어 당장 접속을 할 수 없기에 진하는 새 쪽지들을 클릭했다.

일반 유저에게 온 것도 있었는데, 방송국에서 찾는 내용도 있었다. 바로 자신이 하고 있는 비밀 퀘스트나 전직 퀘스트에 대한 정보를 사겠다는 것이었다.

'크크크.'

속으로 짐승 모드가 발휘된 진하.

방송국에서 온 쪽지는 수없이 많았지만 아직 아무것도 넘겨주지 않았다.

그렇다고 자신에게 정보가 없는 것이 아니었다.

가면의 기사 1차 전직 때부터 전직을 포함 비밀 퀘스트 등 알려지지 않은 내용들은 모두 촬영을 한 상태였고, 지금 가지고 있는 동영상만 넘겨도 수입이 짭짤할 것이다. 그러나 아직 밝힐 수 없었다.

동영상을 넘기게 되면 자신의 퀘스트이기 때문에 어쩔 수 없이 얼굴이나 지금의 모습이 다 공개될 것이다. 그러면 진은에게 비밀로 하고 있는 자신의 정체가 들통 날 수도 있었다.

안 그래도 이전 대회에서 의심을 받았는데 얼굴까지 바꾼 사실을 알게 된다면 분명 의혹은 증폭될 것이다.

물론 3차 전직을 하지 않고 변하기 전의 모습이 담긴 퀘스트는 슬슬 팔 생각을 하고 있었다. 라르크의 극심한 부족으로 인해 정보를 팔아서 빚을 갚으려는 생각이었다.

'일단……'

진하는 지금까지 몇 번 읽으면서 본 방송국들 전부에 쪽지를 보냈다. 개인적인 사정으로 3차 전직 이전의 퀘스트들만 넘기며, 계약 조건을 제시해 달라는 내용이었다.

쪽지를 보내고, 얼마 뒤 선예가 돌아가자 바로 게임에 접속한 눈류는 뜻밖의 목소리를 듣게 되었다. 그는 바로 엘프들의 장로 루운이었다.

"생각보다 일찍 돌아가셨더군요. 부탁드릴 것이 있는데. 시간이 되신다면 엘프 마을에 다시 들려주시겠습니까?"

떵똥!

[루운의 비밀 퀘스트.]
엘프들의 장로 루운에게 가서 자세한 얘기를 듣도록 하자.
퀘스트를 수락할 시 엘프 마을로 텔레포트가 된다.
제한:루운과 친밀도가 높은 유저.

'비밀 퀘스트!'

눈류는 주먹을 불끈 쥐었다.

안 그래도 보상의 후유증에서 벗어나지 못하고 있는데 새로운 기회가 찾아온 것이었다. 더군다나 엘프 마을로 텔레포트가 된다! 텔레포트 비용 부담도 한결 줄어들게 된 셈이었고, 눈류의 입장에서는 거절할 이유가 없었다.

'그런데 상대가 루운이라는 말이지.'

루운이 누구인가? 짓궂기가 말을 할 수 없을 정도였고, 속을 알 수 없는 존재였다.

더군다나 혜택도 뜨지 않는 점이 불안했다. 그러나 찬밥, 더운밥 가릴 처지가 아니었기에 눈류는 엘프 마을의 비싼 포션 값을 생각하며 잡화 상점으로 이동했다. 그리고 그곳에서 남은 라르크를 털어 포션들을 가득 사 창고에까지 저장한 뒤, 퀘스트를 수락해 빛 무리와 함께 엘프 마을로 향했다.

"오셨군요."

예상과는 달리 숲이 아닌 바로 루운의 거처까지 온 눈류는 웃는 얼굴로 고개를 끄덕였다.

"오빠, 헤헤."

그 곁에는 마리나도 있었다. 눈류는 마리나를 품에 안아 반갑게 인사했다.

"손은 괜찮아?"

"네. 벌써 다 나았어요!"

루운의 치료 덕택인지 마리나의 손등은 멀쩡했으며 곧 그들은 루운의 거처로 들어가 얘기를 나누었다.

"제가 부탁드리고 싶은 것은 다크 엘프들의 대륙을 찾아 달라는 것입니다."

"네?"

차를 넘기던 눈류는 당황스러움을 느꼈다.

"정확히 말하면 혼드를 찾아 달라는 것이겠죠."

"하지만 제가 어떻게……."

"걱정하지 마세요. 대략적인 위치는 알아둔 상태입니다. 다만 대륙을 빼앗기고 사라진 그들에게 엘프들을 보낼 수가 없어서 부탁드리는 것입니다."

'보기 드문 기회다.'

속으로 쾌재를 부르는 눈류.

위치를 알았다면 자신은 심부름만 하면 되는 일이었다.

그런데 루운은 모르는 라스트 월드 시스템이 있었으니, 새로운 대륙을 발견하게 되면 그에 해당하는 보상이 있지 않은가?

눈류는 공짜로 얻게 된 보상에 기분이 들뜬 채 단호하게 대답했다.

"알겠습니다. 제가 혼드님을 찾겠습니다."

"네, 감사합니다. 단, 동행이 있습니다."

"동행이라면?"

"야르입니다."

"야르요?"

눈류는 고개를 갸웃거렸다. 처음 들어보는 이름이었다.

"전에 보신 적이 있으시죠? 연못에서."

생글방글!

루운의 얼굴에 살짝 얄궂은 미소가 서렸다.

그러자 눈류는 연못에서 만났던 거대한 메기를 떠올렸다.

"다크 엘프들의 대륙을 가기 위해서는 바다를 하염없이 가로질러 가야 합니다. 뭐, 혼자서 길을 찾고 노를 저으시겠다면 말리지는 않겠습니다. 다만 야르와 함께 간다면 그대는 타기만 하면 되니 편하겠지요. 선택은 그대의 몫입니다."

'크윽!'

도저히 거절할 수 없게 만드는 어휘력!

"아참, 동행은 야르뿐만이 아닙니다. 옆에 있는 마리나도 함께 가야 합니다."

"마리나도요?"

"그렇습니다. 마리나를 혼드에게 안내하는 것이 이번 임무입니다."

"그렇군요."

눈류는 마리나를 쳐다봤다.

마리나는 여전히 빛과 어둠, 두 가지의 힘을 몸속에 담고 있었고, 혼드 역시 마족과 엘프의 핏줄이라 하지 않았던가. 둘이 관계가 있을 것이라는 생각이 들었다.

"지금 당장 출발해야 되는 것입니까?"

"아니요. 준비를 하기 위해서는 시간이 조금 필요합니다."

루운의 대답에 눈류는 안도의 표정이 되었다. 사실 바로 가고 싶지 않은 이유가 있기 때문이었다.

"그러면 5일 뒤에 가도록 하겠습니다."

"네? 알겠습니다. 그러도록 하세요."

루운의 승낙과 함께 눈류는 한 가지 더 부탁했다.

"지하 탑으로 텔레포트를 시켜주실 수 있으신가요?"

경험치 2배 보상은 놓치기 힘든 것이었다.

퀘스트로 인해 공작에게 가야 했지만 내내 아쉬움이 가득했었다.

그런데 다시 엘프 마을로 오게 되었으니 이동 마법진이 생기기 전까지 마음껏 사냥을 하려는 것이다.

'이럴 줄 알았으면 자지 않는 것인데.'

미처 엘프의 마을로 다시 올 것이라 생각하지 못했던 눈류는 어젯밤에 잠든 시간이 너무 아까웠다. 현실 시간으로는 얼마 되지 않지만 게임 속 시간으로는 하루였고, 눈류는 2배 경험치가 끝나기 전까지는 자지 말고 레벨 업을 하자고 결심한 뒤 루운의 마법에 몸을 맡겼다.

LBL 방송국의 인기 프로그램인 GOGO 라스트 월드 관계자들은 긴장된 표정으로 의논을 주고받았다. 그들이 토론을 하는 이유는 바로 눈류의 쪽지 때문이었다.

라스트 월드에서 가장 관심을 많이 받는 유저 중에 한 명이며, 레전드 가면의 기사! 더군다나 유명하기로는 둘째가라면 서러울 월하조차 그와의 약속을 지킨다고 한동안 죽음을 감행

해서 더욱 궁금증이 증폭된 상태였다.

그런데 대회 이후 많은 부분이 베일에 가려져 있던 그가 드디어 일부이지만 영상과 정보를 공개하겠다고 한다!

"어떻게 할까요?"

AD의 말에 PD 박진우는 고민에 빠졌다.

어떻게든 잡아야 했으며, 놓쳐서는 안 될 기회였다.

하지만 쪽지의 내용에는 먼저 제시를 해달라고 적혀 있었다.

그 말인즉, 가장 높은 조건을 제안한 방송국을 선택하겠다는 뜻이었다.

'생방송도 아니고 과거의 일부 동영상이지만, 가면의 기사는 존재 자체만으로도 높은 시청률을 끌어낼 것이다. 더불어 앞으로가 더욱 중요한 인물! 어쩔 수 없지.'

원래 계약 조건에 관한 말은 직접 만나서 하는 편이었다.

그 이유는 간단했다. 최대한 자신들이 이득을 보도록 일명 말로 설득하기 위함이었고, 만나서 계약을 하지 못할 경우에는 자신들이 부를 수 있는 최대 선에서 한 단계 낮춘 조건을 제시한다.

그러나 지금은 머리싸움을 할 수 있는 상황이 아니었다.

"우리가 부를 수 있는 최대 조건으로 제시해."

"네? 처음부터요?"

"어쩔 수 없잖아. 만약 다른 곳에 넘어가기라도 한다면 최악의 상황이 올 테니."

"알겠습니다. 제가 쪽지를 남겨놓도록 하겠습니다."

"아니야. 내가 남기지."

고개를 끄덕이며 자리에서 일어서는 AD를 만류하며 강진우는 직접 컴퓨터로 가서 라스트 월드 홈페이지에 접속했다. 그 정도로 눈류가 방송국 관계자들에게는 중요한 인물이란 뜻이었다. 쪽지를 다 작성한 뒤 확인 버튼을 누른 강진우는 커피 자판기로 향했다.

딸깍, 딸깍.

동전을 넣고 버튼을 여러 개 누르는 강진우.

자판기이지만 프림과 설탕, 우유, 생크림 등등… 여러 가지 내용물을 본인이 직접 고를 수 있어서 자신의 입맛에 맞추는 것이었다.

그런 강진우의 얼굴에는 긴장 반, 기쁨 반이 서려 있었다.

만약 이번 일만 잘된다면 엘프의 대륙에 이어 연타를 날리는 셈이기에, 그렇게 바라던 CP로 승진할 확률이 높아진다. 마침 보름 뒤에 인사 이동도 있지 않은가?

'제발 잘돼야 할 텐데……'

다른 방송국에서 더 좋은 제안을 할지도 모른다는 불안감이 서렸지만 강진우는 애써 떨쳐 내며 손에 들린 따뜻한 커피를 마셨고, 잠시 후 보고를 하기 위해 걸음을 재촉했다.

"후우, 열렙했군요."

"그러게 말입니다."

"아이템도 좋은 것 얻었고, 포션 값은 벌었어요."

"히히. 좋네예."

지하 탑을 빠져나온 일행들은 맑은 공기를 길게 들이마시며 잡담을 나눴다. 그것은 눈류 역시 다를 바가 없었는데, 5일 동안 죽어라 사냥만해 레벨은 4업이나 올랐으며 랜덤 스텟 상승은 물론 패시브 스킬 역시 몇 개 오른 상태였다.

그래서 현재 눈류의 레벨은 207. 경험치 두 배도 큰 도움이었지만 다른 유저들은 올 수 없기에 몬스터를 잡아도 잡아도 끝이 없었고, 그로 인해 예상보다 레벨 업을 하나 더 한 상태였다.

"이제 어쩌지예? 여기서 계속하실 겁니꺼?"

기적이 인벤토리에 가득 한 잡템들과 라르크를 보며 만족스러운 표정으로 물었다.

보통 아이템이 나올 경우 두 가지의 선택을 하게 된다. 하나는 파티원 모두가 살 돈이 없어서 판 다음 정산을 하는 것이고, 나머지 하나는 돈이 있는 유저가 시세보다 싼 가격에 사는 것이었다.

현재 일행들은 라일라와 레몬이 정산을 해서 인벤토리에 텔레포트 비용은 물론, 포션을 구매한다고 쓴 돈을 훨씬 넘길 정도의 라르크가 있는 상태였다.

"나는 퀘스트 때문에 가야 해."

그런 기적의 말에 눈류는 고개를 저으며 대답했다.

그러자 이미 얘기를 들은 일행들은 걱정 반, 부러움 반의 시선으로 눈류를 보내줬고, 라일라에게 마지막으로 인사를 한 눈류는 로그아웃을 했다.

원래는 바로 루운에게 가야 했지만 게임 시간으로 5일 동안 한숨도 자지 못한 상태였기에 너무 피곤한 탓이었다.

만약 이런 상황에서 퀘스트를 계속 진행한다면 게임 안에서 잠들게 분명했다. 그래서 한숨 푹 자고 재접속한 눈류는 루운의 거처를 향해 걸음을 옮겼다.

"하루 늦으셨군요."

"죄송합니다. 일이 뜻대로 풀리지 않아서."

언제나 미소를 짓고 있는 루운의 말에 눈류는 자연스럽게 거짓말로 둘러댔다.

"괜찮습니다. 그럼 이제 출발을 할까요?"

"어디로 말입니까?"

"야르는 현재 북쪽 해안에서 기다리고 있습니다."

"아······."

마리나를 품에 안은 채 고개를 끄덕이는 눈류.

그들은 곧 루운의 텔레포트 마법과 함께 빛 무리에 휘감겨 북쪽 해안에 도착했고 눈류는 야르를 한 번 쳐다본 뒤 한 걸음 주춤 물러섰다.

야르의 모습은 이전과 똑같았다.

고래 같은 크기의 메기! 얼굴 가득 채우고 있는 두꺼운 입술의 썩은 미소!

그런데 문제는 야르의 등이었으니… 등에는 나무 건물이 하나 있었는데, 성인 남자 세 명 정도가 들어갈 수 있을 정도의 크기였다.

'허름하다!!'

눈류는 속으로 외쳤다.

왜 저런 것이 야르의 등에 있는지는 알 수 있었다.

자신과 마리나가 조금 더 편한 여행을 하도록 하기 위함일 것이다.

그런데 대충 만들었는지, 마치 시골의 화장실 같았다!!

"어떻습니까? 저의 걸작이죠."

'커헉! 만족하고 있어!'

그런 눈류의 생각과는 달리 루운은 진정 감탄스러운 눈길로 화장실… 아니, 집을 쳐다봤고, 눈류는 동의를 원하는 듯 반짝거리는 눈빛으로 한참을 쳐다보는 루운으로 인해 어쩔 수 없이 고개를 끄덕였다.

"겉도 아름답지만 안은 더욱 훌륭합니다. 마법 주머니가 있으며, 그 속에 음식과 물은 물론 낚싯대도 있습니다. 혹시 심심하실까 봐 준비한 저의 배려이지요. 그러니 일 년이 걸린다 할지라도 절대 굶어 죽을 일은 없습니다."

"이, 일 년이요?"

눈류는 당혹스러운 눈길로 반문했다.

야르가 길을 알고 있다 하지만 다크 엘프의 대륙까지 얼마나 걸릴지 모르는 입장이었다.

그런데 1년이라는 발언이 나오자 깜짝 놀랄 수밖에 없었다.

"하하. 농담입니다. 제가 추측한 바에 의하면, 아마 보름이 걸리지 않을까 합니다. 그러나 언제나 예외는 존재하기에 과장해서 말한 것입니다. 혹시나 야르가 길을 잃을 수도 있고, 몬스터의 공격을 받아 길을 돌아가야 할 수도 있으니까요."

절대 걱정하지 말라는 루운의 말!

그러나 눈류의 마음속에서는 이미 불신의 장작이 타오르고 있었다.

"비록 야르가 오래 살아 건망증이 있다 하지만, 절대 걱정하지 마세요! 하하."

'……'

야르의 등 위에 올라선 눈류는 불안한 마음을 감출 수 없었다.

더군다나 루운은 안타까운 눈빛으로 바라보더니 시선을 회피한다!!

더욱더 불어나는 의심과 걱정들!

하지만 그렇다고 내릴 수도 없는 일이었다.

결국 눈류는 체념하며 루운이 만든 집 안으로 마리나와 함께 들어갔고, 홀로 남게 된 루운은 아쉬움 가득한 얼굴로 중얼거렸다.

"잘 부탁드립니다. 그 아이가 더 이상 외롭지 않도록……."

뒹굴, 뒹굴.

눈류는 지친 얼굴로 누운 채 방 안을 이리저리 몸으로 헤집고 다녔다.

집 안에 있지만 배를 탄 것과 다름없었기에 멀미를 하는 것이었고, 그런 눈류를 마리나가 안타까운 시선으로 쳐다봤다.

'왜 멀미약은 없는 것일까?'

낡은 나무로 만든 천장을 바라보며 한탄을 하는 눈류.

루운의 말처럼 안에는 마법 주머니가 존재했는데 별의별 것이 다 들어 있었다.

가장 중요한 음식과 물, 음료는 물론 낚싯대와 그림 카드, 이불도 있었고 약들도 존재했다. 그런데 그중에서 지금 자신을 괴롭히고 있는 멀미약만 없었다!

'에휴, 바람이나 쐬자.'

한참이나 임산부처럼 헛구역질을 하던 눈류는 졸려하는 마리나를 재운 뒤 밖으로 나왔다.

사아아아!!

시원한 바닷바람이 몸을 반겨줬고, 주변을 둘러보며 표정이 점차 밝아지는 눈류.

바다로 탁 트인 이곳은 장관이었으며, 멀미조차 사라지는 기분이었다.

잠시 바다를 감상하던 눈류는 고생하고 있는 야르의 넓은 등짝에 앉아 낚시줄을 바다로 힘차게 던졌다. 연못에서 볼 때와는 달리 현재 야르는 등의 1/3이 수면 위로 나온 상태였기에 집은 물론이고 등에 앉은 자신도 젖지 않았다.

'영감은 잘 있나?'

낚시를 하자 문득 고대의 산에서 만난 울트가 떠오르는 눈류.

그와 지내며 고생했던 일이 떠오르자 웃음이 새어 나왔다.

눈류는 추억을 좋아했다.

비록 당시에는 아프고 괴롭다 할지라도 훗날에는 웃을 수 있으며, 그때의 고생과 눈물이 있기에 현재의 자신이 있다고 생각하기 때문이다. 그래서 울트와 함께할 때는 도망치고 싶은 생각밖에 없었지만, 이제는 미소를 자아내게 하는 좋은 추억이 된 것이다.

"으차!"

그 순간 입질을 느낀 눈류는 강하게 낚싯대를 끌어 당겼다.

촤아아아악!!

그러자 붉고 은빛이 5:5 비율로 섞인 커다란 물고기가 수면 위로 나타났고, 눈류는 물고기를 발견하자 아쉬운 표정으로 다시 바다로 던져 버렸다.

야르와 함께 여행을 시작한 지 벌써 5일째였다.

그동안 몇 번이나 낚시를 하며 물고기를 먹었는데, 그중에는 독이 있는 놈도 있었다. 방금 던진 놈이 바로 독을 품은 물고기였다.

"흐읍……."

한참이나 더 낚시를 하던 눈류의 표정이 진지해졌다.

그런 눈류의 손에는 검까지 소환되어 있는 상태!

몬스터라도 나타난 것인가? 눈류의 눈빛에는 비장함까지 어려 있었다.

사사사삭!!

그때 눈류의 손이 움직이며 허공을 갈랐다.

촤차차착!

그러자 야르의 등에 무엇인가가 떨어졌는데… 그것은 바로 회!!

"역시 회 뜨는 데는 내 검이 최고군."

눈류는 검을 인벤토리에 집어넣으며 흡족한 표정으로 자신의 솜씨를 감상했다.

비록 TV에서 보는 것처럼 얇고 일정하게 잘리지는 않았지만 먹을 만한 크기로 대충 잘린 상태였고, 눈류는 혹시나 잠든 마리나가 깰까 봐 집 안으로 조심히 들어가 초장 맛이 나는 양념장과 불꽃을 소환시키는 정령 구슬을 챙긴 뒤 밖으로 나왔다.

화르르륵!!

야르의 등이 화상을 입지 않도록 마법 종이를 깐 뒤, 정령 구슬을 내려놓으며 주문을 외운 눈류. 그러자 정령 구슬은 살짝 허공에 뜬 채 불타올랐고, 눈류는 회를 뜨고 남은 네 마리의 물고기들을 꼬챙이에 꽂아 굽기 시작했다.

"류화야, 밥 먹자."

생선이 다 익어갈 때쯤 눈류는 펫을 소환했다.

그러자 빛 무리와 함께 일명 대두에 말의 형상인 어정쩡한 류화가 모습을 드러냈다.

류화는 눈류가 자신의 아이디를 빗대어 지어준 이름이었다.

흐를 류에 꽃 화.

비록 생긴 것과는 어울리지 않았지만 자신의 작명 센스에 감탄하며, 눈류는 류화에게 잘 읽은 생선 구이를 내밀었다. 이상하게도 회는 먹지 않기에 구이를 해준 것이었다.

끼잉! 끼잉!

생선 구이를 보자 류화는 기분 좋은 소리를 내며 입을 갖다 댔다.

추르르륵!!

그리고 순식간에 빨아버렸다.

'정말 저 솜씨는……'

회를 양념에 찍어 한 입 먹으려던 눈류는 실소를 흘리며 고개를 저었다.

류화의 문제점이 또 하나 있었는데, 바로 엄청난 식욕과 속도였다.

음식을 주면 눈 깜짝할 사이에 다 먹었으며, 다른 이들의 펫보다 많이 먹는 편이었다.

한마디로 골칫덩어리!

'그래도 예쁘니 봐주자.'

류화의 외형은 정말 취향을 많이 타는 편이었다.

누구는 아주 귀여워했고, 누구는 정말 이상하다고 했다.

눈류는 그중 후자였는데 지하 탑에서 며칠 사냥을 하다 보니 정이 든 것이었다.

끼잉. 끼잉. 생선 한 마리를 다 해치운 류화가 눈류를 향해 불쌍한 표정을 지었다. 그 모습에 눈류는 웃음과 함께 구운 세 마리를 모두 건넸고, 류화의 머리를 쓰다듬어 줬다. 주인을 알아보는지 류화는 유독 애교가 넘쳤는데, 머리를 만져 주면 날개와 꼬리를 살랑살랑 흔들었다.

'빨리 각성해서 좋은 능력을 발휘해라.'

눈류는 인자한 미소를 지었다.

만약 각성한 다음에도 밥을 많이 먹고 쓸모가 없다면, 버릴 생각을 하면서……

"아, 잘 잤다."

진하는 눈을 부비며 잠에서 깨어나 시간을 확인했다.

야르, 마리나와 함께 여행을 한 지 6일째가 되자 도저히 졸음을 참지 못했고, 그때 마법 주머니를 뒤지다 잠을 재우는 약을 발견했다. 약의 효능은 6일 동안 잠을 자게 하는 것! 결국 음식에 약을 섞어 마리나에게 먹인 뒤 로그아웃을 한 것이었다.

'루운의 말을 빌리면 다크 엘프들의 대륙까지 15일이 걸리고, 마리나는 12일째 깨어난다. 7시간을 잤으니 내일 저녁쯤에 접속하면 되겠어.'

남은 시간을 계산하며 오랜만에 갖게 된 여유를 즐기자고 다짐한 진하는 일단 세수를 가볍게 한 뒤, 선예에게 연락을 해 약속을 잡았다. 게임에서 자주 놀아주지 못했기에 현실에서의 시간을 선예와 보내려고 노력하는 진하였다. 그 후, 우유로 공복을 달래며 라스트 월드에 접속한 진하는 쪽지들을 클릭했다.

"대단한데?"

방송국들에서 예상보다 많은 쪽지가 와 있었다.

퀘스트를 한 시간이 현실로 치면 이틀 정도였는데, 기다리기 초조해서인지 아니면 걱정이 돼서인지 방송국마다 여러 번씩 쪽지를 보내어 왔다.

"어디가 좋으려나."

진하는 쪽지들을 하나, 하나 자세히 읽으며 계산 모드에 들어갔다.

어떤 곳은 주는 돈이 많지만 그 외가 부실한 경우가 있었고, 다른 곳은 주는 돈은 좀 적어도 다른 혜택이 좋았다.

그렇게 따져 보며 고민을 하던 진하는 한 곳을 결정해 그곳에 전화를 걸었다.

"여보세요. LBN 방송국의 박진우입니다. 누구시죠?"

박진우의 중후한 목소리가 들리자 진하는 헛기침을 한 번한 뒤 자신을 소개했다.

"쪽지를 보고 연락드렸습니다. 가면의 기사 눈류입니다."

"헉! 누, 눈류님!"

진하는 웃음을 흘렸다.

상대가 반가워하는 목소리에서 얼마나 자신의 연락을 기다렸는지 알 수 있었기에.

"이틀이나 연락이 없으셔서 걱정했습니다."

"아, 퀘스트를 하고 있어서요."

"그렇군요. 하여튼 이렇게 연락을 주셔서 정말 감사합니다!"

"아닙니다. 전 조건이 가장 마음에 드는 곳을 선택한 것뿐입니다. 감사라뇨."

"아니요. 그래도 감사합니다. 제가 그리로 갈까요?"

진하는 박진우의 말에 잠시 고민하다 대답했다.

"제가 방송국으로 가겠습니다."

아직 방송국 구경을 단 한 번도 해보지 못했고, 시간도 있기에 직접 찾아갈 생각이었다.

"알겠습니다. 그럼 언제쯤 뵐 수 있을까요?"

"음, 볼일을 보고 오후 4시쯤에 가도록 하겠습니다."

"네네, 그럼 그때 뵙도록 하죠."

그리고 차를 보내주겠다는 것을 거절한 진하는 방송국의 위치를 물은 뒤 전화를 끊었다. 왠지 집 주소를 알려준다면 피곤해질 것 같아서였다.

"크크크큭!!"

끊자마자 이불을 물어뜯으며 짐승 모드로 돌변하는 진하!

생각보다 큰 부수입을 얻게 되어 행복을 표현하는 것이었고, 곧 빚을 갚을 수 있다는 생각을 하자 눈물이 글썽거렸다.

그동안 빚으로 인해 집에서 얼마나 많은 수모를 당했던가!!

'역시 세상은 살 만하구나. 착한 일을 하면 복도 받고.'

짐승 모드에서 탈피한 진하는 헛소리를 하며 검은색의 간편한 운동복 차림으로 갈아입은 뒤 집에서 빠져나갔다.

"행님!!"

"오라버니!"

"오빠!!"

약속한 공원에 도착한 진하는 먼저 와서 기다리고 있던 기적과 은정, 선예의 목소리를 들으며 손을 흔들었다.

원래는 혼자 도장에서 운동을 하고 선예를 만나 시간을 보내려 했다. 하지만 아침에 통화를 하면서 밥 먹기 전에 운동을 할 것이라 했더니, 선예가 그럼 함께하자고 설득해 나오게 된 것이었다.

'좋군.'

오랜만에 꽉 막힌 도장이 아닌 야외에 나오니 기분이 좋았다. 곧 진하는 몸을 풀기 시작했다.

항상 운동의 기본은 스트레칭이기 때문이다.

"행님, 꼭 해야 합니꺼?"

진하의 뒤에서 낑낑거리며 따라하던 기적이 투정을 부렸다.

힘쓰는 일은 누구보다 잘하지만 커다란 덩치로 인해 스트레칭도 쉽지 않았다.

"시작 전부터 그러면 어떻게 하냐?"

"지가 이런 것은 쪼매 약하지 않습니꺼. 역기는 이빠이 들 자신있는데예."

"시끄럽고 따라해."

"알겠습니더……."

진하가 끝내 스트레칭을 강요하자 기적은 입술을 불쑥 내밀며 따라했고, 그 모습에 모두는 웃음을 터뜨렸다.

"자, 이제 뛰자."

스트레칭이 끝나자 진하는 호수를 원 형태로 감싸고 있는 조깅 코스에 내려간 뒤 말했다. 그러자 일행들은 천천히 뛰기 시작했다.

앞서가는 진하의 곁에는 선예가, 세 걸음 정도 뒤에는 기적과 은정이.

"헤헤."

"뭐가 그렇게 좋아?"

진하는 호흡을 유지하며 선예에게 물었다.

선예는 뭐가 그렇게 좋은지, 뛰는 내내 웃고 있었다.

"그냥 오빠랑 같이 아침 운동도 하고… 좋아서요."

"그래, 나도 좋다."

"정말요?"

"어."

진하와 선예는 서로를 향해 환한 미소를 지어줬다.

하지만 뒤에서 달리고 있는 커플은 달랐으니,

"자기, 괜찮아?"

"허억, 허억!!"

은정은 걱정이 가득한 눈길로 기적을 바라보다 속으로 한숨을 쉬었다.

조깅을 한다고 했을 때 오지 말았어야 했는데……

그러나 은정 역시 오랫만에 운동을 하고 싶었고, 선예와 진하 다 같이 함께하는 것이기에 기적을 데리고 나왔다.

그런데 이렇게 힘들어 할 줄이야.

"힘들면 좀 쉬어."

"그럴까? 하악, 하악."

은정의 말에 기적은 앞에서 달려가는 진하를 힐끔 쳐다보더니 바닥에 주저앉았다. 호흡이 턱 끝까지 차올랐고, 다리는 마비라도 된 듯 움직이지 않았다.

"미안타. 내는 체중이 많이 나가서… 살 빼야 것다."

"아니야. 난 자기의 지금 모습이 더 좋은데? 물론 빼면 건강에도 좋으니 찬성이지만, 그래도 억지로 뺄 필요는 없어."

"은정아……"

기적과 은정의 두 눈이 마주쳤다.

샤방샤방!!

둘의 눈빛에는 어느새 사랑이 가득 깔려 있었다.

"자기야… 사랑한대이."

"나도……"

붉어진 기적과 은정의 얼굴이 점점 가까워졌다.

만약 다른 이가 봤다면 미녀와 야수의 현대판이라 할지 모르겠지만 은정에게 있어서 기적은 그 누구보다 멋진 사람이었고, 기적 역시 마찬가지였다.

곧 둘의 입술이 하나가 되었다.

그리고 그 모습을 잠깐 멈춰 서서 지켜보고 있던 진하는 헛구역질을 한 번 한 뒤 재차 달렸다.

"그만 뛰어."

진하가 걱정스러운 표정으로 선예를 향해 말했다.

어느덧 달리기를 시작한 지 1시간째.

비록 자신이 선예를 생각해서 느린 속도로 달렸다. 그런데 온통 땀범벅이 된 채 힘겹게 따라오는 선예의 모습은 걱정을 불러일으키기 충분했다.

"나 혼자 뛰어도 돼."

"하아… 괜찮아요. 헤헤."

'전혀 안 괜찮아 보여!!'

속으로는 곧 쓰러질 듯한 선예를 향해 소리를 질렀지만 애써 웃어 보이는 진하.

선예의 마음을 알기 때문에 어떻게 해야 할지 모르는 것이었다.

쉬게 하기 위해 화를 낼 수도 없고 말이다.

"화이팅!!"

"행님, 나이에 비해 체력 좋으시네에!!"

원의 형태를 갖춘 코스상 벤치에 앉아 쉬고 있는 기적과 은정의 곁을 지나가던 진하는 비틀거렸다.

나이에 비해… 나이에 비해… 나이에 비해!!

마음 같아서는 당장 달려가서 두들겨 패고 싶지만 곁에 은정이 있기에 진하는 꾸욱 참아야했고, 그 순간 힘겹게 달리던 선예가 넘어지고 말았다.

콰다당!

"선예야! 괘, 괜찮아?"

놀란 진하는 황급히 선예에게 다가가 부축하며 물었다.

소리만 들어도 심하게 넘어진 것 같아 보이는데 선예는 애써 웃고 있었다.

"헤헤. 괘, 괜찮아요. 넘어진 것뿐인데요."

그러면서 선예는 혼자 일어설 수 있다는 듯 힘차게 몸을 일으키다… 바닥에 재차 넘어지고 말았다.

"아야……."

진하는 한숨을 내쉬었다.

발을 삔 것이라 확신했기 때문이었다.

"이리와."

결국 진하의 품에 안겨 벤치로 옮겨진 선예는 붉어진 얼굴로 손가락을 만지작거리며 속삭였다.

"죄송해요. 그냥 오빠랑 뭐든지 오래 함께하고 싶어서……."

"괜찮아."

진하는 미안해하는 선예의 머리카락을 쓰다듬으며 말했다. 그리고 운동을 오랜 시간 해오면서 이런 부상에는 의사 못지 않은 지식을 가지고 있기에 상태를 보기 위해 선예가 입고 있는 옷과 같은 색깔인 분홍색 운동화를 잡았다.

"벗겨서 좀 볼게."

"아, 안 돼요!"

다급히 소리치는 선예.

"안 부끄러워해도 돼. 어차피 애들이 사오는 약을 바르기 위
해서는 벗어야 해."

진하는 약국에 간 기적과 은정이 얘기를 하며 선예를 달래
기 시작했다. 그녀가 발을 보이는 것을 부끄러워한다고 생각
했기 때문이다.

하지만 선예의 입장에서는 달랐으니, 운동을 하고 밖에서
밥을 먹을 것이라 생각했기에 맨발로 운동화를 신었다. 더군
다나 하필 새벽에 운동화를 빨았다!! 그래서 운동화는 축축한
상태였고, 은정이 자신의 것을 권했지만 선예는 괜찮다고 했
었다. 신발을 벗게 될 줄 몰랐기에!

결국 선예가 걱정하는 것은 바로 냄새!

맨발과 젖은 운동화, 1시간 넘게 달리며 흘린 땀!!

절대 벗을 수 없었다.

"오빠… 이유가 있어요. 그러니 제발……!!"

선예는 간곡하게 부탁했다.

그러나 선예를 치료하는 것이 먼저라고 생각한 진하는 멀리
서 기적과 은정의 모습이 보이자 결심을 하며 운동화를 벗겼
다!

"괜찮아. 일단 치료 먼……."

"……"

기적과 은정은 볼 수 있었다.

선예의 신발을 벗긴 진하가… 구토를 하다 쓰러지는 모습을…….

훗날 이 일은 발 냄새 살인 미수 사건이라 회자되었다.

Part 9
다크 엘프의 대륙

The knight of mask

　"감사합니다."

　아침에 코가 살해당할 일을 겪은 진하는 맞은편에 앉아 있
는 박진우를 향해 웃음으로 대답을 대신했다. 계약은 원만하
게 끝이 났으며, 진하는 그만 자리에서 일어서려고 했다.

　선예가 걱정되었기 때문이다.

　그런데 박진우가 그런 진하를 붙잡았다.

　"아참, 부탁이 있습니다."

　"네? 부탁이요?"

　"네. 사실 아까 진하 씨를 만나기 전에 누군가를 만났는데,
어떻게 얘기를 들었는지 진하 씨가 온 사실을 알고 있더군요.
그러면서 꼭 만나고 싶다고 해서……."

박진우는 진심으로 미안한 표정이었다. 계약을 끝냈기에 더이상 조심스러워할 필요는 없었지만, 예정에 없던 일이라 눈치가 보였다.

"알겠습니다."

높은 계약금 액수에 기분이 좋아진 진하는 흔쾌히 수락했다.

어차피 프로그램 관계자들은 자신의 얼굴을 알 것이다.

이 자리에는 PD인 박진우밖에 없지만 자신의 모습이 범죄를 대비해 설치된 카메라들에 찍혔을 테니.

그러니 한 명 더 본다고 해서 달라질 일은 없었다.

"알겠습니다. 잠시만 기다려 주세요."

진하가 허락하자 박진우는 웃는 얼굴로 밖으로 나갔고, 홀로 남게 된 진하는 커피와 우유가 가득 담긴 잔을 입에 갖다 댔다.

딸깍!

그때 문이 열리는 소리와 함께 행동을 멈추고 돌아보는 진하.

그곳에는 너무나 아름다운 여자가 한 명 서 있었는데, 왠지 낯익었다.

'누구지?'

진하는 고민을 하며 자리에서 일어서 그녀와 악수를 했다. 그러자 자신을 소개하는 여인.

"안녕하세요. 정혜란이에요."

"아……."

진하는 그때서야 여자가 누구인지 기억할 수 있었다.

요정이라 불리는 인기 절정의 가수!

"저는 박진하입니다. 바, 반갑습니다."

연예인에게 큰 관심이 없는 진하였지만 막상 눈앞에서 보니 자신도 모르게 말을 더듬었고, 혜란은 어린아이처럼 해맑은 미소와 함께 말했다.

"저도 라스트 월드를 하는데, 가면의 기사님을 직접 보게 되다니 너무 반갑네요."

"그러신가요?"

진하는 대답과 함께 머쓱함을 느끼며 커피를 후르륵 마셨다.

스타와의 자리라……. 다른 이들과 다를 바 없지만 왠지 모르게 긴장되었다.

"그런데 궁금한 것이 있어요."

"뭐죠?"

"얼마 전 TV를 봤는데 월하라는 유저가 나오더라고요. 유명한 카오라던대… 그 사람이 말하기를, 진하 씨와의 약속 때문에 악성 수치를 없애고 있다더군요. 두 분이 친하신가 봐요?"

"네?"

진하는 어색한 웃음을 흘렸다.

그녀가 궁금해 하는 것은 이해가 되었다.

자신과 월하는 라스트 월드에서 유명한 존재들이었으니.

하지만 대답을 하기가 조금 애매했기에 진하는 잠시 생각을 정리한 뒤 말했다.

"대립 관계이자 공존하는 관계입니다."

"네?"

"월하와 저는 적이자 라이벌입니다. 서로가 싸우면서 배우고 즐기죠. 그러면서도 이득을 위해 계약을 한 공존 관계입니다. 아직은 확실한 선을 긋기가 힘들군요."

혜란의 얼굴에 흥미롭다는 웃음이 서렸다.

"그래요. 그럼 월하라는 유저는 어떤 사람인가요? 워낙 안 좋은 소리만 들은 듯한데… 정말 그런가요?"

'나보다 월하에게 더 관심이 많은 것 같군.'

진하는 속으로 실소를 흘렸다.

얘기가 자꾸 월하로 흘러갔기 때문이다.

"저는 그녀를 잘 모릅니다. 단지 몇 번 목숨을 건 싸움을 했을 뿐이죠. 그런 제가 느끼기에 월하는 이기적이고 차가운 성격입니다. 그러면서도 냉정하고 잔인합니다. 그런데……."

"그런데?"

"확신할 수는 없지만 그녀는 단지 표현할 줄을 모르는 것이라 생각됩니다. 자신을 여러 겹의 문으로 감추고 있는, 어쩌면 상처에 약한 사람일지도 모르죠. 상처를 받지 않기 위해 다른 이들과 거리를 두는 것일 수도 있으니……. 하지만 이것은 확신할 수 있습니다. 월하는 절대 이유 없이 다른 유저를 죽이지 않습니다. 더불어 일반 카오처럼 아이템을 뺏기 위해 죽이지도 않고요. 단지 그녀는 싸움을 즐길 뿐이며, 도전을 피하지 않는 그런 사람입니다."

진하는 대답을 한 뒤 머리를 긁적였다.

어쩌다 보니 월하의 대변인이 된 듯한 기분이었다.

하지만 그렇다고 많은 유저들이 오해하는 것처럼 살인마라 얘기할 수는 없었다.

그녀가 살인을 즐기지 않는다는 사실을 알기 때문이었다.

'어쩌면 나와 비슷할지도 모른다.'

진하는 월하를 보면 자신이 겹쳐 보였다.

어머니를 잃고 방황하며 힘으로 대화를 시도했던 자신.

더 이상 상처받는 것이 싫어 마음을 걸어 잠갔던 자신.

그랬던 자신… 그리고 지금의 월하…….

"그렇군요."

진하는 혜란의 목소리에 딴생각에서 깨어나며 고개를 들었다. 어느새 혜란이 자리에서 일어서 있기 때문이었다.

"방송 때문에 그만 가봐야겠어요. 아참, 그리고 고마워요. 사실 GOGO 라스트 월드 프로그램에 출연하기로 되어 있었는데, 저는 오락프로를 싫어하거든요. 그런데 진하 씨를 만나서 기분이 좋아졌어요."

"제가 도움이 되었다면 다행이군요."

진하는 마찬가지로 일어서 고개를 살짝 숙였고, 혜란은 곧 방을 빠져나왔다.

'진하라…….'

방문을 나온 혜란은 웃음을 터뜨렸다.

이곳에서 다시 만나게 될 줄은 상상도 하지 못했다.

더군다나 자신을 변명해 주는 것 같은 말.

첫 만남의 일도 있고 해서 아주 나쁘게 생각할 줄 알았는데 전혀 뜻밖이었다.

'기대해. 이제 카오도 다 풀었고, 시간이 나는 데로 당신을 찾아갈 테니.'

아직 자신의 정체를 모른 채 말하던 진하의 모습을 떠올리며 혜란은 휴대폰을 꺼내 들었다. 매니저가 보이지 않기 때문이었다. 그런데 그 순간이었다.

문이 열리며 진하가 밖으로 나왔다.

그러더니 자신을 향해 걸어왔다.

'설마 눈치를 챈 것인가?'

도둑이 제 발 저린다고, 진지한 눈빛의 진하를 보자 긴장한 혜란이 애써 미소를 짓는 그 순간! 진하가 무엇인가를 내밀었다!

"사인 좀 부탁해도 될까요?"

"……."

"이제 얼마 안 남았다."

야르의 등 위에서 진지한 표정으로 생선 구이를 뜯어 먹던 눈류가 중얼거렸다.

어느덧 다크 엘프들의 대륙을 찾기 위한 여정을 시작한 지

14일째가 된 상황이었고, 이틀 동안 현실에서 푹 쉬었기에 컨디션도 좋았다.

예상대로라면 이제 남은 시간은 하루.

눈류는 두근거리는 심정으로 아직도 끝없이 펼쳐진 바다들을 쳐다봤다.

'대륙을 발견한다면……'

눈류는 머릿속으로 미래를 상상했다.

일단 혼드에게 마리나를 데려다 준 후 탐험을 할 생각이었다.

자신이 첫 발견자이기에 일주일 동안은 그 누구도 올 수 없다.

그 말인즉, 일주일의 시간 동안 누구보다 많은 기회가 있다는 것.

'온갖 사냥터와 던전을 찾아 헤매는 거다!'

더불어 혹시 모를 비밀 퀘스트가 있을 수도 있기에 NPC들과 친분도 쌓을 생각을 하며 눈류는 눈을 감고 생각에 잠기려다가, 아직 배가 덜 찬 눈빛으로 자신을 쳐다보고 있는 마리나와 류화를 발견한 뒤 낚싯대를 집었다.

보통 엘프들은 고기는 물론 생선도 먹지 않는다. 그러나 마리나는 마족의 피가 흘러서인지 다른 엘프들과는 식성이 달랐고, 눈류와 함께 여행하면서 생선 구이 맛에 흠뻑 빠진 상태였다.

"으랏차!!"

눈류의 기합과 함께 수면 위로 떠오르는 물고기들.

마리나와 류화는 군침을 삼키며 눈류를 존경스러운 눈빛으로 바라봤고, 그 모습에 실소를 흘리던 눈류의 얼굴에 놀람이 물들었다.

'대륙?

눈류는 생선들을 다급히 불에 올려놓은 뒤, 야르의 어깨 쪽으로 달려갔다. 그러자 희미한 환영과도 같았던 무엇인가가 조금 더 자세히 눈에 들어왔다.

'컥! 대, 대륙이다!!'

눈류는 자신도 모르게 주먹을 불끈 쥐었다.

분명 눈앞에는 지도에도 없는 땅이 모습을 드러내고 있었다.

바로 베일에 가려져 있던 다크 엘프의 대륙!!

'예상보다 하루 일찍 도착했다.'

눈류는 쾌재를 지르며 야르의 등을 토닥였다.

바다로 나오면서 야르는 자신의 주식인 흙을 먹지 못했다.

흙을 먹기 위해 잠수를 한다면 눈류와 마리나가 곤란한 상황에 빠지기 때문이었다.

그것만 해도 충분히 고마운데 하루나 더 빨리 와주다니!

평소 시간을 금이라 생각하던 눈류는 야르를 달라진 눈빛으로 쳐다봤다.

'돌아간다면 흙을 왕창 먹여주마!!'

자신이 사줄 것도 아니면서 혼자 생색내는 눈류였다.

"이것인가?"

집 안으로 들어온 눈류는 마리나에게 준비를 하게 했고, 자신 역시 검은색 포션을 손에 쥐었다. 포션은 바로 루운이 준 것이었는데, 다크 엘프들이 인간을 싫어한다며 꼭 마시라고 했었다.

'다크 엘프로의 변신이라. 재미있겠어.'

얼굴 가득 웃음을 머금은 채 포션의 뚜껑을 따고 원샷을 해버리는 눈류!

변신을 한다는 것이 흥미롭기도 했지만, 이것 역시 큰돈이 될 수 있다는 생각이 들자 아무런 거부감이 없었고, 맑은 표정으로 원샷을 한 눈류는 생각보다 달콤한 맛에 입맛을 다셨다.

하지만 그것은 페인트!!

'커억!!'

눈류의 신형이 비틀거렸다.

절대 야르가 운전을 험하게 해서가 아니었다.

사지가 견딜 수 없는 맛에 괴로움을 표현하는 것이었다.

처음에는 달콤한 과즙 같았다.

그런데 3초 정도가 흘렀을까? 천국의 향기를 느끼게 해주던 그 맛은 순식간에 지옥으로 바뀌었다. 차라리 일리아나 리야의 음식이 더 맛있을 정도!

'이 망할 루운!!'

극악한 맛에 혀의 마비까지 느낀 눈류는 루운을 원망하며 자리에서 일어섰다.

아파할 여유가 존재하지 않았다.

이제 곧 다크 엘프의 대륙에 도착할 것이고, 변한 모습을 확인해야 했다.

'기대되는군.'

거울을 꺼내는 사이 평온을 찾은 눈류.

기대 반, 걱정 반의 심정으로 거울 속 자신의 모습을 바라봤다.

물론 대략적인 예상은 되었다.

엘프들처럼 다크 엘프들 역시 현실에서 유명한 상상 속 존재였고, 얼마 전 다크 엘프의 모습을 한 가디언과 만난 적도 있지 않은가.

"……."

그러나 예상과 다른 모습에 자신의 눈을 의심하며 눈류는 재차 거울을 쳐다봤다.

흔히 다크 엘프라 하면 엘프의 모습에서 피부가 짙은 어둠 혹은 회색빛을 띠었다.

그런데 지금 이 모습은 도대체 뭐라 말인가?

귀도 엘프들처럼 길어지지 않았다. 아니, 변한 것이 없었다!

오로지 피부만 숯을 바른 듯 새까매졌다!

누가 봐도 인간이라는 것을 알 수 있는 모습!

'루운……!!'

분명 루운은 다크 엘프들과 똑같이 변할 것이라 말했다.

다크 엘프들 역시 자신들의 종족이라 생각할 것이라고 확신했다.

털썩!

다리에 힘이 풀린 눈류는 허망한 표정으로 바닥에 주저앉았다.

루운이 다크 엘프의 모습을 모를 리 없었다.

그렇다면 단 하나… 일명 엿 먹이기!!

"푸우웁."

츠츠. 츠츠…….

눈류를 좋아하고 잘 따르는 마리나마저 고개를 돌려 웃음을 터뜨렸고, 곁에서 모든 상황을 지켜보던 류화는 한숨과 함께 혀를 찼다!

그와 동시에 다크 엘프 대륙에 도착한 듯 야르의 움직임이 멈췄다.

'젠장…….'

세수라도 하고 싶지만 포션을 마시면 일주일 동안 이 모습으로 살아야 한다. 결국 눈류는 어쩔 수 없이 그 모습을 한 상태로 야르의 등에서 내려 회색으로 얼룩진 미지의 땅을 밟았다.

─눈류님이 다크 엘프의 대륙을 발견하셨습니다. 레벨 제한이 존재하지 않으며, 일주일 뒤 대륙으로 이동되는 마법진 개설과 함께 개방됩니다.

눈류는 예상한 알림에 크게 놀라지 않았다.

다만 커다란 기대를 갖고 있을 뿐이었다.

대륙을 발견한다는 것은 던전이나 사냥터를 발견하는 것과는 분명 질이 다를 것이라는 확신 때문이었다. 그리고 예상처럼 대륙을 발견한 보상은 대단했다.

—생명이 1,000 증가됩니다.

—마나가 1,000 증가됩니다.

—명성이 500 상승하였습니다.

—최고 스텟이 100 상승하였습니다.

—최저 스텟이 100 상승하였습니다.

—전체 패시브 스킬이 10 상승하였습니다.

—스킬 포인트가 100 주어집니다.

—전투 숙련치가 1% 상승하였습니다.

'컥!!'

눈류는 쉬지 않고 뜨는 보상 알림에 경악하여 입을 쩍 벌렸다!

생각은 하고 있었지만 거의 전직에 맞먹을 만큼의 보상!

새로운 대륙을 발견한다는 것이 얼마나 어려운 일인지를 알수 있게 해주는 보상이었고, 조금 전만 해도 밉상으로 느껴지던 루운이 사랑스러워졌다.

'일단 패시브 스킬은 카리스마와 그림자 조각, 마나 실드에

찍자.'

유용하지만 공격 스킬에 집중한다고 비교적 레벨이 낮았던 스킬들에 포인트 100을 사용한 눈류는 짐승 모드로 돌변하며 정보창과 스킬창을 확인했다.

라스트 월드를 하며 가장 행복한 순간이었다!

"정보창."

생명:27,180 마나:22,420

이름:눈류 레벨:207 성향:중립 길드:레전드

칭호:없음 명성:2762 직업:가면의 기사

근력:2163(+1,259) 체력:421(+708)

민첩:320(+708) 지식:20(+700)

재치:40(+703) 정신:560(+707)

예술:13(+703) 상술:21(+705)

검폭:199(+700) 신속:265(+700)

투혼:424(+650) 가호:207(+650)

심안:175(+620) 마나:291(+621)

가면:301(+620) 암흑:119(+470)

저항:124 (+370)

공격력:10,266(+701) 방어력:2,258(+1,150)

마공력:2,151(+410) 마방력:2,534(+510)

스텟 포인트:0 스킬 포인트:0 전투 숙련치:26.72%

전투 숙련치 26.72!

레벨은 이제 200초반이지만 숙련치로만 따진다면 현재 다섯 손가락 안에 드는 수치였다.

더군다나 순수 공격력도 만을 넘어섰다.

"스킬창."

[패시브 스킬]

조화의 검―Lv.129:검을 장착했을 시 데미지를 증가시킨다.

크리티컬―Lv.128:크리티컬 성공확률이 높아진다.

어둠의 가면―Lv.121:빛이 어둠이란 가면에 가려질 때, 공격력과 방어력이 상승된다.

빛의 가면―Lv.121:어둠이 빛이란 가면에 가려질 때, 공격력과 방어력이 상승된다.

증폭―Lv.122:액티브 스킬의 위력이 증가된다.

어둠의 눈―Lv.99:어둠조차 관통 할 수 있는 눈을 갖게 된다.

어둠의 지배―Lv.99:밤이 되면 모든 능력치가 상승된다.

빛의 가호―Lv.60:생명의 회복 속도가 빨라진다.

조화의 빛―Lv.61:전체 능력이 상승된다.

[액티브 스킬]

파멸의 검―Lv.350:빛과 어둠이 하나가 되어 모든 것을 파괴한다.

소모마나:4,500 제한:조화를 이룬 자.

극한—Lv.100:생명이 50% 이하일 때 사용 가능하며, 공격력을 22% 증가시킨다.

소모마나:3,000 제한:조화를 이룬 자.

그림자조각—Lv.104:육체가 조각나는 착각을 일으키며 잔상과 함께 이동한다.

소모마나:1,750 제한:조화를 이룬 자.

바람의비명—Lv.100:검을 휘둘러 마나의 폭풍을 일으킨다.

소모마나:2,500 제한:조화를 이룬 자.

더블 소울—Lv.260:마나와 혼을 검에 실어 십자 형태로 발휘한다.

소모생명:3,100 소모마나:3,050 제한:조화를 이룬 자.

카리스마—Lv.86:마나를 목을 통해 발휘해 상대를 제압한다. 적에게는 스턴 효과와 함께 일정 데미지를 입히며, 아군은 12분 동안 전체 스텟이 6 상승 된다.

소모마나:1,100 제한:조화를 이룬 자.

소드스피릿—Lv.100:순간적으로 극대화된 스피드로 적을 7번 벤다. 콤보가 이어질수록 위력이 증가한다.

소모마나:4,000 제한:조화를 이룬 자.

마나실드—Lv.80:1분 동안 마나로 몸을 보호한다. 방어력이 21% 상승되며, 공격을 받을시 11%의 데미지를 적에게 돌려준다.

소모마나:2,200 제한:조화를 이룬 자.

"크크큭!!"

입에서 거침없는 짐승의 웃음이 작렬했다!

그러자 처음 보는 눈류의 짐승 모드에 마리나는 울상이 되어 뒤로 한 발 물러섰다.

하지만 그런 것도 발견하지 못한 채 눈류는 여전히 행복함에 젖어 있었다.

오르기 힘들다는 패시브 스킬이 10씩이나 올랐고, 스킬들의 레벨이 높아지면서 위력과 효율성이 조금씩 높아졌다.

이제는 비밀 퀘스트의 보상을 받지 못해도 상관없을 정도!

14일이란 시간 동안 사냥을 하지 못했지만 이 정도 보상이라면 대박 중에 대박이었다.

"오빠……."

그때 마리나의 겁에 질린 목소리에 눈류는 정신을 차리며 돌아봤다.

마리나의 몇 걸음 물러서 있는 모습에 눈류는 입술과 턱에 홍건한 침을 닦은 뒤 웃으며 손을 벌렸다. 그러자 마리나는 언제 그랬냐는 듯 미소를 찾으며 품에 안겼고, 눈류는 속으로 한숨을 내쉬었다.

'이놈의 짐승 모드… 병원에 가야 하나?'

곧 눈류와 마리나는 주변을 둘러보며 발걸음을 옮겼다.

이제 혼드를 찾아야 하기에.

"뛰어!"

"이 망할 놈들. 정말 귀찮군."

"위험해요!"

진은을 비롯해 라인, 라이트와 키스는 소리를 치며 달리고 있었다.

그들은 현재 말도 없는 상태였다. 퀘스트를 진행하는 도중에 말들이 모두 죽었기 때문이다.

끼이이익!!

콰콰콰쾅!!

유리를 긁는 듯한 새들의 소리와 함께 하늘에서 수백의 돌덩이들이 떨어졌다. 돌들은 모두 화염에 불타고 있었으며 그 하나하나는 위력이 약했지만 그 수가 워낙 많다 보니 고레벨에, 레전드인 그들도 피하는 것밖에 방법이 없었다.

"타합!!"

한참 그렇게 달리던 도중 위급함을 느낀 진은이 몸을 돌려 스킬을 발휘했다. 그러자 진은의 주먹에서는 검은빛의 기운들이 수십 갈래로 나뉘며 자신들을 노리는 새들을 공격했고, 뒤를 이어 라인, 라이트, 키스도 스킬을 발휘해 일부 수를 줄였다.

"너무 많아."

마나가 풀로 차면 몬스터들을 해치우고, 소비되면 다시 달리기를 반복하던 라이트가 외쳤다. 그 말처럼 그들을 쫓는 새

형상의 몬스터들은 하늘을 가릴 정도로 많았고, 발에 들린 불타는 돌덩이들은 위협적이었다.

"퀘스트, 정말 어려운데요? 하하."

그런 와중에도 키스는 웃음을 잃지 않았다.

너무나 스릴 있고 반전이 넘치는 상황!

다 끝났다 싶으면 새로운 시작이었고, 퀘스트 기간이 길어지면 길어질수록 호기심은 더욱 커졌다. 과연 어떤 보상이 기다리고 있길래!

콰콰콰쾅!!

그때 재차 하늘에서 돌들이 떨어지며 폭발을 일으켰다.

그러자 황급히 바닥을 구른 키스가 일행 모두를 감싸는 실드를 발휘했고, 마나가 일정 찬 그들은 재차 스킬로 새들에게 죽음을 선사했다.

"저기, 마법진이 보인다!"

체감상 꽤 많은 시간이 흘렀다고 느껴질 때였다.

달리면서 빵을 씹어 먹으며 피로를 회복하던 라이트가 손가락질을 했고, 그곳에는 정말 이동 마법진이 있었다. 분명 다음 퀘스트 단계로 넘어가는 곳이리라!

"조금만 더 힘을 내자!"

모두는 힘을 내면서 진의 외침과 함께 고개를 끄덕였다. 그리고 속도를 올려 마법진 위에 올라서자 검은빛 무리에 휘감겼다.

콰콰콰쾅!!

몬스터들이 수백의 불타는 돌덩이를 던졌지만 이미 그들은 사라진 상태였다.

"후우…… 10차다."

진은 퀘스트 알림을 들으며 지친 어투로 말했다.

그것은 혀를 내두르는 라이트나 키스, 라인도 마찬가지였다.

그들 역시 각종 퀘스트를 비롯해 비밀 퀘스트를 한 적도 있지만 10차까지 오는 것은 처음이었다.

"정말 질리는군요. 그런데 여기는 어디죠? 보상이 없는 것을 보니 새로운 사냥터는 아닌 듯한데. 뭐, 퀘스트를 하면서 두 곳이나 발견했으니 상관없지만."

키스의 말에 일행들은 그동안 받은 보상을 떠올리며 미소를 지었다.

10차까지 오는 동안 알려지지 않은 사냥터를 2곳이나 발견했고, 그로 인해 받은 보상도 적지 않았다.

"그런데……."

막 무엇인가를 말하려던 키스는 속으로 실소를 흘리며 입을 닫았다.

그러자 셋이 의아한 표정으로 쳐다봤지만 키스는 미소년의 무기라는 화사한 꽃 같은 미소로 상황을 회피했다.

'무슨 관계일까?'

퀘스트를 진행하던 도중 전체 공지가 떴다.

바로 눈류가 다크 엘프의 대륙을 발견했다는 내용이었다.

그러자 키스는 진은과 라인의 눈치를 살폈다.

그들은 아무런 상관이 없다 했다. 그러나 유독 눈류에게 민감한 반응을 보였기 때문이다. 그리고 자신의 예상처럼 둘의 표정은 잠깐 굳어졌다. 하지만 그것뿐, 언제 그랬냐는 듯 표정이 풀리며 묵묵히 퀘스트를 진행했다.

'이상하단 말이지?'

지난 시간을 떠올렸던 키스는 흥미로운 표정이 되었다.

정말 상관없다면 다크 엘프의 대륙이 발견되었음에도 그들은 침묵할까?

한 번이라도 언급할 가치가 있는 내용인데 말이다.

'뭐, 차차 알게 되겠지.'

키스는 생각하기 귀찮은 듯 간단하게 결론을 내리며 진은을 쳐다봤다. 그때 진은은 주변을 둘러보고 있었다.

'길은 하나군.'

정사각형의 온통 네모난 돌로 이루어진 내부는 공기가 통할 틈도 없이 빼곡하게 막혀 있었는데, 12시 방향에 좁은 길이 하나 존재했다.

"일단 가죠."

퀘스트의 정보가 찝찝했지만 여기까지 와서 돌아갈 수는 없기에 진은이 말했다. 그런데 곧 이상함을 느끼며 일행들을 쳐다봤다.

"라인? 형? 키스……?"

진은의 표정이 어두워졌다.

목소리마저 떨렸으며 알 수 없는 불안감이 전신을 엄습했다.

셋의 반응이 이상했기 때문이다.

마치 무엇인가에 홀린 듯 온몸을 부들부들 떨더니 두 눈동자가 온통 칠흑 같은 어둠으로 변했다. 더불어 입에서는 침을 흘리고 있었고, 고개는 삐딱하게 기울어졌다.

'젠장!'

그때서야 진은은 퀘스트 정보를 이해할 수 있었다.

오늘의 아군이 내일의 적이 된다는 그 말!

분명 퀘스트로 인해 무엇인가에 홀렸고, 이성을 잃은 것이다.

"신의 무덤을 찾은……."

"오만한 인간이여……."

"그대에게 죽음을 내리리라……."

짜기라도 한 듯 이어 말하는 셋을 바라보던 진은은 황급히 달리기 시작했다.

자신의 능력으로는 절대 저 셋과 붙어서 이길 수 없었다.

아니, 라이트 한 명도 쉽게 이길 수 없는 것이 사실인데 300 레벨의 라인과 레전드 키스까지!

타타타타탁!!

진은은 바람과 같은 속도로 좁은 길을 달리며 뒤를 쳐다봤다. 그리고 입술을 잘근 깨물었다. 자신의 직업은 다크 쉐도우! 데미지보다는 속도와 크리티컬이 무시무시했으며, 그로 인해 움직이는 스피드 역시 대단히 빠른 편이었다.

그런데 놀랍게도 뒤에서 쫓아오는 셋은 전혀 뒤처지지 않았고, 결국 진은 스킬까지 발휘하며 움직였다.

셋과 정면 싸움을 할 수도 없고, 기습을 해 죽이고 싶은 마음도 없었다. 어떻게든 피해서 퀘스트를 끝내고 싶은 마음뿐이었다.

샤샤샤샤샥!

하지만 또 다른 복병이 기다리고 있었으니, 바로 함정이었다.

맞은편에서 바람이 갈라지는 소리가 들리자 진은 일단 자리에서 멈추며 방어 스킬을 사용했다. 이곳은 너무나 좁았기에 피할 공간이 없었고, 뒤로 물러설 수도 없었다. 더욱 위협적인 존재들이 달려오고 있기에.

치지지직!!

'크윽!!'

진은의 얼굴이 험상궂게 일그러졌다.

바람을 가른 주인공은 바로 화살이었는데 그 수가 너무 많았다.

그나마 다행이라면 몸을 최대한 숙여 최소한의 화살만 방어하며 흘렸기에, 뒤에서 달려오던 셋 역시 방어 스킬을 발휘하며 전진을 멈췄다.

'성공할 수 있을까?'

비와 같은 화살들이 모두 사라지자 진은은 재차 스킬을 발휘하며 달렸다. 그런 진은의 생명은 2,500밖에 남지 않았다. 최소화시켰음에도 불구하고 맞은 화살의 수가 많아 방어막이 깨지면서 수십 발의 화살을 맞을 수밖에 없었기 때문이다.

그나마 위력이 약해서 살아남은 것이지, 화살의 위력이 조금만 더 강했더라면 죽었을 것이다.

'일단 전진하는 수밖에.'

진은은 생명력 포션을 흡수하며 뒤에서 쫓아오는 셋과 거리를 유지했고, 또 다른 함정이 기다리고 있을지 모르지만 통로의 끝을 향해 달리고 또 달렸다.

제발 이 빌어먹을 놈의 퀘스트가 빨리 끝나기를 바라며.

"하아… 하아……."

혜란은 거칠어진 호흡을 애써 정리하며 숲을 달리고 있었다.

혜란의 시야에는 초목이 무성한 숲이었지만, 사실 그녀는 현재 집 안에서 운동을 하는 중이었다. 가상현실이 개발되면서 생활 여러 부분에 도입되어 가능한 일이었다.

물론 이전에는 특수한 고글로 인해 이와 비슷한 효과는 있었지만, 가상현실처럼 완벽하게 재연하지는 못했던 것이 사실이었다.

"후우……."

힘겨운 운동 시간이 끝나자 혜란은 땀에 젖은 얼굴과 목, 팔

등을 수건으로 닦으며 냉장고를 열어 건강 음료를 꺼냈다. 원래 혜란은 그렇게 열심히 운동을 하는 타입이 아니었다. 그러나 연예인이 된 후 어쩔 수 없이 해야만 했다.

비록 가수라 할지라도 얼굴과 몸매 역시 인기 요인의 하나이기 때문이다.

사아아악.

알몸으로 욕실에 들어간 혜란이 원하는 온도와 수압을 말하자 샤워기에서 자동적으로 물이 뿜어져 나왔고, 혜란은 자신의 우유처럼 희고 맑은 전신을 깨끗하게 씻었다.

그리고 밖으로 나와 자신보다 머리가 하나 더 큰 것 같은 타원형의 기계에 들어가자 따뜻한 바람이 흘러나와 수건으로 닦을 필요도 없이 금방 온몸이 뽀송뽀송해졌다.

"오랜만에 쉬는 시간이니 게임을 해야겠지?"

오늘의 스케줄을 모두 마친 혜란은 들뜬 기분으로 흰색의 허벅지가 훤히 드러나는 반바지에, 배꼽이 살짝 보이는 티셔츠를 입은 뒤 라스트 월드 홈페이지에 접속했다.

게임을 하기 전에 그동안 무슨 일이 있었는지를 알아보기 위함이었다.

"어? 다크 엘프의 대륙?"

얼마 전 엘프의 대륙이 발견된 사실은 들었지만 다크 엘프의 대륙은 몰랐기에 혜란은 궁금한 표정으로 클릭했다. 그리고 공지 게시물에서 낯익은 이름을 보게 되었다.

"눈류가 발견했다, 이거지?"

혜란의 얼굴에 반가운 웃음이 서렸다.

안 그래도 접속해서 눈류를 찾아 한판 붙으려던 참이었다.

"아참, 그럼 현재 퀘스트 중인가?"

눈류가 지금 다크 엘프의 대륙에 있을 것이라는 생각이 들자 혜란의 고운 미간이 찡그려졌다. 눈류와의 약속으로 인해 카오 상태도 다 풀었고, 이제 길드 가입만 남겨둔 상태였다.

그리고 길드를 가입한 후 눈류와 대결을 하거나 파티 사냥을 할 생각이었다. 그런데 공지를 읽어 보니 다크 엘프의 대륙은 발견된 진 얼마 전이었고, 분명 눈류가 일주일 동안 혼자서 얻게 된 기회를 포기할 일이 없을 것이었다.

결국 다크 엘프의 대륙으로 이동되는 마법진이 생기기 전까지는 눈류를 만날 수 없다는 말.

현재 라스트 월드를 하는 유일한 재미를 게임 시간으로 일주일 정도 볼 수 없다는 생각이 들자 괜히 김이 빠지는 혜란이었다.

"이봐, 혜택은 많이 받았어?"

푹신하고 넓은 소파에 앉은 혜란이 휴대폰에 찍힌 사진을 보며 중얼거렸다.

눈류와 방송국에서 만나게 되었을 때 사인은 물론 서로의 폰에 사진까지 찍어서 저장을 한 상태였다. 문득 사진을 쳐다보던 혜란의 머릿속으로 눈류가 한 말이 떠올랐다.

"그녀는 단지 표현할 줄을 모르는 것이라 생각됩니다. 자신을 여러 겹의 문으로 감추고 있는, 어쩌면 상처에 약한 사람일지도 모르죠. 상처를 받지 않기 위해 다른 이들과 거리를 두는 것일 수도 있으니……."

"어쩌면 그럴지도 모르지."

혼잣말로 속삭이는 혜란…….

그녀는 어릴 때부터 자신을 숨겨야 했다.

사업으로 성공하신 부모님은 언제나 능력 이상의 것을 바랐고, 어림에도 불구하고 작은 흐트러짐도 용서하지 않았다. 그래서 싫어도 다른 시선이 있다면 웃어야 했으며, 뛰어 놀고 싶어도 얌전한 척 굴어야 했다. 더불어 배우고 싶지 않음에도 온갖 과외에 시달렸다.

그렇다고 다른 10대들처럼 반항 따위는 하지 않았다.

오로지 혼자 스스로를 위로했고, 서서히 자신을 닫아버렸다.

어차피 원한다 할지라도 그 무엇도 할 수 없었으니까…….

그런 와중에 유일하게 좋아하는 일을 할 수 있었으니, 바로 가수였다.

그렇게 가수가 되어 부모님의 품에서 벗어나게 된 혜란은 행복했다.

하지만 그것도 잠시였다.

연예인이라는 이름은 절대 가볍지 않았고, 철창을 벗어나 날갯짓을 하자 더욱 큰 감옥이 기다리고 있었다. 눈물이 맺혀도, 아무리 힘이 들고 재미가 없어도 웃어야 했고, 절대 소문이 날 행동은 하지 말아야 했으며, 길거리도 마음대로 돌아다니기 힘들었다.

더군다나 살해와 다를 바 없는 수많은 악플들.

지긋지긋했다.

이 지옥 같은 생활을 벗어나고 싶었다.

그러나 관중들의 함성 소리가… 자신의 노래를 사랑해 주는 팬들이… 무대에서 정열을 불태우는 순간이 그녀를 붙잡았고, 심적으로는 밑바닥까지 추락했지만 어릴 때부터 이런 상황에 익숙할 대로 익숙해진 혜란은 자신의 마음을 잠근 채 하루, 하루를 살았다.

그러다 라스트 월드를 접하게 되면서 모든 분노와 슬픔을 분출했던 것이다.

"그래도 난 행복해……."

눈류의 말과 함께 잠시 과거를 떠올린 혜란은 혼잣말로 중얼거렸다.

꿈을 이루고 싶어도 이루지 못한 이들… 일을 하고 싶어도 못하고, 돈이 없어 사람을 죽이는 이 세상에서… 비록 구속이라는 틀이 감싸고 있지만 그들에 비하면 자신은 행복한 인생이었다. 단지, 어릴 때부터 갖지 못한 자유라는 이름을 그리워하며 나오는 투정일 뿐…….

"그래, 그러니 난 행복해……."

최면이라도 걸린 듯, 마치 눈류가 눈앞에 있는 듯 몇 번이나 행복하다는 말을 반복하던 혜란은 소파에서 일어서 자신의 방으로 향했다.

자유로운 세상, 라스트 월드에 접속하기 위해.

"엘프의 대륙에 가자. 어?"

"오빠, 좀 조용히 해."

"엘프의 대륙에 가고 싶어!"

"……."

세라의 인상이 찌푸려졌다.

안 그래도 눈류와 예전에 약속했던 대결을 하기 위해 음성 채팅을 시도했는데, 퀘스트로 인해 미루어지게 되어 기분이 좋지 않았다. 그런데 친오빠인 광혈이 옆에서 자꾸 조르니 짜증이 치민 것이다.

그 모습을 곁에서 지켜보던 스레이는 웃음을 터뜨렸고, 세라의 무서운 인상에 광혈은 뒤로 돌아 주저앉아 투덜거렸다. 현실에서도 세라에게 약한 그이기에 정면에서는 차마 불만을 토로할 수 없었다.

'에휴.'

그 모습에 세라는 실소를 흘리며 자리에서 일어섰다.

슬슬 이곳 사냥터도 질리기 시작했는데 어쩌면 잘된 일인지도 몰랐다.

비록 텔레포트 비용이 만만치 않겠지만, 그래도 저렇게 가고 싶어 하는데 무시할 수만은 없는 노릇이었다.

"그래, 가자."

"정말?"

광혈이 귀를 후비며 되묻자 세라는 고개를 끄덕였다.

"대신 텔비는 본인 부담."

"에? 세라, 너 돈 많으면서."

"장비 맞춰야 해."

세라의 딱딱한 어투에 조금 더 조르기 신공을 발휘하려던 광혈은 어쩔 수 없이 웃으며 알았다고 대답했다. 만약 여기서 더 나갔다가는 본전도 못 찾을 것이다.

"너는 어떻게 할래?"

세라가 스레이를 향해 물었다.

"뭐, 나도 같이 가지. 어차피 엘프의 대륙도 구경해 보고 싶었으니."

"그래. 그럼 인벤토리를 정리한 다음, 대륙 이동 마법진에서 보자. 그곳의 포션 가격이 비싸다고 하니 여기서 포션을 넉넉히 챙기고."

세라는 당부를 한 뒤 귀환을 시도했고, 곧 모두는 빛 무리와 함께 사라졌다.

그 시각, 라스트 월드에 접속한 월하는 샤인과 마주하고 있었다.

바로 길드에 가입하기 위함이었다.

"정말 가입할 거야?"

"그래."

절망적인 샤인의 표정을 지켜보며 실소를 머금는 월하.

악성 수치를 모두 풀었다고 하지만 자신을 달가워하지 않을 것이라고 예측했었다.

"그래, 눈류 오빠랑 얘기 끝냈으니 받아들이지."

"고맙군."

월하는 그 말과 함께 자리에서 일어나 걸음을 옮겼다.

그리고 길드에 가입함과 동시에 들려오는 길드원들의 인사와 얘기들에 정신 없음을 느끼며 길드 채팅을 잠갔다.

보통 사람들은 길드 채팅으로는 얘기를 잘 하지 않는다. 만약 그렇게 한다면 다른 길드원들이 불편을 겪을 수 있기 때문이다. 사냥을 하는데 옆에서 말하는 것처럼 길드원들이 하루 종일 떠든다? 과하면 좋지 않은 법이었다.

그래서 대부분은 중요한 일이거나 음성 채팅이 힘들 때 길드 채팅으로 말을 했고, 그마저 싫은 유저는 길드 채팅을 잠그고 사냥을 했다.

하지만 뭐든지 예외가 존재했으니, 바로 라스트 길드였다.

박하다를 비롯한 어르신들의 주접 신공!

그로 인해 새로 가입한 길드원들도 채팅으로 얘기를 하는 경우가 많았다.

그러니 월하가 바로 잠근 것이었다. 시끄럽기에.

"정보."

이동 마법진으로 향하던 월하는 자신의 정보창을 쳐다봤다.

악성이 나타나지 않았다.

그렇다고 악성을 모두 풀어서 그런 것은 아니었다.

언제인가 업데이트와 함께 악성 수치가 정보창에서 사라졌다.

그래서 카오가 된 유저들은 자신들의 악성 수치가 얼마나 남았는지 알 수 없었고, 카오를 풀기 위해서는 하염없이 죽어야 했다. 카오임을 나타내는 이마의 빛이 사라질 때까지!

언제 끝날지 모른다는 막막함!

결과가 눈앞에 드러났을 때는 조율이 가능했지만, 이제는 처음부터 계산을 하지 않는 이상 어려웠다.

'렙업을 해야겠어.'

윌하는 악성 수치를 0으로 만들기 위해 레벨이 많이 다운된 것을 확인하며 마법진 위로 올라섰다. 이미 사냥터는 결정한 상태였다.

바로 엘프의 대륙이었다.

웅성웅성.

눈류는 주변을 힐끔거리며 어색한 미소를 지었다.

처음 대륙에 도착했을 때는 다크 엘프들을 찾아볼 수 없었다.

그래서 한 시간이 넘는 시간 동안 마을을 찾아 헤매며 걸었는데, 정작 마을을 찾게 되자 오히려 난감했다. 바로 몰려드는 시선 때문이었다.

'속지 않을까?'

눈류는 속으로 루운을 믿어보기 위해 노력했다.

그가 정말 골탕 먹이려는 속셈이 아니라면 피부만 새까맣게 된 변화에 어떤 힘이 숨어 있을 것이고, 자신을 동족이라 생각할 수도 있었다!

하지만 곧 들려오는 말들로 인해 눈류는 주먹을 불끈 쥐었으니.

"인간이 어떻게 온 것이지?"

"그런데 왜 저렇게 새카매?"

"설마 변장한 것인가!!"

"아니겠지. 저런 어설픈 변장을?"

"하하. 바보가 아닌 이상 그럴 리가 있겠는가? 자신의 모습이 보일 텐데. 그런데 곁에 있는 애도 특이하군. 엘프인데 눈이랑 머리카락이 검어."

"......."

변신 포션에는 특별한 힘이 존재하지 않았다.

단순히 짓궂은 장난!!

'이 때려 죽여도 속이 안 풀릴 장로!!'

눈류는 속으로 온갖 욕이 나왔지만 여전히 다크 엘프들을 향해 스마일을 유지하며 조심스럽게 움직였다. 다행스럽게도 다크 엘프들은 공격을 하지 않고 신기하게 바라만 볼 뿐이었다.

'정말 회색빛이군.'

신기한 듯 주시하는 것은 눈류도 마찬가지였다. 엘프들과 다른 점은 피부와 머리카락 색이었고, 어투가 조금 거칠었으며, 복장이 야시시한 편이었다.

특히 여자 다크 엘프들의 경우는 훌륭한 몸매에 노출이 많아서 민망할 정도였다.

물론 남자의 입장에서는 너무나 자비로운 차림이었다!

'일단 이곳에서 머무르자.'

여관을 찾아 방을 예약한 뒤, 1층 구석진 곳에 앉아 생각에 잠긴 눈류.

그 앞에는 마리나가 고기 요리를 맛있게 먹고 있었다.

눈류는 일단 이 근방 위주로 찾을 생각이었다.

그 이유는 간단했다.

인간과 검은색 머리카락, 눈동자의 엘프가 나타났다!

분명 소문은 빠르게 퍼질 것이다.

인간도 놀랍지만 검은색 눈동자의 엘프는 거의 존재하지 않기 때문이며, 분명 언제가는 혼드나 혹은 혼드를 아는 이가 소문을 들을 테니까.

그렇다면 자신이 멀리 찾아다니지 않아도 그쪽에서 먼저 찾아올 것이라 추측했다.

아니, 오히려 거처를 잡지 않고 움직인다면 혼드가 소문을 듣고 오더라도 만나지 못할 확률이 존재했다. 이에 생각을 굳힌 눈류는 음식과 술로 배를 채웠다.

그 후 마리나와 함께 근방을 돌아다녔다. 퀘스트와 추가적인 명성을 얻기 위한 노력이었고, 덤으로 혼드에 관한 소식을 물으면서 시세를 알기 위함이었다.

엘프의 대륙이 기존 대륙과 가격 차이가 나듯, 이곳도 비싼 물품과 싼 물품이 있을 것이기 때문이다.

'여기는 포션이 엄청 싸구나!'

그 결과 도움이 되는 정보들을 많이 얻을 수 있었고, 눈류는 며칠 동안 그렇게 정보전을 펼치며 한 자리에서 머물렀다.

"정보."

[지도의 조각]
총 4개로 이루어진 지도의 조각.

지도를 모두 모은다면 고대의 보물이 있는 장소를 알 수 있다.

"후우."

눈류는 카르엔 공작에게 받은 지도의 정보를 재차 확인하며 한숨을 내쉬었다.

그 어떤 힌트도 없는 조각.

더군다나 생각보다 일이 빠르게 진행되지 않아 답답함도 느꼈다.

마을을 돌아다니며 혼드에 대해 물어봤지만 누구 하나 정확한 위치를 알지 못했다.

다행이라면 워낙 유명해서인지 모두가 안다는 점. 그리고 마을 안에서 거처를 잡고 있지만, 근방에 몬스터들이 출몰하는 곳도 있었기에 시간을 헛되이 보내지 않고 있다는 사실이었다.

하지만 눈류의 입장에서는 초조했다.

일단 졸음이 밀려왔다.

그리고 빨리 퀘스트를 끝내야 혼자서 이득을 취할 수 있었다.

자신만이 대륙을 돌아다닐 수 있는 시간은 앞으로 4일!

그 안에 어떻게든 새로운 사냥터와 던전 혹은 비밀 퀘스트를 찾아 보상을 받으려는 계획인데, 퀘스트가 쉽사리 끝나지 않으니 막막했다.

그렇다고 마리나를 혼자 두고 로그아웃을 해 잠을 잘 수도 없는 노릇이었다. 그사이에 혼드가 찾아올 수도 있기에.

'일단은 돈을 풀어야 하나.'

내심 혼드 쪽에서 먼저 찾아올 것이라 기대를 가졌던 눈류는 이제 망설일 수 없다고 생각하며 인벤토리를 확인했다.

라르크가 많지 않아 고민했지만 선택의 여지가 존재하지 않았다.

돈을 풀어서라도 혼드의 위치를 알아낸다!

그런다고 꼭 찾을 수 있다는 보장은 없었다. 그러나 해봐야 할 것은 다 해야 될 시점이었다. 눈류는 사라질 라르크 생각에 잠시 묵념을 하다가 의자에서 일어섰다.

똑똑똑!

그때였다.

노크 소리가 들려 아무런 생각 없이 문을 열었다.

그리고 볼 수 있었다.

마리나와 똑같은 머리카락과 눈동자 색을 가진 중년인을……

『가면의 기사』 6권에 계속…

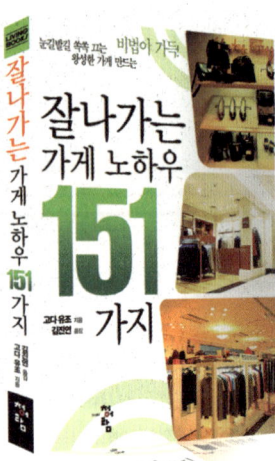

눈길발길 쏙쏙 끄는 **비법이 가득!**
왕성한 가게 만드는

잘나가는
가게 노하우
151 가지

고다 유조 지음
김진연 옮김
가격 9,800원

물건이 팔리지 않는 시대!
왕성한 가게 만드는 비법이 가득!

가게 안에 웅덩이를 만들어라
조명만 조금 바꿔도 매출이 팍 늘어난다
보기 쉽고, 집기 쉬운 가게 배치는 '경기장 형' 이 최고 등등
가게에 실제로 적용했을 때 매출이 오른 노하우만 알차게 수록
외관, 입구, 배치, 내장, 조명, 디스플레이에서 사원교육까지

도움이 되는 '발견' 이 가득가득.
당신 가게를 회생시키기 위한 소중한 책!

초등학생이 반드시 읽어야 할 좋은 책 49권

각 학년별로 초등학생이 반드시 읽어야할 좋은 책을
선정하여 통합논술의 기본이 되는 '올바른 독서법'을
일깨워 줍니다.

교과서와 함께하는
초등학교 통합논술

초등1학년 | 값 12,000원 / 초등2학년 | 값 9,500원 / 초등3학년 | 값 11,000원 / 초등4학년 | 값 9,500원 / 초등5학년 | 값 9,500원 / 초등6학년 | 값 11,000원

♣ 혼자 할 수 있어요.

엄마가 책 읽는 방법을 가르쳐 주어도 좋아요.
독서지도하는 선생님이 가르쳐 주어도 좋답니다.
"초등 교과서와 함께하는 **통합논술 시리즈**"는
아이 스스로 독서할 수 있도록 꾸며진 책이에요.
엄마와 선생님은 요령만 가르쳐 주시면 된답니다.

♣ 교과서의 중요한 내용이 총정리되어 있어요.

각 학년별로 중요한 교과 내용이 함께 수록되어 있어요.
초등학생은 교과서 내용을 충실하게 공부해야 합니다.
아울러 그와 병행한 독서가 대단히 중요하지요.
"초등 교과서와 함께하는 **통합논술 시리즈**"는
두 가지 방법 모두 알려준답니다.

♣ 이 책은 훌륭하신 선생님들이 함께 쓰신 책이랍니다.

동화작가 선생님들이 쓰셨어요. 소설가 선생님도 쓰셨답니다.
국어 논술독서지도 선생님들도 함께 쓰셨지요.
"초등 교과서와 함께하는 **통합논술 시리즈**"는
엄마의 마음으로 모든 선생님들이 함께 꾸민 책이랍니다.

입소문을 통해 아는 분은 다 알고 계십니다!
올 한해 공인중개사 최고의 화제작!

1~2권 합본 | 이용훈 지음
3~4권 합본 | 이용훈 지음
5~6권 합본 | 이용훈 지음
용어해설 | 이용훈 지음

수험생 기본 필독서
만화 공인중개사

제목 : 만화공인중개사 쓰신 분에게 감사드립니다.

학원을 두 달 다녔어요 근데 과연 그 숫자 외우기 그런 게 몇 문제나 나올까 생각을 했어요
아니라는 생각이 드네요 학원강의를 뒤로하고 서점을 갔어요 내 머리에 가장 이해될 수 있는
책이 없나 하구요 거기서 만화를 발견했어요 무조건 세 번 봤어요 3개월 걸렸어요 문제집을 보라고
했는데 그건 시행을 못했어요 근데 합격을 했네요.
어떻게 감사의 말을 해야 될지…….
도서관에서 만화책 들고 다니니까 사람들이 비웃더라구요 만화책으로 공인중개사를 공부한다고
미친 사람처럼 보더라구요 근데 그거 다 감수하고 했던 내가 자랑스럽습니다.
어떻게 감사의 말을 해야 할지… 정말 감사합니다.
부디 행복하세요 제 나이 41살에 좋은 스승을 만난 것 같습니다.
엎드려 감사드립니다.

－본사 홈페이지에 독자분이 올린 메일 中 에서 발췌－